———— 想象，比知识更重要

幻象文库

雷·布拉德伯里
短篇自选集
[第4卷]

Bradbury Stories:
100 of His
Most Celebrated
Tales

Ray Bradbury

夏日遇见狄更斯

[美]雷·布拉德伯里 著
刘媛 时雨 等 译

新星出版社 NEW STAR PRESS

自 序

真不敢相信，我在这短短数十载中竟然写下了如此之多的故事。可另一方面，我也时常好奇其他作家是如何利用自己的时间的。

对我而言，写作就如同呼吸一样自然，无须做任何计划或安排，完全是靠本能的驱使。收录在这部短篇集中的所有故事，其灵感都是在最意想不到的时刻爆发出来的，我必须立即坐在打字机跟前趁着热乎劲儿把它们一股脑儿地转化成文字。

一个很有代表性的例子就是《报丧女妖》。当时我在爱尔兰为约翰·休斯顿导演的电影《白鲸记》撰写剧本，我们经常在深夜围坐在壁炉前，品尝爱尔兰威士忌。我其实并不很爱喝酒，但他对那酒很喜欢，所以我也跟着喝点儿。有时休斯顿会在把酒言欢时突然停下来，闭上双眼，听寒风在屋外呼啸。然后他会一下子睁开眼睛，用手指着我大喊，说爱尔兰的天空上盘旋着好多报丧女妖，也许我应该出去看看是不是真的，并招呼她们进来。

他总是这样吓唬我，那一幕深深地烙在我的脑海里，等我回到美国家中时，最终根据他那怪异行为留给我的灵感写下了这篇小说。

　　写《汤因比暖房器》则是由于当时我们经常在报纸标题或电视报道中感受到绝望的轰炸，全社会都弥漫着末日将至的气氛。这种情绪不断发酵，可人们却没回过头去想一想它究竟从何而来，又究竟对我们造成了哪些改变。

　　后来有一天，我终于再也抑制不住这种感觉，决定要做些什么，于是我创造了一个角色来说出我心中的想法。

　　《劳莱与哈代爱情故事》则是源于我对这对完美喜剧组合一生不变的热爱。

　　很多年前抵达爱尔兰时，我打开一份《爱尔兰时报》，发现里面有这样一则小小的广告：

　　　　今日
　　　　仅此一次！
　　　　为爱尔兰的孤儿们义演
　　　　劳莱与哈代亲自献艺！

　　我一路狂奔到剧院，幸运地买到了最后一张票，还是前排正当中！大幕卷起，那两位可爱的人儿在台上表演着他们最伟大剧目中最经典的场景。我坐在台下，被惊异和快乐深深地冲击，泪水滑过脸颊。

　　回到家后，那些情景仍然在我脑海中挥之不去。我想起有一回一个朋友带我去了一段阶梯旁，就是劳莱和哈代扛着钢琴爬上去的那段，结果他们却是被钢琴赶了下来。于是我让故事继续。

《暗夜独行客》是《华氏451》的先兆。我在五十五年前曾经和一位朋友共进晚餐，饭后我们决定沿着洛杉矶的威尔夏大道走一走。可是没过几分钟，我们就被一辆警车拦了下来。警官问我们在做什么。我回答他："把一只脚放在另一只脚的前面。"我显然回答错了。警官怀疑地看着我，因为当时人行道上空无一人——整个洛杉矶都没人会在这条道上散步。

　　我回到家，为此事恼火不已，想不通为什么连散步这么简单而自然的行为都会被制止。于是，我写下了一篇发生在未来的故事，某位行人因为散步而遭到拘捕，并被处决。

　　几个月后，我又让那位独行客在晚上散步，并安排他在拐角处遇见了一位名叫克拉丽斯·麦克莱伦的女孩。九天后，中篇小说《消防员》诞生了，它后来被扩展成了《华氏451》。

　　《垃圾工》的灵感来源于1952年初洛杉矶报纸上的一则新闻，当时市长宣布，如果有原子弹击中洛杉矶，那么死难者的尸体将由垃圾清扫工负责处理。他的这番言辞令我怒不可遏，于是我坐下，抒发出胸中怒火，写成了这个故事。

　　《军令如山》也源自现实。许多年前，我有时会在下午跟朋友一起到国宾酒店的泳池里游泳。那位泳池看管者严厉得几乎不近人情，总会让他年幼的儿子站在泳池边，向他灌输关于人生各式各样的死板规矩。我一天天看着那无止无休的说教，忍不住幻想在未来的某一天，他那乖巧的儿子会突然奋起反抗。我坐在桌前，脑海里酝酿着这似乎注定要出现的一幕，写下了这个故事。

　　《拉斐特，永别了》基于一个真实而悲惨的故事，那是我家隔壁的一位老电影摄影师讲给我听的。他偶尔会到我家来做客，喝上一杯红酒。他告诉我，在1918年，第一次世界大战结束前的最后几个月里，他曾是拉斐特飞行队的成员。回想起自己曾经击落德国双翼飞机时他不禁潸然泪下，那些年轻帅气的士兵死前的面容多年以后仍然在他心头徘徊不去。我无力帮他做任何事，唯有用手里的笔让他获得些许慰藉。

《夏天奔跑的声音》的诞生也实属偶然。我当时正坐在大巴上穿过西木村，一个小男孩突然跳上车，把钱塞进投币箱里，从车厢前头跑到我对面的座位上一屁股坐了下来。我无比羡慕地看着他，心想，天哪，要是我有他这身活力就能每天都写一个短篇故事，每晚写三首诗，每月完工一部小说。我低头看向他的脚，发现那活力是有原因的，他穿了一双显眼的新网球鞋。我突然记起在自己成长中的那些特殊的日子。每年刚一入夏，父亲就会带我到鞋店，给我买一双崭新的网球鞋，让我焕发出全世界的能量。我当时在车里就恨不得能马上到家，坐下来写个关于小男孩盼望一双新网球鞋，好在夏日里纵情奔跑的故事。

写《上周一的大碰撞》是因为我当时在都柏林随手买了一份《爱尔兰时报》。报上登着一条可怕的新闻——1953年全年，爱尔兰总共有375名骑车人在事故中丧生。我想，这是多么不可思议啊。我们在美国很少会读到这样的新闻，通常是人们在汽车类交通事故中遇难。接着读下去，我发现了原因所在。在爱尔兰境内有一万多辆自行车，人们总是会以每小时四十至五十英里的速度骑行，然后迎面相撞，所以当头部受到撞击时，必然会遭受严重的颅骨损伤。我想世界上没人知道这一点！也许我应该写个故事出来。于是就那样做了。

《夏洛伊之战的鼓手》的灵感来源于《洛杉矶时报》上刊登的某个小演员的讣告，那个演员名叫奥林·豪兰，我看过他出演的很多部电影。讣告中提及他的父亲是夏洛伊之战的鼓手。那些言辞伤感而充满魔力，引我回想起往日岁月，使我立即决定用打字机把心中的感悟写下来，于是在接下来的一个小时里，我写出了这个故事。

《亲爱的阿道夫》的缘起则更加简单。我在某天下午路过环球影城，遇见一位身穿纳粹制服，脸上还黏着希特勒胡须的群众演员。我不由得设想当他在影城附近或大街上走来走去时会发生什么事，人们看到跟希特勒相貌如此相仿的人会作何反应。当晚那个故事写成了。

从来都不是我支配我的故事，而是那些故事支配着我的双手。每当新的灵感出现时，它们都会命令我赋予它们声音、形态与生命力。正如我在这些年中对其他作家建议的那样：大胆从悬崖上跳下去，在下落的过程中再想办法给自己插上翅膀。

在过去六十多年的岁月里，我跳过无数次悬崖，在打字机前头苦思冥想如何给故事加上结尾，好让结局不至于太过突兀。而在刚刚过去的那几年里，我回顾了自己少年时站在街角卖报纸，每天写作的日子，意识到自己当年竟然那么努力。我为什么会那么做呢，为什么会不厌其烦地一次次从悬崖上跳下去？

答案还是那句陈词滥调：出于热爱。

当时的自己不顾一切往前冲，全心全意地热爱那些书籍、作者和图书馆，专注于练就自己，而根本没留意到我只是个身材矮小、其貌不扬、天赋欠缺的少年。也许，在脑海中的某个角落里，我是知道的。可我仍然坚持不懈地去写、去创造，那动力就像血液在我体内奔涌，至今未息。

我总是幻想着有一天，当我走进图书馆在书架上翻找图书时，能看到印着自己名字的书跟莱曼·弗兰克·鲍姆或埃德加·赖斯·巴勒斯的作品摆放在一起，上层书架上还有其他名家的著作，比如说埃德加·爱伦·坡、赫伯特·乔治·威尔斯，还有儒勒·凡尔纳。我深深地热爱着他们以及他们笔下的世界，而其他作家像是萨默塞特·毛姆和约翰·斯坦贝克则使我热情满满，在这些贵客的陪伴下，我早已忘记自己是《巴黎圣母院》里的那个驼背的钟楼怪人。

然而随着时间一年又一年流逝，我褪去青涩，终于成了一位短篇小说作家，成了散文家、诗人和剧作家。我花了几十年的时间不断褪去旧的自我，是热爱在一路上召唤我前行。

在这本短篇集中，你将读到在我漫长写作生涯里颇具代表性的故事。我深深感念往昔岁月以及激励我不断前进的那份热爱。当我看着这本书的目录时，眼里充满泪水，这些亲爱的朋友们啊——这些活在我想象中的恶魔与天使。

他们都在书里了。这是一本精彩的合集，希望你们也能喜欢它。

雷·布拉德伯里
2002 年 12 月

目录

恶　龙	1
萧伯纳-马克5号	5
时间的把戏	19
乞力马扎罗的归魂	26
诗　篇	41
临终祷告	57
快乐机器	70
浴火之凰	88
东方快车一路向北	99
葛底斯堡下风向	114
2004年5月：火星的地名	134
2005年4月：厄舍府续篇	136
永恒与地球	159
死神与少女	182
伊卡洛斯·蒙戈尔费埃·莱特	194
乔治·加维变形记	201

目录

小　小	214
砰！你死了！	223
矮　人	240
胡安·迪亚兹的毕生之作	254
草　场	268
夏夜逸事	287
电　车	298
夏日遇见狄更斯	304

恶　龙

刊于《时尚先生》(*Esquire*)
1955 年 8 月
时雨 译

　　夜色潜入沼泽，走进矮草之间，动作干净利落，一气呵成。已多年没有鸟儿只身飞过这片浩瀚苍穹。许久以前，曾有一些小石头佯装有生命，结果只是崩碎化作尘土。如今，唯有夜晚在两个烤火人的灵魂中游荡。荒地里，这两个男人弯腰站在孤独的火堆旁。黑暗在他们的血管里悄声悸动，在太阳穴与手腕处默默地跳数着时间。

　　晃动的火光照亮两人沧桑的面庞，在两双眼眸中映出橙色的碎片。他们倾听彼此微弱而冰冷的呼吸，感受眼睑的眨动。最后，一个人用剑捅了捅火堆。

　　"住手，傻瓜。你会暴露我们！"

　　"没事，"另一个人说，"恶龙在几英里外就能嗅到我们的气味。上帝啊，这儿太冷了。我真希望自己现在待在城堡里。"

"我们追求的是死亡,不是安眠……"

"为什么?为什么?恶龙从没踏进镇子!"

"安静,傻瓜!独自往来于镇子之间的人都会被它吃掉!"

"那就让他们被吃掉吧,咱们回家!"

"等等,听!"

两人定住了。

他们等待良久,却只听见马匹紧绷的皮肤轻轻地颤动,宛如击打黑天鹅绒的铃鼓面,摇响银质的马镫带扣。

"唉……"另一个人叹口气,"真是一片噩梦之地。这里无奇不有。有人吹灭了太阳,带来夜晚。接着,就在这时,噢,甜美的死亡,听!这条恶龙,他们说它的眼睛是火,呼吸是白色的毒气。你能看见它燃烧着横穿黑暗之地。它乘着硫黄与雷鸣奔走,照亮草地。羊群惊慌失措,疯癫至死。女人产下怪物。恶龙这般狂怒足以令塔墙震颤,化作尘土。日出时分,它的祭品漫山遍野。我想问,多少骑士曾来对付这头怪物却铩羽而归,正如我们的命运一样?"

"够了!"

"还不够!我根本无法在这片荒芜之地分清现在是哪一年!"

"自圣婴诞生以来,已经过去了九百年。"

"不,不。"另一个人闭上眼睛低语,"这片沼泽里没有时间,只有永恒。我觉得若是我现在跑回去,镇子肯定已经不在了,人类尚未诞生,建城堡的石块尚未从矿脉中开采,木材尚未从林子里砍伐。别问我为什么知道,这片沼泽知道,是它告诉我的。现在我们只身坐在火龙的土地上,上帝保佑我们!"

"你要是害怕,就套上盔甲!"

"有什么用？恶龙无处可寻，我们根本猜不到它的巢穴在哪儿。它在雾里消失得无影无踪，我们也不知道它去了哪儿。呵呵，套上盔甲，那样我们就能死得体面点儿。"

银盔甲刚穿上一半，另一个人又停下来，转过头。

越过昏暗的郊野，穿过满眼的夜色与沼泽中心的虚无，风卷起钟表上的尘土。这些钟表以尘土倾诉时间。黑太阳在这阵刚刮来的风的中心燃烧。大风从某棵秋天的树上吹落一百万片烧焦的叶子，吹过地平线。风融化地势，像处理白蜡一样拉长骨头，搅浑血液，令其浓厚至糊烂，沉积在脑中。这阵风是一千个垂死的灵魂，永远混乱迷茫，不得停歇。在黑暗中的薄雾里，这阵风是其中的一抹尘雾。这是一片无人之地，不知有年，亦不晓时分，只有无颜色的空虚。霜、风暴与白色闪电陡然而至，霹雳在巨大的落地绿玻璃窗格后面移动。暴雨浸湿草皮，一切都逐渐消失，直到令人窒息的安静再次降临。两个男人在这冰冷的季节里与他们的热情一同守望着。

"在那儿，"一人低语道，"哦，在那儿……"

几英里外，伴着震耳欲聋的咏唱与轰鸣，恶龙来了。

两人默默扣紧盔甲，骑上马。龙鸣越来越近，一股巨大的气流劈开午夜的荒地。闪烁的黄色眩光迸发在山顶之上，接着，他们便瞧见了恶龙层层叠叠的黑色身躯。由于只能远远观望，因此看得并不真切。恶龙涌出那座山，骤然消失在山峦之间。

"快！"

他们策马向前冲，进入一道小山谷。

"它会经过这里！"

两人的铁拳抓起长枪，拨下马面罩挡住坐骑的眼睛。

"主啊！"

"没错，我们就称主之名。"

转眼之间，恶龙已绕过一座山。琥珀色的巨大眼眸眈眈而视，用红色闪光点燃了他们的盔甲。伴着骇人的哀号与刺耳的呼啸，恶龙径自向前奔去。

"保佑，保佑！"

长枪刺进没有眼睑的黄瞳下方，枪柄瞬间弯曲，即刻人被甩到空中。恶龙撞上骑士，他翻身落下，摔在地上。龙身经过时，黑色肩膀的冲击力掀翻了另一匹马与骑手，将其撞飞到一百英尺外的大圆石上。哀号，哀号，恶龙尖声大叫，周围到处是火。恶龙身下，在令人目眩的滚滚轻柔羽烟之中，闪烁着粉色、黄色、橙色的太阳之火。

"你看见了吗？"一个声音哀号，"和我跟你说的一样！"

"完全一样！一样！我看见了一个身穿盔甲的骑士，我敢发誓！我们撞到他了！"

"你打算停下来吗？"

"以前曾停下来检查过，但什么都没找到。我不想在这片沼泽中停下来。我很紧张，我有种不祥的感觉。"

"但我们确实撞到人了！"

"我已经拉足汽笛示警了，可那个小伙子真是倔脾气。"蒸汽喷出，吹开薄雾。

"我们会准点到达斯托克利站的。弗雷德，多加点儿煤！"

又一声汽笛在开阔的天空回荡，像要把迷雾摇晃成露珠。夜行列车在火光与狂怒中匆匆穿过溪谷，向上绕过山丘往北行驶，消失在这片寒冷之地。车身驶过，永远地离去，唯有黑烟与蒸汽在随后的几分钟内逐渐溶入麻木的空气之中。

萧伯纳-马克5号

收录于短篇集 *Long After Midnight*
1976年
吕诗苑 译

"查理！你要去哪儿？"火箭机组成员经过，问他。

查理·威利斯没有回答。

他钻进真空管，沿着发出细微嗡嗡声的飞船肠道一路向下。他向下坠落，心想：伟大的时刻来了。

"查克①！你要去哪儿？"有人对他呼喊。

去见某个死了但仍活着，冰冷却依然温暖，永远无法被触摸但会伸手去触碰的人。

"白痴！傻瓜！"

讥笑声回荡。他微笑以对。

接着，他看见自己最好的朋友克莱夫正在对面的坡道向上浮

---

① 查理的昵称。——本书所有注释均为译注。

行。他移开视线,但克莱夫通过贝壳形状的包耳无线电呼喊他:"我找你有事!"

"晚点儿再说!"威利斯应道。

"我知道你要去哪儿。笨蛋!"

威利斯双手颤抖轻轻降落时,克莱夫已经向上消失了。在靴子触到地板的瞬间,他感觉到一股全新的喜悦。

他沿路从飞船内部的机械设备旁走过。天啊,他想,太疯狂了。我们离开地球进入太空已经一百天了,而就在此时此刻,大多数船员正在像蚌壳一样合上的床铺里,欲火焚身地拨弄着他们的性玩具,用那些嗡嗡叫的东西触碰自己的身体。这会儿,我又在做什么?他想。就做这个。

他走到一个小贮存井前,往里看去。那里,在永无天日的昏暗中,坐着一位老人。

"先生。"他招呼道,等着对方回应。

"萧先生,"他低声说,"嘿,萧伯纳先生。"

老人突然睁大双眼,似乎刚吞下了某种观点。他抓住自己瘦削的膝盖,发出一阵尖锐的笑声。"神啊,我真的全盘接受了!"

"接受什么,萧伯纳先生?"

萧先生用亮蓝色的双眼凝视查尔斯·威利斯。

"这个宇宙!它思,故我在!所以我最好是接受,嗯?坐吧。"

威利斯坐在贮存井前面的阴影里,紧抱着膝盖,心中因为再次来到这里而升起一股温暖的、只属于自己的喜悦。

"小威利斯,需要我读读你的心,然后说出自上次我们聊过之后你都遇上了些什么事吗?"

"您会读心,萧先生?"

"不能，感谢神。如果我不仅是萧伯纳的模板机器人，而且能扫描你的大脑，透视你的梦，那岂不是太可怕了？简直无法容忍。"

"您已经这样做了，萧先生。"

"一针见血！好吧，接下来。"老人用瘦削的手指捋了捋自己的红胡子，接着轻轻戳向威利斯的肋骨。"你是这艘飞船上唯一来看我的人，怎么回事？"

"那个，先生，您明白的——"年轻人双颊红得似火烧一样。

"啊，是的，我确实明白，"萧伯纳说，"在上面，在这艘船的蜂巢里，所有快乐的雄蜂都躲在蜂房里，玩着他们甜蜜的、上好发条的、轻声吟唱的、会轻柔吮吸的玩具，他们快活的雌性玩偶。"

"我无言以对。"

"啊，好吧。并不总是这样。在上一趟旅程中，船长还玩拼字游戏呢！他希望只使用我戏剧里的角色、概念和思想名词。好了，古怪的男孩，你为什么坐在这儿陪我这个丑陋的老头？难道你不想要楼上那些温柔的陪伴吗？"

"这是一段漫长的旅程，萧先生，花两年时间跑到比冥王星更遥远的地方再返回，有的是时间享受楼上那种陪伴。但对于您与我之间的秘密活动，时间永远不够用。我怀着恶魔的梦想，却生有一颗圣徒的心。"

"说得好！"老人突然站起来，来回踱步，胡子一时冲着半人马座阿尔法星，一时冲着猎户座星云。"我们今天怎么安排，威利斯？要我从圣女贞德的故事开始吗？还是……"

"查克？"威利斯的无线电里传来呼唤声，"威利斯！我是克莱夫。你晚饭迟到了。我知道你在哪儿,我这就下去。查克——"

威利斯大力捶了一下耳朵,声音被掐断了。"快,萧先生!您能……嗯,您能跑吗?"

"伊卡洛斯会从太阳旁坠落吗?起来!我能用这双细长的蟋蟀腿赶上你!"

他们跑起来,走螺旋梯而没用管道。跑到顶层平台时,他们回过头,刚好看见克莱夫的影子冲进萧伯纳死而复生的那座坟墓。

"威利斯!"他大叫。

"让他下地狱去吧。"威利斯说。

萧伯纳笑了笑。"地狱?我很熟悉地狱。来,我带你参观一下。"他们笑着,跳进羽管,向上坠落。

这是群星的世界。

也是所有飞船上都有的一个地方,在这儿,只要你愿意,就能真正看见宇宙,亿万颗星星从中倾倒下来,无穷无尽,仿佛诸神疯狂牧场中生产的奶油。这是美味的恐惧,或者你也可以把它们想象成耶和华吐出的秽物,他在睡梦中翻了个身,因创造天地,因孕育围绕着邪恶太阳旋转的恐龙世界而感到恶心。

"一切尽在思考中。"萧先生说着,看了一眼他的小跟班。

"萧先生!您真的会读心?"

"胡说,我只是会察言观色。你的脸就是一块透明的玻璃,我只瞥一眼就看到了痛苦的工作、摩西和燃烧的树丛。来,让我们来看看这片深渊,看神在与自己冲撞并孕育出虚空世界后的一百亿年里，都做了什么。"

他们站着，审视这片宇宙，数出十亿颗星。

"哦，"年轻人突然发出一声低吟，眼泪落下，"多希望我活在您活着的时候，多希望我能真正认识您。"

"现在的这个萧伯纳才是最好的，"老人反驳说，"有了充实的内心，皮囊不重要。外表是具有欺骗性的。记住这一点，生存下去。"

空间向四面延伸开来，如同神的第一个念头般开阔，如同主初次呼吸般深远。

他们站在观察窗旁，一个高些，一个矮些，这里能够清楚地看见仙女座星云，并随时可以按下按钮放大倍数，拉近视野。

沉醉于这片星海，良久，年轻人呼出一口气。"萧先生，说吧，您知道我想听什么。"

"我知道吗，小伙子？"萧伯纳目光熠熠地说。

整个太空就在他们身边——整个宇宙，仙后座的整片夜空，群星以及群星之间的空间。飞船静静地在航线上前进，船上的人员忙着工作、玩游戏，或者摆弄情趣玩具。只有这两人在对话，他们站着观看这片神秘的宇宙，只说该说的话。

"说吧，萧先生。"

"好吧，那么……"

萧伯纳将目光定在一颗大约二十光年以外的恒星上。

"我们是什么？"他说，"我们是一场奇迹，是力与物质将自己转化为想象与意志。真是让人难以置信。生命之力以不同的形式开展实验，你是其中一种，我是另一种。宇宙怒吼着证明自己的存在，我们就是其中一声呐喊。万物在深渊中辗转，我们搅动深渊，通过做梦将自己塑造成型。虚空被沉睡填满；光与物质无穷无尽地连续轰炸，在睡眠中前进再前进，终于生出了一只眼睛，自己醒来。在这么多无知的飞行中，我们是一股盲目的力量，像拉撒路从亿万光年外的坟墓中摸索着爬出来。我们召唤自己。我们说，哦，拉撒路生命之力，出来。于是，宇宙——亡者的运动——笨拙地穿越时间，感受自己的肉体，并且知道那将是我们的肉体。我们互相触碰，感觉对方如同奇迹，因为我们本就是一体。"

萧伯纳转过头看着自己的年轻朋友。"都说出来了。满意吗？"

"满意！我——"年轻人停下话语。

克莱夫就站在他们身后，在观察舱的门边。他们能听见一阵阵音乐从远处的小隔间里传来，那是船员们和他们的大玩具正沉迷于情爱游戏中。

"好吧，"克莱夫说，"这里是怎么——"

"怎么回事？"萧伯纳轻声插话，"只是两种能量混合在一起，凑合着来解决问题。这种新奇的装置——"他碰了碰自己的胸膛，"懂得计算过的喜悦，而那种基因组合，"他冲年轻的朋友点点头，"会以自然而真实的热情给我回应。我们加在一起，就像享用下午茶时在松饼上涂抹酱料，然后一口吞食。"

克莱夫把目光移到威利斯身上。"该死的，你疯了吗？晚饭时你该去听听他们的嘲笑！他们说你和这个老人聊个没完！聊啊，聊！听着，傻瓜，十分钟后轮到你当值。快过去！我的神啊！"

门边没人了，克莱夫走了。

静静地,威利斯和萧伯纳乘坐下行管道回到这堆巨型器械下方的贮存井。

老人又坐到地板上。

"萧先生。"威利斯摇摇头,哼着鼻子说,"真是见鬼了,为什么和我认识的其他人比起来,您更像一个活人?"

"哦,亲爱的年轻朋友,"老人轻声回答,"你喜欢用思想来暖手,对吗?我是一座行走的思想纪念碑、一件概念的工艺品、一阵哲学与奇迹的电动狂热。你热爱思想,我是它们的容器;你热爱活动的梦幻,我就会走动;你热爱闲聊,我最会谈天说地。你和我一起咀嚼着半人马座阿尔法星,谈论宇宙的神话,我们探讨哈雷彗星的尾巴、马头星云,直到它大声求饶,献身于我们的创造。你热爱图书馆,我就是一座图书馆。你挠挠我的肋骨,我就会吐出一头梅尔维尔的白鲸;你挠挠我的耳朵,我就能用舌头建造出柏拉图的理想国,让你在里面奔跑居住。你热爱玩具,我就是玩具,一个精美的玩物、一个计算机化的——"

"——朋友。"威利斯轻轻说。

萧伯纳露出一种仅亚于壁炉温度的火热眼神。"朋友。"他说。

威利斯转身离去,又停下,回头看着那位靠在黑暗贮存井墙壁上的古怪老人。

"我——我不敢走。我有一种不祥的预感,我觉得你会出事。"

"我死不了,"萧伯纳自嘲道,"但前提是你得警告你们船长,一场大规模流星雨将要袭来。他得把航向偏移几十万英里才能躲开。明白吗?"

"明白了。"但威利斯还是没动。

"萧先生,"他最后说,"当我们其他人在睡觉时,您……在做什么?"

"做什么?我会听听音叉,然后在脑海里写写交响曲。"

威利斯离开了。

黑暗中,老人独自低着头。在他甜蜜的呼吸下,流淌着一阵轻柔的蜂鸣。

四个小时后,威利斯值班结束,蹑手蹑脚地回到自己的小隔间。

昏暗的灯光下,克莱夫在等着他。他双唇微张,低声说:"大家议论纷纷,说你跑去看一个两百岁的老古董知识分子,真是蠢爆了。你呀你,神啊,明天让心理医生给你那个榆木脑袋好好照个 X 光。"

"总比你们这些人每晚都忙的事情好。"威利斯说。

"我们只是在做自己。"

"那为什么不让我做我自己?"

"因为那太不正常了。"他喋喋不休,"我们都挂念着你。今天晚上我们把那些大玩具堆到房间中间,然后——"

"我不想听!"

"好吧,那么,"克莱夫说,"也许我该跑到下面,把这些话跟你那位老绅士朋友说一说——"

"不准靠近他!"

"这不好说。"黑暗中的那张嘴说道,"你不可能永远守着他。很快,等哪天晚上你睡着了,某人可能会去跟他玩玩,嗯?把他的电子卵蛋弄出来炒炒,然后他就会谈论舞娘而不是圣女贞德了吧？哈，没错。想想吧，这漫长的旅途，船员们都百无聊赖。那么棒的恶作剧，能把你气得七窍生烟，真是千金难买。小心，查理，你最好跟我们一起混。"

威利斯闭上眼，一片黑暗。

"要是谁敢碰萧伯纳先生，神啊，请助我一臂之力，我会大开杀戒！"

他狠狠地翻过身，咬着握成拳的手背。

昏暗中，他感觉到克莱夫的嘴还在张张合合。"杀人？哟，这么厉害呢？祝你好眠。"

一小时后，威利斯吞下两粒药丸，昏沉入睡。

午夜时分，他梦见他们将善良的圣女贞德架在火上烧，在火光之中，这位少女突然变成了一位老人，被绳索捆成一团，但依旧泰然自若。火舌甚至还没碰到他，老人的胡子已是一片火红，一双明亮的蓝眼睛定定地凝视着永恒，对身下的灾难视而不见。

"公开认罪！"一个声音喊道，"坦白吧，公开认罪！认罪！"

"我没有什么可坦白的，因此也无须认罪。"老人轻轻说。

火焰像一群疯狂燃烧的老鼠，跳到他身上。

"萧先生！"威利斯大喊着惊醒，满脑子都是萧伯纳。

房间里一片寂静。克莱夫还在熟睡，脸上挂着微笑。看见这微笑，威利斯不忍下手。他穿好衣服跑了出去。

他似秋叶般从管道里落下，每一个漫长的瞬间，他都似乎变得更老、更沉重。

老人平时"睡觉"的贮存井不该这么安静。威利斯弯下腰，手在颤抖。终于，他碰到老人。"先生？"

没有动静。他的胡子没有竖起来，眼睛没有闪耀起蓝色的火焰，嘴巴也没有温柔地说出亵渎神灵的话。

"噢，萧先生，"他问，"您死了吗，神啊，您真的死了吗？"

这台机器不再开口讲话，不再思考，不能动弹，老人"死"了。他的哲思与梦想就在无声的嘴巴里，成了一片电视雪花。

威利斯把老人的身体翻来覆去地看，试图从皮肤上找到伤口或瘀青。

他想到未来还有长达数年的旅途，没有萧先生陪着一起散步、闲聊、说笑。储物架上的女体，是的，半夜床上的女体，发出预先录好的奇怪笑声，按照机器的设定做出奇怪的动作，在无数星球上的无数个夜晚里重复着同样的蠢话。

"噢，萧先生，"他喃喃地问，"这是谁干的？"

傻孩子，记忆中萧先生的声音轻轻说，你知道的。

我知道，威利斯想。他低声说出一个名字，跑开了。

"该死的，你杀了他！"

威利斯抓住克莱夫的床单，克莱夫像机器人似的突然睁大双眼，脸上是不变的微笑。

"他根本就不是活人，我怎么能杀了他呢？"他反问。

"浑蛋！"

他给克莱夫的嘴巴来了一拳，克莱夫站起来，古怪地大笑，擦掉唇边的血。

"你对他做了什么？"威利斯大叫。

"没什么，只是——"

他们的对话就这样戛然而止。

"各就各位!"一个声音喊道,"碰撞航向!"

铃响了,警报尖叫起来。

狂怒中的威利斯和克莱夫骂骂咧咧地从舱壁上取下紧急宇航服和头盔。

"该死的,啊,该死——"

话音未落,威利斯惊得倒抽凉气。他看着克莱夫就那么消失在飞船侧面突然出现的孔洞里。在十亿分之一秒内,流星雨来了,又走了。它离开时砸出一个汽车大小的洞,把飞船里的空气都带走了。

天哪,威利斯想,克莱夫就这样永远消失了。

急速流逝的空气要把威利斯压进太空,幸好旁边的梯子救了他。有一瞬间,他无法动弹也无法呼吸。接着,这种吸力停止了,因为船舱里的空气已经全部消失了。剩下的时间只够他调整宇航服和头盔里的气压,然后惊慌失措地四处张望。飞船胡乱打转,像在太空战争中被炮火击中了似的。船员们奔跑着——准确来说是飘浮着——疯狂大叫,到处都是。

萧先生,威利斯没由头地想,忍不住苦笑。萧先生。

流星雨中的最后一颗击中了火箭的发动机,把船撞得支离破碎。萧先生,萧先生,哦,萧先生,威利斯想着。

他看着火箭像炸成碎片的气球一样飞散,内部的气体只会推动它们,让碎片变得更破碎。船员们随着这些碎块散开,被剥夺了生命,被剥夺了一切,再也没机会面对面说话,甚至没机会告别。这场事故来得如此突然,死亡与分离让人来不及惊讶。

再见,威利斯想。

但是,没有真正说再见的机会。他从无线电里没听见任何哭泣或哀叹声。所有船员中他是唯一活下来的人，因为他穿着宇航服，戴着头盔，他有氧气，奇迹般残留下来的氧气。活下来有什么用？就为了独自坠落？

独自坠落。

哦，萧先生，萧先生。

"收到信息请马上回复。"一个低沉的声音说道。

这不可能，但是……

那个长着乱糟糟的红胡子和蓝色火焰的双眼的古老玩偶，在黑暗中坠落，飘浮，旋转，像被神的气息推动着。

威利斯本能地张开双臂。

老人微笑着落在他的双臂上，呼吸急促，或者说是假装呼吸急促，这是他的嗜好。

"哎呀，呀，威利斯！这待遇不错啊，嗯？"

"萧先生！您死了啊！"

"胡说！只是有人搅乱了我身体里的线路，这次碰撞又让线路恢复了。断线的地方在我下巴下面，被一个恶棍剪断的。所以，如果我又死了，晃一晃我的下巴就能把线路接好，好吗？"

"明白了，先生！"

"你现在带着多少食物，威利斯？"

"足以在太空中撑两百天。"

"很好，很好！那自循环氧气设备呢，也能撑两百天吗？"

"是的，先生。那么，您的电池还能维持多久，萧先生？"

"两千年！"老人高兴地大叫，"是的，我保证，我发誓！我身上装了太阳能电池，可以收集神的宇宙之光，直到电路老化。"

"这么说，您还能跟我说很多话。当我不再进食不再呼吸后，您还能说很久。"

"不然你就得一边吃饭一边谈话,靠呼吸过去分词存活。但是,我们要始终把自救的念头放在第一位。机会难道不大吗?"

"确实会有火箭经过,而且我身上的无线电信号——"

"它甚至现在就已在这深夜中呐喊:我和破破烂烂的萧伯纳在这里,嗯?"

我和破破烂烂的萧伯纳在一起,威利斯想到这一点,在严寒中突然感到温暖起来。

"好吧,那么,在救援来到之前,查理·威利斯,咱们现在做什么?"

"现在?怎么——"

他们在太空中寂寞地飘荡,但心中并不孤独害怕,而是兴奋。现在,他们突然安静下来。

"说吧,萧先生。"

"说什么?"

"您知道的。再说给我听听。"

"好吧。"他们牵着彼此,懒洋洋地旋转,"生命多么不可思议?物质与力,是的,物质与力将自身转变为想象与意志。"

"这就是我们的本质吗,先生?"

"是的,我拿一万个闪亮的锡勺打赌,这就是我们。还要我再多说点儿吗,小威利斯?"

"再来一段,先生,"威利斯大笑,"我还要听更多!"

于是,老人讲的时候年轻人在听,年轻人讲的时候老人在一旁大笑。他们掉落到宇宙某个不见光的角落,年轻人咀嚼着做成口香糖模样的食物,老人的太阳能电池吞食着阳光。最后一幕是他们打着手势交谈，直到声音消逝于时间中。太阳系在沉睡中翻了个身，把他们笼罩在黑暗与光亮里。至于蕾切尔号救援船到底有没有经过，到底有没有找到他们，谁知道呢，谁又真的想知道呢？

时间的把戏

刊于《新时代》(*Epoch*)
1947年秋
刘媛 译

深夜,老人拿着手电筒从房子里走了出来,问那群小男孩在玩什么。孩子们没有回答他,而是继续在树叶堆里打滚。

老人转身走回房间,心神不宁地坐下。现在是凌晨三点。他感觉自己苍白瘦弱的双手在膝盖上战栗不止。他瘦得皮包骨头,壁炉架上映照出他的面容,苍白得像是往镜子上呵出了一团气。

孩子们在屋外的树叶堆里轻快地笑着。

他默默关掉手电,独自坐在黑暗里。他也不知道外头那些嬉笑打闹的孩子为什么会让他如此心烦意乱。但此时毕竟已经是凌晨三点,他们怎么还在外边疯玩不回家?他觉得冷极了。

突然传来钥匙开门的声音,老人站起身,不明白这个时间怎么还会有人来造访。前门打开,一对年轻男女一前一后走进门。他们温柔而充满爱意地凝视彼此,老人瞪着他们大叫:"你们来我家想要干什么?"

那对年轻人回答:"这个问题应该问你才对!"男人接着说:"现在,请你离开。"他抓住老人的胳膊肘把他往门外推,并把他全身上下都仔细搜了个遍,以防他偷走什么东西,然后将门关上,还上了锁。

"这是我家!你们不能把我锁在门外!"老人使劲砸门。他站在凌晨黑漆漆的户外,抬头看见楼上窗户里射出温暖的灯光,还有人影在走动,接着灯熄灭了。

老人在街上漫无目的地走着,然后又折回来。那群小男孩还在凌晨冰冷的树叶堆里滚来滚去,看都没看他一眼。

他站在房门前,看着屋里的灯开了又关,关了又开,重复了不下一千次。他在心里轻轻地计着数。

一个大约十四岁的小男孩从门前跑过,怀里抱着个足球。他连钥匙都没用就一把将门拉开,走了进去。门在男孩身后关上了。

半小时后,晨风骤起,老人看见门口停了一辆车,一个珠圆玉润的胖女人领着个三岁左右的男娃娃下了车。他们走过挂满露水的草坪,走进房子前还看了老人一眼,并问他:"是你吗,特里先生?"

"是我。"老人下意识地回答,出于某种原因,他并不想吓到那女人。可这是个谎话。他知道自己根本就不是什么特里先生,特里先生住在街道的另一头。

屋里的灯又开关了一千多次。树叶堆被孩子们踩出轻柔的沙沙声。

一个十七岁的男孩蹦蹦跳跳地从街对面跑过来,脸颊上还有淡淡的唇膏香气。他几乎把老人撞倒在地,大叫一声"对不起",然后跳上台阶,往锁眼里插了把钥匙,开门走了进去。

老人站在原地,整个小镇在他周围沉睡。窗户黑漆漆的,房间似在呼吸。繁星透过树冠播洒光亮,无拘无束地挂在深冬的树枝上。枝头的积雪在冷风中闪烁。

"那是我的家,怎么进去那么多乱七八糟的人?"老人冲着那些扭缠在一起的孩子嚷嚷。

寒风骤起,只有光秃秃的大树在摇晃。

1923年的一个冬夜,屋里漆黑一片。一辆车停在门前,母亲领着她三岁的儿子威廉从车里走出来。威廉看着被晨雾笼罩的世界,看见了他家的房子,在被妈妈牵着手走到门前时,他听见妈妈说:"是你吗,特里先生?"那棵伫立在寒风中的橡树底下,站着一位老人,他回答道:"是我。"门关上了。

1934年的一个夏夜,威廉抱着足球顺着人行道跑回家,漆黑的街道从他的脚下溜走。他闻见——而不是看见——一位老人,从他身边跑了过去。他们谁都没有开口说话。接着,他走进了家门。

1937年的一个夜晚,威廉穿着羚羊皮的绑腿跑过街道,脸上散发着唇膏的香味,那是青春活力的味道,真是个浓情蜜意的深夜。他险些把路边的陌生人给撞倒,急忙大声道歉"对不起",然后用钥匙打开了房子的前门。

1947年的一个夜晚，一辆车在门前停下，威廉悠闲地坐在车里，新婚妻子在他身旁。他穿着一套精美的花呢套装，此时天色已晚，他已疲惫不堪，两人身上都沾着整晚推杯换盏留下的酒香。他们坐在车里听了一会儿风吹树叶的声响，然后走下车，用钥匙开门进屋。客厅里出现了一位老人的身影，并对他们大叫："你们来我家想要干什么？"

"这个问题应该问你才对！"威廉说，"现在，请你离开。"然而威廉却觉得心里有些不舒服，因为老人看上去一无所有，可他还是搜了老人的身，将他推了出去，并将大门锁上。老人在屋外大喊大叫："这是我家！你们不能把我锁在门外！"

他们无动于衷地上床休息，把灯熄灭。

1928年的一个夜晚，威廉和其他几个小男孩在草坪上打滚嬉戏，等待马戏团沿着蓝色的金属铁轨拉着汽笛开进晨光中的火车站，那时他们就能动身去观看演出了。他们躺在一堆树叶上，大笑着，踢打着，玩耍着。一位老人拿着手电筒走到草坪上，问："你们大半夜不睡觉，在我家草坪上玩什么呢？"

"你是谁？"威廉趁着戏耍的间隙抬头问他。

老人俯身盯着那些打滚的孩子看了很久，然后将手电筒扔到一边。"噢，亲爱的孩子，我现在明白了，我知道了！"他弯腰抚摸小男孩，"我就是你，你就是我。我爱你，亲爱的孩子，我全心全意地爱着你！让我给你讲讲未来会发生什么事吧！你要知道，我就是你，你将来也会变成我！我的名字叫威廉，你也是！所有走到房子里去的这些人都是威廉，他们都是你，他们也都是我！"老人有些颤抖。"噢，真是岁月悠悠，又如同白驹过隙！"

"快走开，"小男孩说，"你这个疯子。"

"可是——"老人说。

"你疯了。我要叫我爸爸过来。"

老人转身离开了。

屋里的灯频频亮起又熄灭。孩子们在沙沙作响的树叶堆里轻巧地戏耍成一团。老人站在黑暗的草坪上。

1947年的那个夜晚，威廉·莱廷躺在床上无法入眠。他坐起身来点起一支烟，看着窗外。妻子听到动静醒了过来，问他："怎么了？"

"那个老人。"威廉·莱廷说，"我觉得他还在外头，就在橡树底下。"

"唉，不可能。"妻子说。

"我看不清，可我觉得他就在那儿。我不该那样把他推出去，外面那么黑。"

"他一会儿就走了。"妻子说。

威廉·莱廷默不作声地吸了口烟，然后点点头。"那群是谁家的孩子？"

"什么孩子？"妻子躺在床上问。

"就是在草坪上玩耍的那群小孩，大半夜在树叶堆里折腾什么呢。"

"也许是莫兰家的小孩。"

"看上去不太像。"

他站在窗边问："你听见声音了吗？"

"什么声音？"

"婴儿的啼哭声,在很远的地方。"

"我什么也没听见。"她说。

她躺着仔细聆听。然后他们都听见似乎有人在街道上奔跑,还有钥匙开门的声音。威廉·莱廷来到走廊的楼梯边往下看,什么动静也没有。

在1937年的一个夜晚,威廉看见楼梯顶上有个身着便袍的男人,手里夹着根烟,正在往下看。"是你吗,爸爸?"没有回答。那男人叹了口气,又走进了房间。威廉则走进厨房,到冰箱里找吃的。

孩子们仍在凌晨漆黑柔软的树叶堆里打闹。

威廉·莱廷说:"快听。"

夫妻俩一起聚精会神地听。

"是那个老人,"威廉说,"他在哭。"

"他为什么要哭?"

"我不知道。人会因为什么哭泣?也许他不幸福。"

"要是天亮他还在那儿的话,就报警吧。"妻子的声音在昏暗的房间里回响。

威廉·莱廷从窗边走开,掐灭手里的烟,又躺回床上,闭上眼平静地回答:"不,我不会叫警察来抓他。我不会这么做。"

"为什么?"

他用不容置疑的声音说:"我不愿那么做。绝不。"

夫妻俩躺在床上,听见外边传来若有若无的哭泣声,还有寒风的呼啸。威廉·莱廷知道，如果他想看见那群小男孩在凌晨冰冷的树叶堆里嬉戏的身影，只需伸出手，把窗外的遮阳布拉开，然后向外望就行了。他们就在窗户底下，玩耍着，打闹着，直到东方的天空渐渐泛白。

乞力马扎罗的归魂

刊于《生活》(*Life*)
1965年1月22日
仇春卉 译

清晨，我开着卡车到达了目的地。昨晚我一整夜都在开车，因为之前我在汽车旅馆睡不着，决定干脆一直赶路。太阳刚刚升起的时候，我到达了凯彻姆[①]和太阳谷附近的山岭。我觉得很高兴，自己一直在开车，没闲着。

开进这个小镇的时候，我并没有抬头远眺那座山。我担心如果我看它哪怕一眼，都会铸成大错。别看坟墓，这一点非常重要。至少这是我的感受，而且我现在只能跟着感觉走了。

我把卡车停在一个古旧的酒馆前，然后在小镇里逛了一圈。我呼吸这里的空气，清新，甜美。我还找几个人聊了聊。首先是一位年轻的猎人，可我只跟他谈了几分钟，就知道他搞错了。然

---

①凯彻姆，美国爱达荷州城市，海明威晚年在此居住，后于1961年自杀。

后我找到一位长者，可他也好不到哪儿去。最后我遇到一位五十岁左右的猎人，这才找对了人。我要寻觅的所有东西，他都知道，或者说都能感觉到。

我给他买了一杯啤酒，我们聊了许多闲话。接着我给他买了第二杯啤酒，慢慢把话题引到我此行的目的和找他说话的原因上。我们沉默了一会儿，我耐心地等着，并没有流露出心中的不耐烦。我在等猎人主动说起三年前的事。他当时开车去太阳谷，在路上遇到一个男人。他与此人也在这个酒馆坐了下来，一起喝啤酒，聊起去荒山野岭打猎的事情。我在等猎人告诉我，他遇到的这个男人是什么样子的，以及他对此人有什么了解。

猎人盯着酒馆的墙壁，却仿佛在眺望外面的高速公路和群山。终于，他打起精神，平静地说起了往事。

"那个老人，"他说道，"唉，路上的那个老人。唉，那个可怜的老人。"

我等着。

"我一直都没办法忘记那个走在路上的老人。"他一边说一边低头看着杯中的啤酒。

我喝了几口酒，感觉很不舒服。我觉得自己老了，很疲倦。

沉默还在延续，于是我拿出一张本地的地图，摊平了放在木餐桌上。这时候是上午，酒馆里只有我们两个顾客，所以很安静。

我问道："你最常遇见他的地方是这里吗？"

猎人用手触碰了地图三次。"我过去常常见到他在这一带行走，沿着这里，然后他还会在这里横穿。那个可怜的老人，我本来想叫他别在大路上行走，可我又不愿意让他觉得受到伤害或者侮辱。像他这样一把年纪的人，你不能去教育他别走大路，免得被车撞飞了……你不能对他说这样的话。要是他真的被车撞了，那也没办法。你会对自己说，这是他的事情，别多管闲事，该干吗干吗。他真的是一把年纪了啊。"

"他是一把年纪了。"我把地图叠好放回口袋里。

"你和那些人一样是记者吗？"他问道。

"我和他们不太一样。"我答道。

"我不是故意把你和他们相提并论的。"他说道。

"你不需要道歉。"我说道，"这么说吧，他有许多读者，我也是其中一个。"

"哦，没错，看他书的人可多了，各种各样的读者，包括我本人。我这人，一年到头也不会碰一下书，却只看他一个人的。我觉得我最喜欢的是关于密歇根的那些故事。尤其是打鱼题材，我觉得打鱼的那些故事写得真好，过去从来没有人像他那样描写打鱼，可能将来也不会有了。当然，斗牛的故事也不错，只是有点儿远。有些牛仔就特别喜欢那些故事，他们一辈子都和马、牛、羊打交道，我猜对于他们来说，这里的牛和别处的牛都是一样的。那个老人写过一些发生在西班牙的故事，我认识一个牛仔，他把这些故事里面和斗牛有关的章节反复看了四十遍。我敢发誓，如果他去西班牙，马上就能出场斗牛。"

"我觉得，读完西班牙系列里面的斗牛故事之后，我们所有人都会有这样的感觉。"我说道，"在我们一生中，至少会有这么一次，我们会觉得自己可以去西班牙，可以去那里斗牛。或者我们至少可以参加晨跑活动，赶在奔牛前头飞跑；在终点不但有美酒，还有你最心爱的女孩，等着和你共度一个悠长的周末。"

说到这里我打住了，默默地笑起来。因为我突然发现，我的声音竟然在不知不觉中陷进了他说话的节奏里。也不知道我是受他话语的影响，还是被他双手的摆动所左右。我摇了摇头，不说话了。

"你去过那个坟墓了吧？"猎人问这句话的时候，似乎知道我会说"去过"。

"还没。"我答道。

这个答案让他始料不及，可是他努力掩饰心中的诧异。"他们都会去坟墓那里。"他说道。

"我和他们不一样。"

他搜肠刮肚，想找一个不失礼貌的方式来问我。"我的意思是……"他说，"你为什么不去呢？"

"因为这个坟墓不适合他。"我说道。

"可话说回来，等你要进坟墓的时候，哪有坟墓是适合的呢？"他说。

"不是的，"我说，"坟墓有合适不合适之分，正如死的时机也有合适不合适之分。"

他点了点头。我说的这句话，他就算不是完全认同，至少也从中嗅出了一点真理。

"当然了。我就认识不少人，死得简直太完美了。"他说道，"你总是能感觉到，是的，这个时机就最合适了。我认识一个人，坐在餐桌前等吃饭。他老婆从厨房端了一大碗汤出来，发现他还坐在那里，却已经死透了。他老婆当然很惨，可是，我的意思是，他那种死法不是挺好的吗？又没有生病，什么问题也没有，就是坐在那里等着吃晚饭，突然就死了，也不用知道晚饭到底上了没有。就像我的另一个朋友,他有一条老狗,已经十四岁了。那狗瞎了,活得特别累,他终于决定把狗带去兽栏人道毁灭。他把那只又老又瞎又疲倦的狗放在车前座,狗舔着他的手,我的朋友觉得很难过。就在去兽栏的路上,狗一声不吭地死掉了,就死在车座上。它好像早就知道要去哪里,要去干什么,所以选择了一个更好的方式,主动把自己的灵魂交出来——来,给你!你说的就是这个意思,对吧?"

我点了点头。

"所以你觉得,对于那个人来说,山顶的坟墓并不合适,对吧?"

"就是这个意思。"我说道。

"你觉得一路上会有各种各样的坟墓供我们大家选择吗?"

"可能吧。"

"如果有办法预见这辈子的事情,我们会不会做出更好的选择呢?临死前,我们回望这一生,"猎人说道,"我们会说,真该死,某年某处才是正确的时间和地点,另外一年或另外一处是错的。必须是在那一年,在那个地方。我们会这样说吗?"

"会。如果我们不主动选择,就要被迫接受一个时间和地点。"我答道。

"你这个想法真好!"猎人说,"可是几个人能有这样的觉悟呢?一场派对的金酒喝完了,大部分人都不会离场。我们不够聪明,所以赖着不走。"

"赖着不走。"我说道,"真可惜。"

我们又要了更多啤酒。

猎人喝了半杯,擦了擦嘴。"对于那些不合适的坟墓,你能怎么办?"

"就当它们不存在。"我答道,"或者,它们像噩梦一样,终究会消失的。"

猎人笑了一声,笑得很苍凉。"天哪,你真是个疯子。不过我喜欢听疯子的疯言疯语。来,再来几句。"

"说完了。"我说道。

"你就是'复活与生命'①吗?"猎人问道。

"不是。"

"你准备说'拉撒路出来'②?"

"不是。"

"那你到底是什么意思?"

"我只是想在大限将至之日,"我说道,"能选择合适的地点、合适的时刻、合适的坟墓。"

"快干了这杯吧,"猎人说,"你需要再喝点儿。到底是谁差遣你来的?"

"我……"我答道,"是我自己要来的,当然还有些朋友。我们一共十个人,凑了钱,选出我一个人办这件事。我们就在路边买了那辆二手卡车,然后我开着它穿州过府。一路上我经常打猎钓鱼,练就一副好体格。去年我在古巴,前年夏天我去了西班牙,再前一年的夏天我是在非洲过的。我总是会想很多东西,这也是他们选中我的原因。"

"选中你做什么?你能做什么?该死的!"猎人的语气很紧

---

① 合和本《圣经·约翰福音》11:25:耶稣对她说:"复活在我,生命也在我!信我的人,虽然死了,也必复活。"
② 合和本《圣经·约翰福音》11:43:(耶稣)说了这话,就大声呼叫说:"拉撒路出来!"

迫，开始有点儿暴躁。他摇头说道："你什么也干不了！一切都已经结束了。"

"未必。"我说道，"跟我来。"

我走到酒馆门口。猎人呆坐了片刻，仔细端详我的脸——刚才我说的那一番话，在他脸上激出了明亮的火花。他咕哝了一声，终于离开座位走过来，和我一起走到酒馆外面。

我指着路边，我们一起看着停在那里的卡车。

"我以前见过这种卡车。"他说道，"我在电影里看见过一辆类似的。他们就是坐着这种卡车去捕猎犀牛的吧？或者是狮子和其他猛兽。至少是开着这种卡车环游非洲？"

"你的记性很好。"

"可这里没有狮子！"他叫道，"没有犀牛，也没有水牛，我们这里什么也没有！"

"真的没有？"

他不回答。

我的车门敞着。我走上前，手扶着卡车。"你知道这是什么？"

"我从现在起就扮演一个傻子吧。"猎人说道，"这是什么？"

我轻轻敲着车前的挡泥板，敲了很久。"这是一台时间机器。"我说道。

猎人的双眼圆睁，随即又眯起来。他用一只大手拿着酒杯呷了一口，然后点头示意我继续。

"这是一台时间机器。"我重复道。

"我听到了。"他说道。

猎人绕过这辆狩猎卡车，站在路中心看着它，却没有看我。然后他绕着卡车走了整整一圈，最后回到人行道上，盯着加油口的盖子。"这车省油吗?"他问道。

"我还不知道。"

"你什么都不知道。"他说。

"这是我第一次开这车上路,"我说,"这次旅程还没结束,我怎么会知道呢?"

"这种东西用什么燃料?"他问。

我保持沉默。

"你把什么东西灌进去?"他又问。

我本来可以回答:深宵苦读,长年累月通宵达旦地看书。我在雪山峰顶看书,在西班牙的潘普洛纳午读,在佛罗里达海岸线附近的小溪里或者小船上看书。

我本来还可以答道:我们十个人一起用手摸着这台机器,每个人都想着它,相信它,触摸它,把我们的爱灌注给它。他的文字早在二十年、二十五年、三十年前就在我们心中留下了烙印,我们把这些印记也倾倒进去。这台机器里融汇了许许多多的人生、记忆和爱。你所说的燃料、汽油,或者别的什么名堂,其实就是这些东西。还有巴黎的雨露、马德里的阳光、阿尔卑斯山巅的积雪、奥地利蒂罗尔州的枪火、墨西哥湾流闪耀的波光、爆炸的炸弹、跳跃的鱼群……这一切都是这台机器的燃料和汽油。

我本来应该这样回答的。可我只在心中闪过这些念头,并没有说出来。

猎人常年在森林中闯荡,大概练就了心灵感应术,肯定已经嗅出了我的思绪。他的双眼斜向上瞥,正在反复琢磨我心中的想法。

然后他走过来,做了一件出人意料的事情:他伸手去触碰我的那台机器。

他把手放到机器上,不拿开,似乎在感受里面的生命,也像是在赞叹他手中感受到的一切。他就这样站着,站了好久好久。

然后,他一言不发地转身离去,甚至没有再看我一眼。他走回酒馆里,背对门口坐下来,继续孤独地喝酒。

我不想打破这一刻沉默。是时候出发了,是时候去尝试了。我上了卡车,启动发动机。

省不省油?用什么燃料?我思索着,开车离开。

我沿着这条公路向前开,既不向左看,也不向右看,任凭这条蜿蜒的路带着我一会儿向这个方向走,一会儿朝那个方向去。就这样开了大约有一个小时,途中我不时会闭上眼睛,足有数秒之久。虽然明知有翻车受伤乃至丧命的危险,可是我也顾不上那许多了。

然后,就在将近中午的时候,太阳被浮云遮蔽,我突然知道,我可以看了。

于是我抬头望向山峰,几乎大叫出来。

坟墓不见了。

这时我的车开下了一道小山谷,只见前方路上有一个身穿厚重毛衣的老人正孤独地走着。

我把狩猎卡车挂了空挡,慢慢追上老人,然后和他并排前行,我留意到他戴着一副钢框眼镜。我们就这样并肩前行了许久,彼此视而不见。最后是我先开口叫了他的名字。

他迟疑了片刻,随即继续前行。

我坐在卡车里追上他,又喊了一声:"老爹。①"

他站住了,看我要干什么。

我刹住车,依然坐在驾驶位上。

"老爹。"我说。

他走过来站在车门旁边。"我认识你吗?"

"不,可我认识你。"

他注视我的眼睛,然后仔细端详我的脸庞和嘴巴。"没错,我觉得你确实认识我。"

"我看到你在路上步行,我反正和你同路,要送你一程吗?"

"每天这个时候还是多走走比较好。"他答道,"谢谢了。"

"让我告诉你我要去哪里吧。"我说道。

他本来已经开始向前走,闻言随即停下脚步。他并没有看我,只是问道:"去哪儿?"

"一条漫漫长路。"我答道。

"这么说,那条路确实漫长。你不能把它变短一点儿吗?"

"不能。这条漫漫长路,"我说道,"有两千六百天,上下误差不过几天,另加半个下午。"

他走回来,终于向车里看了看。"你要走的路就那么遥远吗?"

"就那么遥远。"

"往哪个方向去?前方?"

"你不是想去前方吗?"

他仰望天空。"我不知道。我已经不确定了。"

"我不是向前走。"我说道,"我是往回走。"

---

① 海明威绰号"老爹"(Papa)。

他的眼睛突然呈现出另一种颜色。这是极其细微的变化，就像一个人从树荫下走出来，站到了穿透云层的阳光中。

"你往回走。"

"在两千天和三千天之间，先将半天对分，再加减一个小时，还要增删一分半秒。"我说道。

"你真能侃。"他说。

"我有点强迫症。"我说道。

"你这么能侃，只能当个三流的写手。"他说，"我还没听说过哪个作家是能言善辩的。"

"这正是我的宿命。"

"往回走？"他掂量着这几个字的分量。

"我打算把车掉个头，"我说道，"然后沿着这条路往回开。"

"不看里程却算天数？"

"不看里程却算天数。"

"这辆卡车正是那种车吗？"

"这车就是按照那个设计制造的。"

"这么说来，你是一个发明家？"

"我是你的读者，不过碰巧也弄一些小发明。"

"如果这车真的有用，那么你这个发明就了不起了。"

"这辆车任凭你差遣。"我说道。

"你要去的地方，"老人一边说一边用手撑着车门，整个人往前靠。接着，他突然意识到自己的动作不妥，连忙把手抽回，然后站直了对我说，"在哪里呢？"

"1954年1月10日。"

"这个日子很特别。"他说。

"是的，这一天很特别，曾经很特别。它不仅仅是一个日子那么简单。"

他并没有动，眼睛却变得更明亮了，就像刚刚走出树荫的那人又迈出一步，踏进了更明媚的阳光之中。

"那天你会在哪里呢？"

"非洲。"我答道。

他沉默了。他的嘴巴没有动，眼睛也不再变化。

"在内罗毕附近。"我说道。

他慢慢地点了一下头。

"非洲，内罗毕附近。"

我等着。

"如果我们去那里的话，到达之后又怎样呢？"他问。

"我就把你留在那里。"

"然后呢？"

"然后就没有然后了。"

"没有然后了？"

"你永远留在那里。"我说道。

老人不停地呼气，吸气，手顺着车窗下沿滑动。

"这辆车，"他问，"会不会在途中变成一架飞机？"

"我不知道。"我回答说。

"你会在途中变成我的飞行员吗？"

"有可能吧。我还没试过呢。"

"可是你愿意试一下？"

我点了点头。

"为什么？"他身体前倾，逼视我的脸，眼神中带着一种沉静、狂野而骇人的强烈情感，"为什么？"

老爹，我暗想，我不能告诉你为什么，拜托你别问了。

他也感觉到自己逼得我太紧，所以稍稍退后了一点。

"刚才那句当我没问。"他说道。

"你没问。"我回答。

"在你迫降的时候，"他说，"这次降落能有点儿不一样吗？"

"是的，会不一样。"

"比那次更狠吗？"

"我会尽力而为的。"

"我会不会被甩出去，而剩下的你们几位都安然无恙呢？"

"出现这种结局的概率比较大。"①

他抬头看着山峰，那里没有坟墓。我也看着那座山峰。可能他已经设想要在那里修建一座坟墓。

他凝神注视着群山脚下的公路、峰峦之外的大海，还有大洋彼端的那片土地。"这就是你所说的'好的日子'吗？"

"没有比这更好的了。"

"具体时、分、秒也合适吗？"

"说真的，没有比这更好的了。"

"值得考虑一下。"他的手还放在窗沿上，可是身体已经站直了。他在试探，在感受，在触碰，虽然他的手还微微颤抖，虽然他依然犹豫，可是他的眼中已经闪耀出非洲正午的艳阳光彩。

"好。"

"好？"我问道。

---

① 1954年1月下旬，海明威在非洲接连遭遇两次飞机事故，均死里逃生，但是当时新闻媒体曾误报他的死讯。

"我想好了。"他说,"我就和你走一程吧。"

我一刻也不耽误,伸手打开车门。

他默默上车,在前座坐好,轻轻关上车门,并没有发出砰的一声。他坐在那里,显得苍老而疲倦。我等着。"开车吧。"他说道。

我启动发动机,轻踩油门。

"掉头吧。"他说。

我把车转了一百八十度,面对来路。

"这辆车,"他问道,"真的是那种车吗?"

"真的,就是那种车。"

他望着外面的大地、群山以及远处的房屋。

我等着,让发动机空转。

"我们到达那里之后,"他问道,"你还会记得一些事情吗?"

"我尽量吧。"

"有一座山。"他说了这句就停住了,没有继续往下说。他就这样坐着,缄默不语。

可是,我在心中为他补上。我想,在非洲有一座山,叫乞力马扎罗山,人们在峰顶西麓的山坡上发现了一头金钱豹的冰冻干尸,没有人能够解释为什么金钱豹会出现在那么高海拔的地方。

我想,我们会把你埋葬在乞力马扎罗山巅的这片斜坡上,就在那头金钱豹旁边。我们会刻上你的大名和出生日期,并在下面写道:"斯人至此,莽莽高山,意欲何为,世人难参。"然后我们就下山,回到酷热的夏季大草原。从此以后,那座坟墓就留给黑人勇士和白人猎手,还有那些敏捷矫健的非洲鹿去发现了。

老人收起眼中的光华,望着山间蜿蜒的公路,点了点头。

"我们走吧。"他说道。

"好的,老爹。"我答道。

于是我们上路了。我坐在方向盘后面,开得很慢,老人就坐在我身边。就在我们下了第一个山丘,又开上第二个山顶的时候,一轮红日已经蹦出来了,连空气也似乎夹杂着火焰的气味。我们高速前进,就像一头在高草丛里疾奔的狮子,河流和溪水都在身边一闪而过。我多么希望我们能够逗留哪怕一个小时。我们可以利用这段时间去戏水、捕鱼,然后在水边煎鱼吃。我们也可以在小溪旁边躺下,谈天说地亦可,沉默相对亦可。可是我们一旦停下来,就可能永远也走不动了。我猛踩油门,发动机爆发出一阵轰鸣,如同一头巨大的猛兽在吼叫。老人咧开嘴笑了。

"今天肯定是伟大的一天!"他大声吼道。

"伟大的一天。"

我的思绪又回到路上。我想,现在是时候了:现在是我们消失的时候了,现在是我们彻底离开的时候了。现在这条长路已经空无一人,阳光中的太阳谷一片寂静,我们离开之后,这里会变成什么样呢?

我把车加速到每小时九十英里。我们两人都像孩童似的高声叫嚷。然后我就什么都不知道了。

"天哪!"老人在快结束的时候说,"你知道吗?我觉得我们正在……飞呢。"

诗 篇

刊于《怪谭》(*Weird Tales*)
1945 年 1 月
汪杨达 译

    一开始,这只是另一首新诗。后来,戴维开始浑身冒汗,在屋子里踱步,自言自语。这些年来他的薪酬一向微薄,可他从未如今天这般专注。戴维聚精会神地构想诗句,这让丽萨感觉自己被丈夫遗忘,冷落,晾在了一旁,唯有等到他创作完成,才会重新注意到自己。

    终于——新诗写完了。

    旧信封背后的墨水还没干,他用颤抖的手指将这诗稿递给她。他的眼眶发红,眼里闪着灼热而激动的光。她接过草稿读了起来。

    "戴维——"她轻声唤着,不禁拉住他的手,开始颤抖。

    "这首诗很棒,对吧?"他高声说道,"棒极了!"

    木屋绕着丽萨旋转起来,仿佛一股木质洪流。她凝视稿纸,感觉到诗句正在消融,汇聚成活物。这张纸犹如一方透进阳光的明亮窗扉，探出窗外就可以进入一个更明亮的、琥珀般的新天地！她的心犹如悬挂的钟摆，摇晃不定。她恐慌地大叫，紧紧抓住这奇妙窗口的边缘，以免自己一头栽进三维的幻境中。

"戴维，这诗真是新奇美妙，又——骇人。"

她手里仿佛捧着一道光，穿过这道光，她就能闯进一片歌唱、色彩与新感官的广阔天地。神奇的是，戴维竟将这一切网罗搜集，编织成束，再融入现实、物质、原子，最后用墨水将它们轻易聚拢，封印在纸上！

他描绘了一片雾气迷蒙、葱郁碧绿的林间山谷。鸟儿在桉树高高的树冠间流水般飞翔。花朵像杯子一般，承托起扇动翅膀的嗡鸣的蜜蜂。

"戴维，这首诗真棒。这是你写过的最好的诗！"一个冲动的念头让她感觉心跳加速。她觉得自己一定得亲自到那林谷去，去看看那里宁静的一切是不是如诗里那样优美。她牵起戴维的胳膊。"亲爱的，我们一起上路吧——就现在。"

戴维兴高采烈地同意了，他们一同出发，离开群山间孤零零的那栋小房子。走到半路，她心里就打起了退堂鼓，但她甩了甩那张如浮雕般清秀的脸，把这念头丢到一旁。面前那条路的尽头似乎有些暗，按说这时候的天色不该如此阴沉。她说着些轻巧的话，掩饰自己的忧惧。

"你努力了这么久，写出这样完美的诗。我知道，总有一天你会成功的。我觉得就是这首诗了。"

"多亏我有位体贴的太太。"他说。

他们绕过一块巨石，暮色突然降临，好像谁扯下了一层紫色的面纱。

"戴维！"在这出乎意料的昏暗中，她紧紧地抓住他的胳膊，"这是怎么回事？这里不就是那片林谷吗？"

"是啊，当然就是这里！"

"但是，这里也太暗了吧！"

"好吧，没错……的确有点儿——"他似乎有些沮丧。

"花儿都不见了！"

"我今天早晨还看见那些花的，怎么会凭空消失呢！"

"你还在诗里写了呢。还有，那些葡萄藤又在哪里？"

"一定还在这儿。我离开这里也就几个小时而已。这里太暗了，咱们回去吧。"他向那片深浅不一的暗处望去，好像也有些害怕了。

"我什么都没看见，戴维。草地不见了，树林、灌木丛，还有那些葡萄藤，都消失了。"喊出这番话后，她沉默了片刻，寂静就此降临。这是一阵不自然的沉寂，他们感受不到时间流逝，也感受不到一丝风。这真空般的窒息感让他们无比恐慌。

他轻声咒骂，周围没有回音。"现在天黑，什么都看不见。明天一切都会恢复原样的。"

"但是，如果永远也恢复不了了呢？"她开始颤抖。

"你在胡说些什么呢？"

她拿出那首诗。纸上的字句泛着平稳而纯粹的黄色光芒，像一个小壁龛，里头搁着一支安静燃烧的蜡烛。

"你写了一首完美的诗。太过完美了。这一切都是你造成的。"她木然地听着自己的话语，仿佛那声音来自远方。

她又把这首诗读了一遍，一阵寒意席卷而来。

"这片长满树木的山谷就在这首诗里。阅读这首诗就像打开了一扇门，我们行走在及膝的青草小径上，闻着紫葡萄的香味，听着金黄的蜜蜂在空中飞行的嗡嗡声，感受那阵清风，看着鸟儿们乘风而来。这张纸化作太阳，化作清水，化作色彩和生命，化作万物。这首诗不再是文字符号或一篇读物，它活了！"

"不，"他说，"你错了，这太疯狂了。"

二人沿着小径一起跑出了林谷。刚摆脱身后幽暗的真空，一阵清风便迎面而来。

在那栋窄小简陋的屋舍里，他们坐在窗边，盯着山下的林谷。林谷安静地躺在山岩的怀抱中，周遭仍是下午两三点的阳光，丝毫没有阴暗弥漫、死寂无声的迹象。

"这不是真的，诗歌没有这样的效力。"他说道。

"文字是象征符号，它们能对意识施加影响。"

"我做了什么能对现实施加影响的事吗？"他反问，"你倒说说看，我是怎么把那些风景变没的？"他把纸页捏得哗哗作响，眉头紧皱盯着每一行诗句。"难道我创造的不仅是这些符号，还有某种形式的物质和能量？难道我能够将生命提炼、脱水、浓缩？难道进入我脑中的事物，就像穿过放大镜的光，聚焦成一个亮点，达到燃点？难道我能用这火焰将生命铭刻在纸页上？老天在上，这想法快把我逼疯了！"

房子外风声环绕。

"如果咱们两个都没疯，"丽萨在这呼啸的风中坚定地说道，"有一个办法能证明我们的猜测。"

"什么办法？"

"把这阵风关起来。"

"把风关起来？困住它？用笔墨将这风包围起来？"

她点点头。

"不，我才不做这自欺欺人的事情。"他摇摇头，呆坐着直舔嘴唇。随后，他咒骂自己的好奇心，走到桌前，取出钢笔和墨水。

他看看妻子，再看着窗外起风的光景。蘸了蘸墨水，他便像往常一样，用钢笔在纸上书写那些黑色的奇迹。

转瞬之间，风停了。

"这阵风，"他说，"被我关起来了。这墨迹也已经干了。"

她依偎在他的肩头读诗，沉浸在这凉爽醉人的风中。风带来遥远的海的咸味和远方麦田青青禾黍的气息，还夹杂着远处城市里砖瓦水泥的独特味道。

戴维急急站起身来，椅子像瘦小老妇般向后摔倒。他如盲人一样跟跟跄跄跑下山去，奔向林谷。即便丽萨心急如焚地呼唤，他也不回头。

从林谷回来后，他一会儿歇斯底里，一会儿安静得出奇，瘫倒在座椅里。当晚，他闭着眼睛抽烟斗，以无比冷静的语调说个没完。

"我现在拥有凡人前所未有的力量。我不知道这能力的外延、边界和限制。或许到了某处，这魔力就会失去效用。哦，天哪，丽萨，你该去看看我把林谷毁成什么模样了。不见了，都不见了，诗里写过的东西都烟消云散。整片林谷成了它最原始的模样，只剩一具空骨架。然而这些美景尽收于此处！"他睁开眼，盯着那首诗，眼前看到的仿佛是圣杯，"只要几行'午夜'牌墨水,我就可以永远拥有它们!我会成为有史以来最伟大的诗人!这是我一直以来的梦想"。

"戴维,我有些怕。把这些诗稿撕了,我们跑得远远的吧!"
"搬走?现在?"
"这太危险了。万一这力量能延伸到山谷外,我们该怎么办?"

他的眼睛里闪着狂野的光。"那我可以一瞬间毁灭这个宇宙,同时让它不朽。这只消一首十四行诗的力量,如果我决定动笔写的话。"

"但是,你不会让宇宙毁灭的,戴维,答应我好吗?"

他似乎没有听见她的话。他仿佛正倾听宇宙的乐声,听一种如鸟振翼般轻灵的声响。他似乎正在思索,这块土地在此守候了多久。也许数个世纪以来,这座圣杯都在等待一位诗人,将它的力量一饮而尽。此刻,这山谷似乎就是整个宇宙的中心。

"这会是一首非同凡响的诗。"他若有所思地说,"这旷古烁今的伟大诗作,会令济慈、雪莱、勃朗宁、令所有诗人汗颜。这是关于宇宙的绝唱。但我不会写的,"他伤心地摇摇头,"我想我永远不会把它写下来。"

丽萨屏住呼吸,在沉默中等了许久。另一阵风从远方吹来,取代了刚被封印的那阵。她终于松了一口气。"我刚才一直担心你超越界限,将地球上所有的风都关了起来。现在看来没事了。"

"没事才怪,"他开心地喊着,"这是多么奇妙的事情啊!"他搂着妻子,一遍遍地亲吻她。

五十天里写出了五十首诗。这些诗篇描绘了一块山岩、一段草茎、一朵鲜花、一枚鹅卵石、一根落羽、一滴雨、一场泥石流、一颗风干的头骨、一把遗失的钥匙、一片手指甲,还有一只打碎的灯泡。

赞誉如阵雨般袭来,这些诗歌被出售到了各地,被全世界吟诵。评论家们称这些杰作"如一块块包裹着生活碎片的琥珀""每首诗都是一扇发现这世界的窗户"。

他一夜成名,但花了很长时间才接受这一切。当他看见自己的名字印在书上的时候,简直不敢相信自己的眼睛。后来读到专栏评论的时候,他也不敢相信那是真的。

再后来,他的心中像是燃着了一团火,这火焰越烧越旺,蔓延到他的身躯、四肢和面庞,吞噬着他。

荣耀和掌声之中,她把脸颊贴向丈夫的侧脸,悄悄说道:"这是你的巅峰时刻了。以后还会有比这更辉煌的时刻吗?不会有了。"

他把刚收到的信件展示给她看。

"看到了吗?这封信是从纽约来的。"他飞快地眨眼,几乎坐不住了,"他们希望我写更多的诗,成千上万的诗。看看这封信,给你。"他把信递给她。"编辑们都说,如果关于一块鹅卵石和一滴雨水,我都能写出如此优美而伟大的诗篇,不妨设想,如果我——稍微尝试一下鲜活的生命,能写出多么出色的诗。鲜活的生命。不用大个儿的,也许写一只阿米巴变形虫就好。或者……对了,今天早上我看见一只鸟——"

"一只鸟?"她一下子僵住了,等着他的回应。

"是的,一只蜂鸟,一会儿悬停,一会儿落下,又飞起——"

"你不会已经……"

"为什么不可以呢?只是一只小鸟而已。十亿鸟儿中的一只,"他有些不自然地说,"一只小鸟,一首小诗。你不能连这点儿自由都不给我。"

"一只变形虫,"她冷淡地说,"接下来就会是一条狗、一个人、一座城、一块大陆、整个宇宙了!"

"瞎说。"他的脸抽搐了。他在屋子里踱步,手指不断把额前的黑发往后捋。"你不要这么戏剧化。何况,少了一条狗算什么?甚至,少了一个人也不算什么吧?"

她叹了口气。"当时你谈起此事还满心恐惧呢!我们第一次知道你有这种力量的时候,就谈到了这种危险。戴维,你要记住,这并不是你自己的能力,这只是发生在这栋山间木屋里的巧合——"

他轻声咒骂:"谁在乎这是巧合还是命运?重要的是,我就活在此时此地,而他们——他们——"他停下来,脸涨得通红。

"他们怎么了?"她催促道。

"他们要称我为有史以来最伟大的诗人!"

"这会毁了你的。"

"那就让这赞誉毁了我吧!现在,我们都安静一会儿。"

他走进自己的小房间,不安分地坐着,打量窗外那条泥巴路。正心烦意乱的时候,他看见一条棕色的小狗在道上小跑,身后扬起一团灰尘。

"而我,是个很棒的诗人。"他带着怒气自言自语,拿出钢笔和纸张,飞快地在纸上写了四行诗句。

那条狗围着一棵树打转,在绿色灌木丛间蹿来蹿去,叫得正欢。出乎意料的是,就在狗儿当空跃过一根树藤的时候,叫声停了。狗竟在半空中支离破碎,一英寸一英寸地消失了。

他把自己锁在小屋里，奋笔疾书。几句轻描淡写，将花园里的颗颗鹅卵石化作满天繁星。寥寥数笔便让天上的云朵、黄蜂蜜蜂、雷霆闪电成了不朽之物。

无法避免的是，他这些更隐秘的诗篇终将被妻子发现。

一次漫长的午后散步之后，他回到家中，发现自己的诗作散落在她的膝头。

"戴维，"她质问道，"这是什么意思？"她一阵胆寒，打着哆嗦，"你这首诗，最开始写了一条狗，然后是一只猫、一些绵羊，最后——竟然写了一个人！"

他从她手里夺过诗稿。"那又怎么样！"他把诗稿塞进抽屉，重重地合上，"他只是个糟老头子罢了，那些羊也都很老了，而且那条小猎犬已经染了病！没了他们，这个世界会变得更好！"

"但是这里，这首诗也不对啊。"她将那张稿纸举到身前，惊恐地张大眼睛，"一个妇人和三个来自夏洛茨维尔的孩子！"

"好吧，你不喜欢这首诗！"他狂怒地说，"可一个艺术家必须实验，要尝试一切事物——我不能老是站在这儿，一遍遍写那些老玩意！我已经有了一个超乎你想象的计划。没错，非常棒、非常宏伟的计划。我决定写一首关于万物的诗。只要我愿意，我可以把天空撕裂，我可以把太阳当成玩物，我甚至能毁灭这个世界。只要开心，我做什么都可以！"

"戴维。"她惊愕万分。

"不错，我会这么做的！我会的！"

"戴维，我早就应该明白，你幼稚得像孩子一样。如果你再继续下去，我不能陪在你身边了。"

"你必须留下来。"他说。

"你这话是什么意思?"

他似乎并不明白自己说了什么。他先是无助地环顾左右,然后开口说道:"我是说,我的意思是——如果你试图离开,我只要坐在自己的桌前,用钢笔描述你的形象……"

"你……"她头晕目眩。

她哭了。一片静寂中,她默默地跌坐在椅子上,双肩不住抽动。

"对不起,"他不敢看哭泣的妻子,怯懦地说,"我并不是故意那么说的,原谅我,丽萨。"他走上前,把手放在她颤抖的身躯上。

"我不会离开你的。"她终于说道。

之后,她闭上双眼,开始思索。

当天晚些时候,她从镇里买东西回来,手上提着几个鼓鼓囊囊的杂货袋,还有一大瓶香槟酒。

戴维看着那瓶酒,开怀大笑。"我们是不是要庆祝一下?"

"对,"她将酒瓶和开瓶器递给他,"庆祝你成为世上最棒的诗人。"

"我嗅到了挖苦的味道,丽萨,"他边倒酒边说,"让我们为——这宇宙而干杯。"他一饮而尽,"好酒。"他指指她那杯,"喝吧。你怎么不喝呢?"

她的眼睛湿润了,好像为什么事情感到悲伤。她又满上了他的酒杯,将自己那杯也举得高高的。"祝我们永远在一起。永远。"

屋子似乎有些倾斜。"这酒有点儿上头,"他认真地说道,坐下来以免自己摔倒,"我空腹喝酒了。哦,老天……"

他坐了十分钟,其间她又给他加满了酒。丽萨似乎突然无缘无故地开心起来。他愁眉苦脸地坐着,思考着,望着钢笔、墨水和稿纸,想做一个决定。"丽萨?"

"怎么了?"她正唱着歌准备晚餐。

"我感觉自己状态来了。整个下午我都在搜肠刮肚地思考,然后——"

"然后什么,亲爱的?"

"我要写有史以来最伟大的诗篇了——现在就写!"

她感觉自己的心房震颤了一下。"是关于这座山谷的吗?"

他得意地笑了。"不,不是!比山谷大,大多了!"

"我并不擅长猜谜游戏。"她坦白。

"很简单,"他说着,又喝下一大口香槟酒。太太贴心地买了酒,这酒激发了他的灵感。他捏着钢笔,吸了点墨水,"我要写一首关于宇宙的诗篇!让我想想怎么下笔……"

"戴维!"

他皱了皱眉。"怎么了?"

"哦,没事。我是说,要不要再来点香槟,亲爱的?"

"嗯?"他糊涂地眨眨眼睛,"我再来点儿你不介意吧。再给我倒点儿吧。"

她坐在他身旁,尽量显得神情自若。"再跟我说说,你要写的是什么样的诗?"

"关于宇宙、星辰,关于彗星呆滞拖沓的脚步,关于流星如盲人般的黑夜求索。巨型双子星火热地拥抱缠绵,远端行星冰冷而优雅地远足,类星体像巨型显微镜下的草履虫,骤然收缩身体。我要写这世上的一切,脑中任何想到的东西都要加进去!地球,太阳,群星!"他大喊。

"不!"她说道,随即克制自己,"我的意思是,亲爱的,别一次把所有东西都写出来。一样一样来——"

"一样一样来。"他扮了个鬼脸,"我一直都是这么干的,可我都快受不了那些蒲公英和雏菊了。"

他用钢笔在纸上写起来。

"你在干什么呢?"她质问道,抓着他的胳膊肘。

"放开我!"他甩开她。

她看见几个黑色的词语拼成句子。"无尽的宇宙,繁星几许,行星恒星穿行其间——"她尖叫出声。

"不!戴维,快划掉,趁还来得及。快别写了!"

他的眼睛眯成一条缝,就像透过一根黑暗的管道,看着远在另一端的她。"划掉它?"他说,"为什么,这是一首好诗!我一行都不会删。我要当个好诗人!"

她扑到他身上,抓起钢笔,用一道利索的斜杠划掉了那些词句。

"趁墨水还没晾干!"

"蠢货!"他大喊,"你滚开。"

她跑到窗前,傍晚的第一群星星还在天幕上,新月也挂在那儿。她呜咽着,长舒一口气,转身向丈夫走去。"我想帮你……写诗——"

"我不需要你来插手!"

"你疯了吗?你没有意识到自己笔下的力量吗?"

为了让他分心，她倒了更多的香槟，他又来者不拒地喝了下去。"啊……"他头晕目眩，叹了一口气，"我已经晕头转向了。"

但这并没有阻止他写诗，他在一张空白稿纸上动笔了。"宇宙——无垠的宇宙——亿万星辰的浩瀚——"

她匆忙拼凑了一些零碎的话，想拖住他。"这句写得真差劲。"她说道。

"'差劲'是什么意思？"他好奇地问，笔却没有停。

"你得从头开始，写一切的开端和发展，"她颇有逻辑地解释，"就像一圈圈地给钟表上发条，宇宙也应当一个分子一个分子地构建，发育成恒星，终于演化成一个车轮星系。"

笔速慢了下来，他开始皱眉思考。

见丈夫有所动摇，她接着劝道："亲爱的，你看，你现在是意气用事了。你不能一开始就写这么宏大的事物。应该把它们放在诗篇的终章，营造一个大高潮！"

墨水快干了。她盯着稿纸，看墨迹一点点干涸。也许再过六十秒——

他停下了。"也许你是对的，也许。"他把笔暂时从手中放下。

"我就知道我是对的，"她说道，装作满不在乎地轻笑，"来，把笔给我——好嘞——"

她本以为丈夫会阻止自己，但他只是扶着苍白的额头，似乎因为饮酒过度而双眼疼痛。

她在诗句上画了一道粗杠，终于放宽了心。

"现在，"她关切地说，"拿好笔，我会帮你的。先写些小玩意儿，然后逐渐积累，像画家那样勾勒全景。"

他的眼睛仿佛覆上了一层灰色的薄膜。"也许你是对的，也许，也许吧。"

窗外夜风怒号。

"抓住那阵风！"她喊道，像是吹起小号鼓舞他的斗志，"抓住那阵风！"

他挥动钢笔。"逮着它了！"他醉醺醺地挥舞手臂，大吼，"捉住那阵风了！我用墨水盖了一座监牢。"

"抓住那些花朵！"她激动地要求，"山谷中的每一朵花！还有那片草场。"

"到手了！那些花也关起来了！"

"接下来是那座小山丘！"她说。

"山丘搞定！"

"这片山谷！"

"山谷完成！"

"阳光、香气、树荫，这栋屋子和花园，还有屋子里所有的东西。"

"好，好，好！"他高叫着，不停地写啊，写啊，写啊。

在他奋笔疾书的时候，她说："我爱你，戴维。原谅我接下来要做的事情，亲爱的——"

"什么？"他没听到她的话。

"没什么。我只是说，我们从来不知道满足，总是要超越合理的限度。你一直想这么做，戴维，这是错的。"

他看着自己的作品点点头。她吻了吻他的脸颊，他也伸出手拍拍她的下巴。"你知道吗，姑娘？"

"什么？"

"我觉得我喜欢你,没错,我喜欢你。"

她摇摇他。"别睡着了,戴维,醒醒。"

"我想睡了,我想睡了。"

"亲爱的,待会儿再睡。等写完这首诗,写完你最后的杰作,然后再睡吧。戴维,听我说——"

他摆弄着钢笔。"我还应该写些什么呢?"

她理了理他的头发,用指尖抚摸他的脸,颤抖着吻他。然后,她闭上眼,开始口述。

"从前有一个叫戴维的好男人,他的妻子名叫丽萨——"钢笔缓缓挪动,痛苦地写出一个个词语。

"然后呢?"他催促道。

"——他们住在伊甸园的一栋小屋里——"他又疲惫地动起笔来。她在一旁静静地看着。

他抬起眼睛。"然后呢?接下来写什么?"

她环顾屋内,看向窗外的黑夜,听到又一阵风在耳畔回响。她握着他的手,亲吻他困倦的双唇。

"写完了,"她说,"墨就要干了。"

数月之后,几位出版商从纽约来山谷探访。这阴冷斑驳的山谷里空空荡荡的,他们在环绕山谷的风中捡到三张散落的稿纸,打算带回纽约。

出版商们面面相觑,茫然若失。"为什么,为什么这里什么都没有,"他们说,"只有裸露的岩石,寸草不生,荒无人烟。他家凭空消失了!那道路,还有一切,都消失了!他失踪了!他的妻子也不见了!音信全无。就好像有山洪冲过,把整个山村都冲走了！没了！荡然无存！只有这三首诗，把过往的一切都记录了下来。"

再没有人知道那位诗人和他妻子的下落。农学院的专家曾不远万里前来此处，研究这片光秃秃的山谷。可他们最后还是摆摆手，一脸失望地打道回府。

但是，这些消失的东西其实很好找。你只要打开他最后一本薄薄的诗集，读最后三首诗。

她就在那里，苍白、美丽、不朽。你可以嗅到她香甜温热的肉体，她永远年轻，金发在风中飞扬。

紧挨着她，在书的对页，瘦削的他立在一旁，微笑、坚定。头发是渡鸦一样的黑色。他两手叉腰，抬起面孔环视左右。

他们的周围，蓝宝石色的天空下，是一片不朽的绿色风景。肥硕的酿酒葡萄飘散香气，及膝的青草被探索的脚步压弯了腰，数条小径正恭候着读者。沿路而行，你会找到一座山谷、一栋屋舍，你会感受到和暖的阳光、温柔的月华、遥远的星辉。你还能在这里找到他们俩，他和她，一起散步，一起欢笑，直到永远。

临终祷告

刊于《科幻奇幻杂志》(Magazine of Fantasy & Science Fiction)
1994 年 12 月
张晶晔 译

　　哈里森·库珀还没那么老，他只有三十九岁而已。相比于冰冷的三十岁，他更接近温热的四十岁，而这两者在温度和态度上有极大的差别。他有着近乎天才的才智，没有结婚，也没有订婚，更没有公开承认的孩子，所以他也没什么别的事情要做。他在 1999 年的一个夏日清晨醒来，哭泣着。

　　"为什么？"

　　他跳下床，对着镜子注视自己的眼泪，审视自己的悲伤，追溯自己的不幸。他就像孩子一样，对自己的情绪非常好奇。在他所绘制的关于自己的地图中，并没有绝望的首都，只有大片的空洞和悲伤。

　　哈里森·库珀去刮胡子，而那并没有什么用，因为他已经无意中打翻了忧郁的秘密供给罐，即使在他刮胡子的时候，忧郁也会沿着满是肥皂泡的脸颊淌下去。

"天啊,"他喊道,"我在参加葬礼,但死的是谁?"

他吃掉了早餐吐司,面包不知为何比平时更潮湿。然后,他向下跳到实验室里,想看看时光机能否解决眼睛泪流不止,而身体其他部分还能正常工作的谜题。

时光机?啊,是的。

因为哈里森·库珀将三十岁之后的大部分光阴都用在了调试电路上,他要连接起不可能的过去和不可触的未来。大多数人坐在宝马香车里思考人生,而哈里森·库珀选择去梦想,去创造,他要把纯粹的空气与雷电拼凑成一台他所谓的莫比乌斯机。

他两颊绯红又漠不关心地告诉朋友们,他摘取了一条未来,又摘取了一条过去,把它们扭上半圈,它们就能在单一位面上闭合成一个环。就像那些8字形丝带一样,被十九世纪的数学家A.F.莫比乌斯切开,然后用胶水粘起来。

"啊,是啊,莫比乌斯。"他的那些朋友嘟囔道。这句话的实际意思是——"啊,别再跟我说这些了。晚安吧。"

哈里森·库珀并不是一位疯狂科学家,不过他真是无聊得无可救药。意识到这一点之后,他隐居起来,想要完成莫比乌斯机。现在,在这个奇怪的早晨,眼眶中不断涌出冷雨,他站在那里,看着那台该死的奇妙装置,困惑地发现自己并没有因为创造的乐趣而手舞足蹈。

实验室的门铃响了,他打开门,果然是稀客——一位骑着真正的摩托车的真正的西部联盟电报公司的快递员。签收完电报,正准备关门的时候,他看到那个小伙子直直地盯着莫比乌斯机。

"那个，"男孩瞪大眼睛问道，"那是什么东西？"

哈里森·库珀站到一边，让男孩围着机器转了一大圈，他的视线绕着巨大闪亮的由铜、黄铜和银制成的8字形线圈上下飞舞。

"我的天哪！"男孩最终喜不自禁地喊道，"一台时光机！"

"好眼力！"

"你什么时候出发？"男孩问，"你要去什么地方，去见什么人？亚历山大？恺撒？拿破仑？希特勒？！"

"不是，不是！"

男孩继续扩充他的清单。"林肯——"

"越来越接近了。"

"格兰特将军！罗斯福！本杰明·富兰克林？"

"是的，是富兰克林！"

"你可真幸运啊。"

"是吗？"哈里森·库珀愕然发现自己居然在点头，"是的，上帝保佑——"突然之间他明白自己为什么会在黎明哭泣了。

他抓住小伙子的手。"太感谢了。你就像一剂催化剂——"

"脆？——"

"一个罗夏测试——让我终于能够迅速列出自己的列表了！请勿见怪。"

门砰地关上了。他跑到图书馆的电话旁，狠狠按下数字，等待着，扫视着书架上的成千上万本书。

"是的，是的，"他喃喃地说，眼睛快速浏览书脊上华丽的烫金书名，"你们中的一些，两个，三个，或者四个。——嘿！塞缪尔！你们能在五分钟之内到我这儿吗？来三个人吧。这可是紧急关头,快来!"

他挂了电话,转身,伸手触碰书籍。"莎士比亚,"他喃喃道,"威利——威廉姆,会是你吗?"

实验室的门打开了,塞缪尔把头探了进来,然后僵住了。

只见哈里森·库珀坐在那莫比乌斯环的正中央,皮衣裹身,靴子闪亮,还带好了午餐。他手臂弯曲,两肘外展,手指警惕地控制着电脑。

"你的林德伯格帽和护目镜在哪儿?"塞缪尔问道。哈里森·库珀把它们翻出来,戴在头上,一脸傻笑。

"建造泰坦尼克号,然后让它沉没!"塞缪尔走到那台可爱的机器前,面对它荒诞不经的主人。"库珀,有何贵干?"他喊道。

"我今天早晨是哭着起床的。"

"那是当然。我昨晚大声朗读电话簿,把你听哭了!"

"不,是因为你给我读了这些!"库珀把书递了过去。

"对!我们一直聊到三点,谈论英语文学,醉得跟猫头鹰一样!"

"这就是我流泪的原因!"

"什么原因?"

"为失去他们而流泪。这些作家死时寂寂无闻,不为人知。他们中只有一部分真正被后世承认,作品被再版,被褒扬,而那都是在1920年之后了!多么冷酷的事实!"

"少说废话多办事,"塞缪尔说道,"你把我叫来是要给我上课还是询问我的建议?"

哈里森·库珀从机器里跳出来,拽着塞缪尔进了图书馆。

"你得给我制订一个旅行计划!"

"旅行?旅行!"

"我要去旅行,一次远行,一场宏伟的文学之旅。一个人的救世军!"

"你要去拯救生命?"

"不,拯救灵魂!如果灵魂死去,生命又有什么意义?坐下!告诉我昨晚上我们赞美过的作者都有谁,正是他们令我在黎明泪流满面。这儿有白兰地。喝!能记起来吗?"

"能!"

"那就把他们都列出来!先是那位新英格兰的忧郁症患者。他那么悲伤地在远离大陆的地方隐居,应该是淹死在海里了,一个六十岁的迷失的灵魂!现在,还有哪些悲伤的天才——"

"天啊!"塞缪尔喊道,"你要去拜访他们吗?哦,哈里森,哈利,我爱死你了!"

"闭嘴!还记得你是怎么写笑话的吗?大笑,然后朝反方向想!所以让我们哭泣吧,将泪水化作源泉。"

"我想我昨晚引用了——"

"嗯?"

"然后我们说了——"

"继续——"

"唔。"

塞缪尔灌了一口白兰地。火焰在他的眼底燃烧起来。"把这个写下来!"

他们飞快地列出名单。

"等你到了那儿,你会做什么,图书管理员大夫?"

哈里森·库珀坐在莫比乌斯环的巨大阴影中,笑着点头。"是的!哈里森·库珀,文学草原的医生,垂暮雄狮的治疗者。他们身体不适,急需温柔的爱意、小小的掌声和鼓励的话语,这一切都发自我的内心,这些话语就在我的舌尖。再见!"

"愿上帝保佑你!"

他按下一根拉杆,拧动一个旋钮,于是机器就那么消失了,从螺旋形的金属和飞快搅动的蝴蝶结状环带中消失了。

过了一会儿,莫比乌斯机的原子扭曲了一下,然后——机器回来了。

"瞧啊!"哈里森·库珀喊道,脸色通红,眼睛雪亮,"搞定了!"

"这么快?"他的朋友塞缪尔大叫道。

"在这儿一分钟,在那儿是好几个小时!"

"你成功了吗?"

"看!铁证如山。"

眼泪顺着他的脸颊淌下。

"怎么了?发生了什么?!"

"这个和这个……还有……这个!"

陀螺仪在旋转,一道庆典丝带永无休止地绕着自己扭动,一张巨大窗帘的幽灵在空气中现形,飘舞,然后停了下来。

那些书本像是从运输管道中掉落下来的,几乎比脚步声到得还早,然后是若隐若现的双脚,云里雾里的腿和身体,最后是一个男人的脑袋。随着丝带旋转着再次化为虚空,男人蹲在书堆一旁,就像是在炉火边取暖。

他摸了摸书本,听楼下吃晚餐的声音在昏暗的走廊里回响。他的胳膊肘旁边有一扇敞开的门,里面飘散出疾病的微弱气味,还有一些病人的不自然的喘息。餐盘和银器碰撞的声音从楼下传来,那是一个属于晚宴和健康人的世界。而这道走廊和病房处在被遗弃的时间中。过一会儿,可能会有人端着托盘上来,找那个条件艰苦的病房里的半睡半醒的老人。

哈里森·库珀鬼鬼祟祟地上前检查楼梯间,然后带着一大堆书进入了那间病房。只见蜡烛照亮了床的两侧,那个将死之人平躺着,手臂直直地放在身侧,脑袋枕在枕头上,眼睛痛苦地紧闭着,嘴巴张开,好像是在挑战天花板,而死亡正慢慢吞没、熄灭他的生命之火。

刚触碰书本的时候,老人的眼皮动了动,干燥的嘴唇张开了。气息从鼻孔中吹出。

"谁在那儿?"他低语道,"现在是什么时候了?"

"每当我觉得嘴角变得狰狞,我的心情像是潮湿阴雨的十一月天的时候……我认为我非赶快出海不可了。"旅人在床脚静静地回答。

"什么,你说什么?"老人在床上急切地问。

"这就是我用来驱除肝火,调剂血液循环的方法。[1]"来访者继续引用,在将死之人的两只手中各放了一本书。那颤动的手指能抓到,推开,然后触碰,像读盲文一样,如此往复。

陌生的旅人将一本又一本书举起,向他展示封面、正文页或

---

[1] 引自小说《白鲸》,赫尔曼·麦尔维尔著,曹庸译,上海译文出版社 2007 年版。

是扉页，扉页上记录了这部小说在时光之海中的沉沉浮浮。它虽然漂泊不定，但永远停留在遥远的未来海岸上。

病人的眼睛扫视封面、标题和日期，然后盯着来访者灿烂的面容。他惊呼了一口气。"我的天哪，你像是一个旅者。你从哪儿来？"

"你是从那些年份上看出来的吗？"哈里森·库珀俯下身，"那么——我来告知你将要受胎。①"

"这话也就能骗骗处女，"老人低语道，"没有哪个处女会躺在这儿，埋在未读完的书本下面。"

"我是来把你挖出去的。我从一个遥远的地方带来了消息。"

病人的目光移向了自己颤抖的双手下的书本。"这是我写的？"他低声问道。

旅人严肃地点了点头，当他看见老人的脸色变得温暖时，便微笑起来。

老人眼中的神色和口中的话语愈加急切。"所以，还是有希望的？"

"是的！"

"我相信你。"老人深吸了一口气，然后问道，"可是，为什么？"

"因为，"床脚的陌生人说道，"我爱你。"

"我甚至不认识你，先生！"

"但是，我认识你！从船头到船尾，从左舷到右舷，从主桅帆到舷缘，你漫长人生中的每一天，我都了若指掌，直到今天，

---

①原文为 Annunciation，即基督教中的"圣母领报"，天使加百列告知处子之身的玛利亚将受孕而诞下圣子耶稣。故下文中老人称"这话也就能骗骗处女"。

我来到了这里!"

"哦,听起来真是太美好了!"老人激动地说道,"你说的每个字,你眼中的每点光芒,都是真心实意的!这怎么可能?"泪水在老人的眼眶中闪光。"怎么可能?"

"因为我就是真相,"旅人说,"我走了很远,就是为了找到你并告诉你:你没有被抛弃。你笔下的猛兽只是沉没了片刻而已。在另一年,许久之后的一年,光辉而灿烂的一年,平平凡凡的人会在你的墓前聚集起来,喊道:他跳出了水面,他升起来了,他跳出了水面,他升起来了!白色的身影浮现在光亮之下,恐惧升入雷电和圣艾尔摩之火①,而你会同他彼此束缚在一起,无法分辨他于何而止你从何而起。在你与他的守灵之夜,他建立起一支图书馆舰队漫游世界,那是一片由无数图书管理员汇成的无名之海,而读者们蜂拥到码头,为你绘制远行的航线,为你的迷失在凌晨三点放声哭泣。"

"基督在上!"穿着裹尸布般睡衣的老人叹道,"说重点,天啊,重点!这些都是真的吗!?"

"我可以向你发誓,以我的灵魂和心血为证。"来访者挪到他身边,两个人的手紧紧地握在一起。"把这些礼物带到坟墓里去吧。在你弥留的时刻,像数念珠一样细数这些书页吧。别告诉任何人它们是从哪儿来的。那些嘲笑你的人会夺去你手中的念珠,所以在黎明前的黑暗中祈祷吧,祈祷:你会永远活下去,你是不朽的。"

---

①圣艾尔摩之火,一种冠状放电现象,雷雨中船只桅杆顶端等尖物上产生的如火焰般的蓝白色闪光。圣艾尔摩即公元3世纪的圣伊拉斯谟,被海员奉为守护圣人。这种闪光被海员归为圣艾尔摩显灵,因此得名。

"别再说了,别说了!安静。"

"我做不到。请听我说,你所到之处会奇迹般地出现一条火焰之路,在孟加拉湾,在印度洋,在好望角,在美洲最南端的合恩角,穿过地狱的领土,遍布目光所及之处。"

他更加用力地攥住老人的拳头。"我发誓,在以后的岁月中,千百万人会涌到你的墓前,令你安睡,暖你尸骨。你听到了吗?"

"天啊,你就像为我做临终祷告的牧师。而我会享受自己的葬礼吗?会的。"

老人的手抓着病榻两侧的书,与此同时,热心的来访者已经举起了另一本,并吟诵再版的年份:"1922年……1930年……1935年……1940年……1955年……1970年。你知道这意味着什么吗?"

他拿起最后一本紧贴上老人的脸。炽热的目光游移,老人勉强张开嘴说道:"1990年?"

"你的书,一百年之后仍有无数人阅读。"

"上帝啊!"

"我得走了,但是我会一直听着。第一章,请为我朗读吧。"

老人的视线移动,燃烧。他舔了舔嘴唇,回忆词句。最终,他哭泣着低语:"叫我以实玛利。"

此后,天空下起雪和更多更多的雪。在消融一切的白色之中,银色的丝带旋转着,发出巨大的声响。旅行的图书馆管理员和他的书包消逝于时空之中。就像切开被雪漂洗的白面包,正当旅人将自己聚成形体的时候,机器带着他穿过了医院的墙,进入了一间像十二月一样白的屋子。这里躺着一个被遗忘的人,苍白得像风雪一样。他看起来几乎还是个年轻人,由于发烧,睡觉时胡子毫无生气地贴在嘴唇上方。他似乎不知道也不关心有一位信使入侵了他病床附近的空间。他没有转动眼球,也没有张嘴呼吸。他放在身侧的手并没有打开来接受什么。他似乎已经迷失在了一座坟墓里,只有这位不速之客发出的声音让他的眼球在紧闭的眼睑后转动了一下。

"你被遗忘了吗?"一个声音问道。

"我并未诞生。"苍白的男人回答。

"从未被人记住?"

"只有……只有在法国。"

"什么也没写?"

"都是些没价值的东西。"

"感受一下我放在你床上的东西。不,别看,去感受。"

"是墓碑。"

"那上面确实有你的名字,但不是墓碑。不是大理石的,而是纸的。上面还有日期,是的。那是明天的明天,再过一万个明天。每一本上面都有你的名字。"

"不可能。"

"可能。让我读给你听。听好了。红死病?"

"假面舞会。①"

"厄舍府的——"

"崩塌!"

---

① 《红死病假面舞会》《厄舍府的崩塌》《陷阱和钟摆》《露馅的心跳》和《阿芒蒂雅朵酒》等均为埃德加·爱伦·坡的代表作品。

"陷阱和——"

"钟摆!"

"露馅的?"

"心跳!我的心跳。心跳!"

"跟我读:为了上帝的爱,蒙特索尔。①"

"这太傻了。"

"跟我读:为了上帝的爱,蒙特索尔。"

"为了上帝的爱,蒙特索尔!"

"你看到这个标签了吗?"

"看到了!"

"读出日期。"

"1994年。还没到呢。"

"再读一遍,那酒的名字也要读。"

"1994年。阿芒蒂雅朵酒。还有我的名字!"

"是的!现在晃晃你的脑袋。让愚人帽子上的铃铛响起来。这就是最后一片砖瓦的灰浆。快点儿,我要把你同你的书一起活埋。当死神到来的时候,你会怎样招呼他?大吼一声什么?"

"愿灵安息?"

"再说一遍。"

"愿灵安息!②"

时间之风怒吼着,旅者消失了。护士听到大笑声跑了进来,试图收拾起那些压垮他的书本。

"他在说什么?"某人喊道。

---

①此句是《阿芒蒂雅朵酒》中的经典台词。
②此句是《阿芒蒂雅朵酒》全篇的最后一句。

在巴黎，一个小时、一天、一年或是一分钟之后，圣艾尔摩之火在教堂的尖顶上燃烧，一团蓝色的光在一道昏暗的小巷里闪烁，一串轻柔的脚步踏过街角，一阵风像看不见的旋转木马一样涌动。随后，脚步爬上了楼梯，来到一扇门前，门里是一间卧室，卧室窗外是挤满了人的咖啡馆，遥远的乐声喧闹。窗户边有一张床，一个高大的男人躺在上面，脸色苍白，神色平静，直到他听见自己房间里的陌生喘息。

一个男人站在他旁边，俯下身来。光线透过窗户，照出了一张脸和一张嘴，他吸了一口气，然后开始说话。陌生的旅人问道："奥斯卡？"

快乐机器

刊于《花花公子》(*Playboy*)
1962 年 12 月
刘媛 译

布莱恩神父今天刻意晚些下楼吃早餐，因为他似乎听到楼下传来了威托里尼神父的笑声。威托里尼吃饭时身边一向没有别人，那他在跟谁笑呢？

"我们"，布莱恩神父这样想着，一定是那所谓的"我们"。他又听了一会儿。

在大厅的另一侧，凯利神父也在自己的房间里躲着，又或者说是在冥想。

他们从不会让威托里尼独自一人在楼下把早饭吃完，他们总是会在他快要咽下最后一口烤面包时到他身边坐下，否则一整天都得带着内疚度过。

楼下还是有笑声，难道是自己听错了？威托里尼神父也许是在早晨的《泰晤士报》里发现什么趣闻了。还有一种更糟糕的可能——他说不定从后半夜开始就守着那个该死的招魂鬼——那台像不速之客似的放在门前的电视机,它时而充满奇思妙想,时而又萎靡不振。说不定他的脑子已经被那插电的怪物给带坏了,现在正酝酿着什么新鲜的鬼点子,思维的齿轮正无声地转动,一下一下地,还故意越转越快。想用他那意大利人特有的幽默勾起他们的好奇心,把他们全都骗下楼来?

"啊,上帝。"布莱恩神父叹了口气,手里捏着前一天晚上准备好的那封信。他把信塞进外套里,一旦下定决心就交到谢尔顿大司祭手上。威托里尼神父那双敏锐如X射线一般的深色眼睛会看透他的衣服吗?

布莱恩神父用手使劲按了按衣领,压平任何可疑的褶皱,不让人发现他身上藏着要送到另一个教区的信函。

"出发。"

布莱恩神父嘴里念出另一句祷文,往楼下走去。

"啊,布莱恩神父,你来了!"威托里尼抬起头,手里端着一大碗谷物。他甚至还没来得及给那碗玉米片加糖。

布莱恩神父感觉像是一脚迈空踩进了电梯井里。为了掩饰尴尬,他立刻把手放到了电视机顶上。那方盒子热乎乎的。他忍不住说道:"你昨晚是在这儿主持招魂会了吗?"

"我熬夜看电视呢,没错。"

"熬夜好啊!"布莱恩神父嗤笑着说,"总得有人熬夜,是吧?请问你昨天是招来恶灵还是亡魂了?我以前可是操纵通灵板的高手,那更费脑子。"他把目光从电视机上收回,看着威托里尼。"另外,昨夜说好的尖叫和哀号如约而至了吗?那地方叫什么来着——卡纳维拉尔角①?"

"他们在凌晨三点取消了发射。"

"那你现在还坐在这儿,跟个没事人似的。"布莱恩神父摇着头,步步紧逼,"这可真是天不遂人愿啊。"

威托里尼此刻正精力旺盛地往碗里的玉米片上倒牛奶。"可是你呢,布莱恩神父,你看起来像是昨夜到地狱里走了一遭。"

幸好这时候凯利神父从外面走了进来。看见威托里尼碗里的食物还一口没动,他也不禁愣了一下。他跟两位神父都打了个招呼,然后坐下,打量着心神不宁的布莱恩。

"威廉,你看上去还真有些无精打采的。失眠了?"

"有一点。"

凯利神父看着他们俩,头歪向一侧。"现在是什么情况?我才一晚上不在,发生什么事了吗?"

"我们只是进行了一场小小的讨论。"布莱恩神父回答,搅着那碗已经被捣烂的玉米片。

"小小的讨论?"威托里尼神父本想大笑,结果却说,"这位爱尔兰教士对意大利教皇深感忧虑。"

"够了,威托里尼神父。"凯利打断道。

"让他说下去。"布莱恩神父说。

"多谢您的允许。"威托里尼十分礼貌地回答,友善地点了点头,"意大利教皇始终都令爱尔兰的神职人员如芒在背,即便不是全部,至少也有一部分人不喜欢他。教皇的人选为什么不能

---

① 肯尼迪航天中心和卡纳维拉尔空军基地所在地,美国的航天飞机都是从此处发射升空的。

姓'诺兰'①？为什么非得是红衣主教不能是绿衣②？为什么不在二十五世纪把圣彼得大教堂搬到爱尔兰柯克郡或都柏林？"

"我真希望没人说出这样的话。"凯利神父说。

"我脾气不好。"布莱恩神父说，"生气时会胡言乱语。"

"生什么气？又是为了什么胡言乱语？"

"你没听见他刚才说的关于二十五世纪的事吗？"布莱恩神父说，"等闪电侠和巴克·罗杰斯从洗礼堂的窗户里飞进来时，你们就忙着找出口吧。"

凯利神父叹气道："啊，上帝，又是那个笑话？"

布莱恩神父感到血气上涌，但努力克制，将它输送回身体温度较低的其他部位。

"笑话？要光是笑话就好了！整整一个月，不是卡纳维拉尔角，就是关于轨道、宇航员的讨论。你还以为是美国独立日呢，他每天半夜都爬起来琢磨那些火箭。拜托，现在这过的是什么日子，半夜三更就听见那台美杜莎机器在门口吵吵嚷嚷，只要看上一眼都会让你的脑子冻住！整个教区好像都会随时爆炸，一想到这个我就根本合不上眼。"

"是，是，"凯利神父说，"可这些又跟教皇有什么关系呢？"

"不是新教皇，而是上上任。"布莱恩疲惫地回答，"把剪报拿给他看看，威托里尼神父。"

威托里尼有些犹豫。

"给他看啊。"布莱恩坚定地说。

---

①诺兰（Nolan）是典型的爱尔兰姓氏。
②天主教的教宗由枢机主教内部投票产生，枢机主教均穿红衣，故教皇必由红衣主教中选出。绿衣的典故则出自爱尔兰的守护者、主教圣·帕特里克，爱尔兰的国庆节就是为了纪念圣·帕特里克，这个节日的标志颜色是绿色。

威托里尼神父取来一小张剪报，放到桌子上。

即便是上下颠倒，布莱恩神父还是能念出报纸上的坏消息："教皇为出击太空的行动赐福。"

凯利神父伸出一根手指小心翼翼地摸了摸那剪报。他用手指甲从标题字母底下逐一划过，几乎要喊出声来：

> 意大利，冈道尔夫堡，9月20日讯——教皇庇护十二世今日为人类征服宇宙的行动赐福。
>
> 教皇告诉国际宇航大会的代表们："上帝无意限制人类为征服宇宙所付出的努力。"
>
> 由22个国家组成的宇航大会所派出的400名代表在教皇的避暑别墅受到了热情接见。
>
> "本届宇航大会已经成为人类探索外太空时代的中坚力量。"教皇说，"它应该关注全人类……地球人应该努力让自己与上帝以及宇宙建立起新的关系。"

凯利神父的声音变小了。"这是什么时候的新闻？"

"1956年。"

"那么久远？"凯利神父把剪报放下，"我居然没看过。"

"看起来，"布莱恩神父说，"你我这样的神父真是孤陋寡闻。"

"只不过是篇豆腐块大的新闻，"凯利说，"换做谁也不一定注意得到。"

"篇幅虽小，信息量却大得惊人啊。"威托里尼神父补充道，他的好脾气缓解了紧张的气氛，"重点是——"

"重点是，"威托里尼说，"我最初提到这篇新闻时，别人都以为我又在夸大其词。现在可算是真相大白了。"

"当然，"布莱恩神父紧接着说，"但是正如我们的诗人威廉·布莱克在诗里写的那样，'带着恶意道出的真言，道破你所编造的一切谎言。'[①]"

"没错。"威托里尼显得更加和颜悦色，"而且布莱克不是还写过另外几句吗？谁要是怀疑目睹之物，将一无所信永逆人意；如果日月也产生怀疑，那就会立刻热尽光熄。对于太空时代而言，"意大利教士补充说，"显然用这句来形容更贴切。"

布莱恩神父瞪着这个可恶的人。"我得谢谢你，没把我们布莱克的诗句用在我们身上。"

"你们布莱克？"那位一头黑发闪着微光、消瘦苍白的男人问，"真奇怪，我一直以为威廉·布莱克是英国人。"

"布莱克的诗歌，"布莱恩神父说，"曾给我母亲带去莫大的慰藉。正是她告诉我，布莱克的母亲家有爱尔兰血统。"

"受教了。"威托里尼神父说，"但我们还是继续讨论报纸上的消息吧。看来是时候对庇护十二世的通谕做些研究了。"

布莱恩神父的警惕心——他皮肤下的第二套神经组织——此时发出了警报。"你说的通谕是什么？"

"怎么了？就是关于太空旅行的那份通谕啊。"

"他没发过吧？"

"发过。"

"关于太空旅行，他还特地发过通谕？"

[①]引自威廉·布莱克长诗《天真之预言术》，张炽恒译，《布莱克诗集》，上海三联书店1999年版。

"特地发过。"

两位爱尔兰教士被这话吓得跌坐在椅子里。

威托里尼神父做出清理爆炸现场的夸张姿势，在外套的袖子上找线头，在桌布上看哪里有那么一两撮面包屑。

布莱恩的声音小到几乎快要听不见。"他跟那群宇航员一一握手，表扬他们干得出色，难道这还不够？还要变本加厉地发表一通长篇大论？"

"远远不够。"威托里尼神父说，"我还听说他希望就异星生物问题及其对基督教思维模式所产生的影响发表看法。"

这些话让椅子里的两位神父显得更加瘫软无力。"你听说？"布莱恩神父问，"你自己还没看过那份通谕？"

"还没有，可我打算——"

"你总是打算来打算去，没安什么好心。威托里尼神父，虽然我不愿意这么说，可有时候你的言行根本与母教会教士的身份不符。"

"我只是像意大利教士那样说话，"威托里尼神父说，"竭力不让自己在教会的沼泽里泥足深陷，可却被一群名叫'肖奈西''纳尔蒂'和'弗兰纳里'①的神职人员给团团围住。只要我小声说出'教皇诏书'这几个字，他们就会像驯鹿或野牛那样狠狠地从我身上踏过，让我越陷越深。"

"我丝毫不怀疑，"布莱恩神父斜眼看着梵蒂冈所在的方向说，"要是你真在那里的话，也许会把圣父都卷入到这场太空旅行的闹剧中来。"

---

①均为爱尔兰常见姓名。

"我？"

"是你！当然是你！难道会是我们吗？是你把一车车封面上画着火箭的夺人眼球的杂志拉到教堂里来，杂志里还有那些恶心的绿怪物，长着六只眼睛和十七个小零件，在月球还是什么星球上追逐半裸的女人！我听见你半夜三更独自对着那台怪物电视机倒数十、九、八、七，一直数到一。我们呢，我们只能苦不堪言地躺在床上等着那声可怕的巨响，盼着它别把我们嘴里的假牙给震掉。这儿有你这么一位意大利神父，冈道尔夫堡还有那样一位，就算上帝怪罪我，我也还是要说——就是你们这些人把整个爱尔兰教会都搞得乌烟瘴气！"

"冷静点儿，你们两个。"凯利神父终于开口。

"冷静就冷静，谁做不到？"布莱恩神父说着从口袋里掏出了那枚信封。

"把它收起来。"凯利神父已猜到信封里可能装着什么。

"请帮我把它转交给谢尔顿大司祭。"布莱恩神父说完愤而起身，拉开门扬长而去，消失得无影无踪。

"看看你都做了什么！"凯利神父说。

威托里尼神父显然也吃了一惊，连嘴里的食物都忘了嚼。"可是神父，我一直以为这只是无伤大雅的拌嘴而已，我们总是这样，你一句我一句，你大声我小声。"

"可你老是这样，开玩笑开得太过火！"凯利说，"啊，我比你了解威廉。这次你是真把他惹急了。"

"我会尽力修补——"

"还是先管好你自己吧！别在这碍手碍脚，其他事让我来做。"凯利神父抓起桌上的信封，举到灯光下。"字字句句都是那可怜人的肺腑之言啊。唉，上帝。"

他匆忙跑上楼去。"布莱恩神父？"他放慢脚步，"神父？"他敲了敲门，"威廉？"

在早餐室里，威托里尼神父再次孤独地坐下，想起牙上还粘着几块没嚼完的玉米片，早就没味道了。他花了很长的时间才把它们从牙齿上弄下来。

午饭刚过，凯利神父就在教区住宅后沉闷的小花园里堵住了布莱恩神父，并将信封交还给他。"威廉，我要你把它撕了。我是不会让你在中途退出的。你们俩这样有多长时间了？"

布莱恩神父叹着气把信封接了过来，但没有撕掉。"不知不觉就变成了如今这样。一开始，我先说出爱尔兰作家的名字，他就跟着介绍意大利的歌剧。然后我给他讲都柏林的《凯尔斯经》，他就对文艺复兴发表高见。感谢上帝的恩惠，幸好他没有早些发现那篇关于什么太空旅行的教皇通谕，否则我就只能改行去当个修道士，那样就再不会有人在我身边喋喋不休。但就算我真去静修，我担心他也一样会跟来，然后用手语比画出卡纳维拉尔角火箭升空前的倒数计时。他这样的人不去当恶魔太可惜了！"

"神父！"

"我倒不会马上就去苦修。但这只黑暗的水獭，这头海豹，整天把教会的教义当成顶在脑袋上的弹力球一般戏耍。海豹顶球其实也无可厚非，但不要在真正的信徒面前玩这套把戏，比如你和我！请原谅我的骄傲，神父，但要是有人在好端端的竖琴演奏团里硬插进短笛吹奏家，那么乐曲的主旋律就一定会变调，你不这样认为吗？"

"我可真是想不通啊，威廉。我们身为神职人员应该以身作则，为世人做和谐共处的榜样。"

"威托里尼神父明白这个道理吗？让我们面对现实吧，意大利人就是教会里的害群之马。他们哪怕是在'最后的晚餐'上都会酩酊大醉，绝无例外。"

"我们爱尔兰人难道就不会喝醉？"凯利神父若有所思地问。

"至少我们会坚持到晚餐结束！"

"好了好了，我们现在究竟是教士还是理发匠？是要站在这儿你一言我一语地讨论头发该往哪边分，还是拿威托里尼剃刀把他的头发剃个精光？你有什么打算吗，威廉？"

"也许应该找位浸礼宗的施洗者来从中调停。"

"先别想施洗者的事了！你研究过那篇教皇通谕了吗？"

"教皇通谕？"

"早饭之后你脚趾缝里是不是都闲得长草了？被我说中了吧！咱们先去读读那篇太空旅行的布告，把它记在脑子里，知己知彼才能对那个火箭人发起反击！走，去图书馆。那些年轻人近来是怎么喊的来着？五、四、三、二、一，点火？"

"反正差不多。"

"那就差不多好了，老兄。跟我来！"

正要走进图书馆时，他们刚好看到谢尔顿大司祭从里面出来。

"没用的，"大司祭笑着说，盯着他们通红的脸，"图书馆里没有你们要找的东西。"

"没有我们要找的什么东西？"布莱恩发现大司祭看到了他

拿在手里的信封，于是忙不迭地将它藏在身后，"什么东西呢，阁下？"

"我们小小的教区图书馆里可容不下火箭飞船。"这位大司祭显然并不擅长故作神秘。

"意大利人也给您吹过耳边风了，是吗？"凯利神父不悦地问。

"没有的事，可世上哪有不透风的墙。我是自己来做些研究的。"

"那么，"布莱恩神父松了口气，"您是站在我们这一边的吗？"

谢尔顿大司祭突然流露出难过的神情："这事情还分这一边、那一边吗，二位神父？"

他们一起走进狭小的阅览室，布莱恩和凯利神父不自在地倚着硬木座椅的边沿坐着。谢尔顿大司祭站在他们旁边，将他们的不安看在眼里。"现在说说吧，你们为什么那么怕威托里尼神父？"

"怕他？"这个问题似乎让布莱恩神父大吃一惊，他低呼，"应该说是愤怒才对。"

"畏惧与愤怒总是形影不离。"凯利神父坦然承认，他继续说道，"大司祭，意大利的托斯卡纳有什么倒霉事都会扯上米诺斯——顺便跟您说明一下，米诺斯是座距离都柏林几英里远的小城。"

"我是爱尔兰人。"大司祭耐心地说。

"原来如此啊，大司祭先生，这下我们更不明白了，既是爱尔兰人，您怎么能在这样的灾难面前无动于衷？"布莱恩神父问。

"我是在美国加利福尼亚州长大的爱尔兰人。"大司祭说。

他留出些时间让他们消化那句话的含义。等弄明白之后,布莱恩神父难过地叹了口气:"啊,我们忘了。"

布莱恩看着眼前这位大司祭,他肤色黝黑,显然不久前还像株向日葵一般沐浴在加州阳光下,即便是在芝加哥也汲取不到足够的光和热来维持这样的气色和体魄。这个男人挺拔健硕,宽大的大司祭袍也遮不住他那堪比羽毛球和网球运动员的身材,还有那一双像手球健将般劲瘦的手。当他布道时,手臂上下比画,人们似乎能看到他在加州温暖阳光下游泳的英姿。

凯利神父突然笑起来。"噢,真是踏破铁鞋无觅处,得来全不费工夫啊。布莱恩神父,这不就是我们要找的施洗者吗!"

"施洗者?"谢尔顿大司祭问。

"无意冒犯,大司祭阁下,可我们正想找个调停人,然后就遇到了您,一位来自加利福尼亚的爱尔兰人。您刚来不久,还不知道伊利诺伊州的寒风究竟有多么凛冽,您的脸上还带着躺在一月草坪上晒太阳留下的晒斑。而我们,我们都是在爱尔兰柯克郡和基尔科克土生土长的,大司祭。我们的身体哪怕在好莱坞住上二十年也焐不热。而现在,他们不是说吗,加利福尼亚变得……"凯利顿了一顿,"有些像意大利?"

"我明白你的意思了。"布莱恩神父嘟哝着。

谢尔顿大司祭点了点头,神色显得既和蔼又有些难过。"我身上流着和你们相同的血,但在我生长的地方,那里的气候确实跟罗马很像。所以,布莱恩神父,当我刚才问你们是否真有立场要选时,那是我的心里话。"

"说是爱尔兰人,又不是爱尔兰人,"布莱恩神父哀伤地说,

"说是意大利人,又不是意大利人。噢,这可真是造化弄人。"

"除非我们任由造化捉弄,威廉,帕特里克。"

两位神父听见他口中说出自己受洗时所取的名字,都怔住了。

"你们两位还没有回答我,你们为什么害怕?"

布莱恩神父的双手像两个摔跤运动员似的纠缠了一会儿,他回答:"还能为什么,因为俗世中的一切刚刚尘埃落定,好不容易胜利在望,教会正要站稳脚跟,这时威托里尼神父突然不请自来——"

"请原谅,神父,"大司祭打断了他,"不请自来的是现实,是太空、时间、熵、科技的进步,还有一百万种别的东西。太空旅行又不是威托里尼神父发明的。"

"我不是这个意思,可他也没少推波助澜。有他添乱,说什么'凡事都以神秘开始,以政治结束'。好吧,无所谓了。要是他愿意不再提火箭,我就扔掉手里的橡木棍。"

"不,还是都公开留着吧。"大司祭回答,"对于暴力和特殊的旅行方式,都不应当遮掩,要跟它们和谐共处。我们为什么不钻进火箭里看看,去了解一下呢,神父们?"

"去了解什么?了解我们过去在地球上学到的大多数知识在火星、金星或威托里尼带我们去的随便什么星上都不再适用?用我们自己的火箭把亚当和夏娃从木星的某个新伊甸园里给赶出来?还是说索性连亚当、夏娃和伊甸园都找不到,没有那该死的禁果,也没有蛇,他们没有被逐,更没有原罪,没有圣母受胎,没有耶稣诞生,没有天父和人子——这清单一时半会儿都列不完——最后发现什么都没有?然后在一个个该死的星球上接连不断地探索下去？这就是我们需要了解的一切吗，大司祭先生？"

"如果必须如此，那也只能接受。"谢尔顿大司祭说，"这是主的宇宙，那些也是主的星球，神父。倘若我们所需的只是用来过夜的睡袋，那就不该把整座教堂都带在身上。当我们将弥撒上用的所有祷文都装进一个盒子里时，也就等于我们能用双手把教会给搬走。不要对威托里尼神父太过苛责，生活在南部地区的人在很久之前就已经学会如何像柔软的蜡块一样随遇而安，在必要时融化自己以改变形状，去适应周围的环境。威廉啊威廉，要是你非要当一块坚硬的冰块，当我们突破声障时你会粉身碎骨，或是在火箭烈焰的冲击下融化得分毫不剩。"

"这种改变，"布莱恩神父说，"对于五十岁的人来说有些难。"

"那也得学着去改，我知道你能做到，"大司祭拍了拍他的肩膀说，"我给你安排一项任务吧：去跟那位意大利教士言归于好。今晚想办法搞个聚会，动些脑筋。但眼下当务之急是，咱们的图书馆藏书太少，去外面找找那篇关于太空的教皇通谕，先弄清楚我们究竟为什么争得面红耳赤吧。"

片刻之后大司祭离开了。布莱恩神父聆听着那渐渐消失的轻快脚步声——快得简直像是有个小白球从蔚蓝的高空上划过，而大司祭急急忙忙跑出去想要来个凌空抽射。

"爱尔兰不像爱尔兰，"他说，"意大利不像意大利。而我们现在又落到了什么境地呢，帕特里克？"

"我也在想这个问题。"

于是他们朝一座更大的图书馆走去，希望能在那里找到教皇对广阔宇宙发表的宏大见解。

当天晚饭结束很久之后,几乎是快到睡觉之前,凯利神父遵照谢尔顿大司祭的安排,逐一敲响了每间屋子的房门,跟房内的人小声耳语。

在十点的钟声快要敲响之前,威托里尼神父走下楼梯,被眼前的一幕惊得目瞪口呆。

布莱恩神父坐在那闲置已久的壁炉前,用搁在炉床上的小热气炉暖着身子,一时没转过头来。

屋子中间留出了一块空地,电视机怪物被摆在当中,边上围着四把椅子,旁边还有两张小凳子,上面摆着两瓶酒和四个酒杯。这些全是布莱恩神父一手包办的,没让凯利出一点力气。此时他听见凯利和谢尔顿大司祭都已到来,于是转过身。

大司祭站在门口环顾屋内。"我觉得,这真是好极了。"他顿了顿继续说道,"让我瞧瞧……"他看着酒瓶上的标签,"威托里尼神父应该坐在这边。"

"坐在'爱尔兰苔酒'边上?"威托里尼问。

"哪儿都一样。"布莱恩神父说。

威托里尼满意地坐了下来。

"我们其他人就坐在'基督之泪'边上对吧?"大司祭问。

"那是一种产自意大利的酒,大司祭。"

"我想我听过这名字。"大司祭说着坐了下来了。

"来。"布莱恩神父赶紧伸出手,看都没看威托里尼一眼,就给他倒了满满一杯"爱尔兰苔酒"。"尝尝这爱尔兰的佳酿口味怎么样。"

"请允许我,"威托里尼点头致谢,并站起身,给另外几人的杯中都斟上"基督之泪","与诸位分享这救世主的眼泪,还有意大利的阳光。现在，在我们品酒之前，我还有几句话要说。"

其他人都默不作声地看着他。

"那篇关于太空旅行的教皇通谕，"他缓缓说道，"根本就不存在。"

"我们发现了，"凯利说，"就在几个小时之前。"

"请原谅我，神父们。"威托里尼说，"我就像是个站在河岸上垂钓的渔夫，看见鱼，就不断地往水里扔鱼饵。我自始至终都怀疑根本就没通谕这回事。可每当这个话题被提起时，我总能听见有许多来自都柏林的教士否认它的存在，于是我就想，那通谕一定是存在的！他们不愿意亲自去核实，因为害怕它真的存在。我出于傲慢也不愿意去核实，因为我害怕它不存在。所以罗马人的傲慢也好，柯尔郡人的傲慢也罢，其实都一样。大司祭，我很快就要去隐居，静静地苦修一个星期。"

"很好，神父，这很好。"谢尔顿大司祭站起身，"现在我有一件小事要宣布。下个月会来一位新教士，我已经考虑很久了，是一位在加拿大蒙特利尔出生长大的意大利人。"

威托里尼闭上一只眼，试着想象着那个人的样子。

"教会的大门理应朝所有人开放，"大司祭说，"我很有兴趣看看这个新来的意大利教士——一个在寒冷气候中长大，身上却流着热情之血的人，看看他会怎样理解主的教诲。其实，当我想到自己就是个在加利福尼亚长大的冷血大司祭，都觉得很有意思。我们需要另一位意大利人来让教堂变得更加丰富多彩，也许连威托里尼神父都会受到新的启迪。现在有人愿意敬大家一杯吗？"

"可以让我来吗，大司祭？"威托里尼神父再次温和地笑着站起来，乌黑的眸子里闪着光。看着神父和在座的另外三位大司祭，他举起酒杯。"布莱克的作品里不是提到过'快乐机器'吗？说上帝创造出环境，再造出我们这群玩具般有着肉体凡躯的男男女女去开拓大自然。之后，我们这些人乐此不疲，带着主赐予的优雅和睿智，在宁静的正午，在宜人的气候下创造生活。我们难道不就是上帝的'快乐机器'吗？"

"要是布莱克真这么写过的话，"布莱恩神父说，"我就收回对他的所有崇拜。他肯定没在都柏林生活过！"

所有人都大笑起来。

威托里尼将"爱尔兰苔酒"一饮而尽，辣得半晌说不出话来。

其他几位则饮下了杯中的意大利美酒，脸上散发着酒气。布莱恩神父借着酒劲低声叫道："威托里尼，你现在敢把那个邪恶的鬼匣子打开吗？"

"第九频道？"

"没错，第九频道！"

就在威托里尼转动圆盘时，布莱恩神父看着面前的酒杯，沉思地说："布莱克真的写过那样的话？"

"神父，实际上，"威托里尼看着屏幕上来来往往的人影，"要是他活到今天也许真会那么说。不过刚才那番话是我杜撰出来的。"

所有人都敬畏地看着这个意大利人。然后电视机嗡嗡响了一声，画面变得清晰了，是一艘火箭的远景，蓄势待发。

"快乐机器，"布莱恩神父说，"你现在盯着看的匣子也算是其中之一吗？在那儿立着的那艘火箭也是？"

"今晚可能是，"威托里尼喃喃地说，"如果它载着人飞上天，到世界各处兜个风，回来时那人还活着的话。尽管我们坐在电视机前面，但我们的心也跟着飞上去了。那确实算得上是快乐时刻。"

火箭在做点火前最后的准备，布莱恩神父把眼睛闭上了一会儿。耶稣，请宽恕我吧，宽恕一位老人的傲慢，宽恕威托里尼的不羁，让我弄明白今晚在这里所看见的一切。如果需要的话，让我醒着，让我欣喜地迎接黎明的来临，让一切都顺顺利利，顺利升空，顺利降落，想想在那奇妙装置里的那个人吧，耶稣，请眷顾他，与他同在。上帝啊，请帮助我，当夏日初至时，威托里尼肯定会在独立日的晚上带着附近的孩子们在教区的草坪上点起焰火。他们所有人都会像等待救赎般仰望天空。请帮助我吧，亲爱的主，让我在那个重要的夜晚像孩子一样雀跃，但又不会扰了您的清静。帮助我往前走，用火箭点亮下一个独立日的夜空，与那位新神父站在一起。让我的脸上洋溢着孩童似的幸福，看着您安放在我们身旁熊熊燃烧的荣光，尽情欣赏。

他睁开双眼。

时间之风夹带着从遥远的卡纳维拉尔角传来的呼喊。屏幕上出现了奇怪的影像。他正要饮下杯中最后一口酒，这时有人轻轻碰了碰他的胳膊肘。

"神父，"身旁的威托里尼说道，"请系好安全带。"

"我会的，"布莱恩神父说，"我会的。非常感谢。"

他坐回椅子里，闭上眼睛，等待着雷霆般的轰响，等待着火焰燃起。他等待着那巨大的冲击，等待着那个声音教人如何喊出傻气、怪异、狂野而又不可思议的一句话：开始倒数……直到零。

浴火之凰

刊于《科幻奇幻杂志》(Magazine of Fantasy & Science Fiction)
1963 年 5 月
刘媛 译

2022年四月的某一天,图书馆的大门被砰地一下撞开。有人风风火火地闯了进来。

你好啊,我在心里想。

乔纳森·巴尼斯穿着一身皱巴巴的联合军团制服,已不复二十年前英姿飒爽的风采。他怒视着坐在桌前的我。

看着他这副虚张声势的模样,我不禁想起从他口中说出过上万次的欢送退伍老兵的演讲。在一眼望不到头的军旗飘扬的阅兵队伍里,他和其他士兵摩肩接踵气喘吁吁地大踏步前进,还有由他亲自准备的以冷油鸡和青豆为主菜的爱国者宴会,以及他那未能实现的励民方案。

此刻,乔纳森·巴尼斯正从图书馆嘎吱作响的主楼梯走上楼来,每踏一步都清晰地传达着他的力量、地位和新权力。重重的脚步声响彻宽广的天花板，就连他自己可能都有些震惊，变得轻手轻脚。来到我身边时，尽管他嘴里喷着热烘烘的酒气，居然也压低声音跟我说话。

"我是为那些书而来的，汤姆。"

我泰然自若地侧过身去查看索引卡。"等我找到你要的书，我们会喊你的。"

"等等，"他说，"等一下——"

"你是来取《老兵的救赎》系列，要到医院里分发吗？"

"不，不，"他大声嚷嚷，"我指的是所有的书。"

我凝视着他。

"好吧，"他说，"绝大部分书。"

"绝大部分？"我眨了眨眼，继续低头整理文件，"每位读者一次只能借十本。哦，找到你的了，在这儿呢！可你的借书卡三十年前就过期了，你二十岁起就没再续办，瞧见没？"我举起来给他看。

巴尼斯双手撑住书桌，肥胖的躯体重重地压在上面。"你是要跟我找麻烦是吧？"他的脸色突然变得难看，声音也变得粗哑急切，"我执行公务还需要什么借书卡！"

他这声叫得如此之响，阅览室几盏绿色台灯下无数雪白的书页都不再翻动。几本书也随即轻轻合了起来。

读者们抬起了原本平静的脸，目光如同受惊的羚羊。他们被这里的紧张气氛吓得不知所措，只求重归宁静，像是看到一头下山猛虎突然出现在一汪清泉旁。看着这些仰头看向我们的温文尔雅的面孔，我想到自己四十年来都跟这些看不见摸不着、静静生活在羊皮纸里的虚构人物一起生活工作，甚至睡在一起。而现在，和往常一样，我认为我的图书馆能让那些被现实的热浪灼烧且疲于奔命的人放松筋骨，让他们的思想能在绿意盎然的书海里接受片刻的洗涤，在柔软泛黄的书页的翻动声中尽情徜徉。然后，他们会带着振作的精神、矫捷的筋骨重新走进现实的熔炉，接受正午烈日的炙烤，直面汹涌的人潮、未知的衰老和无法逃脱的死亡。我曾见过成千上万饿倒在图书馆门前的人，他们饱餐一顿然后重新上路。我见过迷失的人找回自我。在这间大理石圣殿里，我见过做白日梦的现实主义者，也见过大梦乍醒的幻想家，而安静无言就是插在每本书里的书签。

"你说得对，"过了半晌，我终于开口，"可再注册一遍也花不了你多少时间。把这张卡填好，再找两个推荐人——"

"我要烧掉那些书，"乔纳森·巴尼斯说，"哪里需要什么见鬼的推荐人！"

"你搞错了，"我说，"那样的话，你得找来更多推荐人才行。"

"我手下那些兵就是我的推荐人，就在外面等着烧书呢。它们可危险得很。"

"那样的人不是向来如此吗？"

"不，不，我说的是书，你这个白痴。这些书危险极了。天哪，都是不知所谓的花言巧语。不是鬼扯什么无聊的巴别塔，就是奴隶主如何如何之类的废话。我们努力让一切变得简明、清晰，遵从规范。我们必须——"

"到我吃晚饭的时间了。"我说着，拿起一本古希腊雄辩家狄摩西尼的演讲录夹在胳膊底下，"不如边走边说，路上再继续这个话题——"

还没等我走出门，目瞪口呆的巴尼斯突然回过神来，想起了挂在脖子上的哨子,于是赶紧将之塞进他那湿漉漉的嘴唇间,吹出了刺耳的哨音。

图书馆的大门被大力撞开。一大群身穿黑色制服、面如黑炭的大兵推推搡搡地冲上楼梯。

我轻轻喊了一声。

他们惊讶地停下脚步。

"嘘——安静些。"我说。

巴尼斯一把抓起我的胳膊。"你是在妨碍我们执行公务吗?"

"不,"我说,"我甚至都不需要检查你们手里究竟有没有侵犯他人财产的许可令,我只希望你们能在干活时保持安静。"

坐在书桌旁的读者们被这突如其来的暴风雨吓得跳起脚。我示意他们坐下,于是那些人又坐回原处,没再抬头看这些人一眼。而那些身穿黑色脏兮兮制服的家伙则都目不转睛地盯着我的嘴看,仿佛对我发出的警告感到难以置信。巴尼斯点点头,于是那些人开始轻手轻脚地在宽敞的藏书室里做事。他们带着额外的小心,小心翼翼地打开窗户,小心商量着该把哪些书从书架上取下来,从窗户口丢到下方沐浴在晚霞中的院子里。他们偶尔会朝那些一脸平静沉浸在书海中的读者投去愤怒的眼神,可并没有上前将他们手里捧着的书卷抢下来,而是继续清理书架。

"很好。"我说。

"好什么好?"巴尼斯问。

"看来你的手下用不着你指挥了,出去休息五分钟吧。"

我快步走进暮光中,他只能紧紧跟在后边,嘴里憋着一大堆没能问出口的问题。我们穿过绿草地,地上一台巨大的可移动式"地狱"正在饥饿地等待祭品,那涂满焦油的圆鼓鼓的黑色火炉里滚动着蓝色火苗，闪烁着橘红色的火光。干活的人将一本本书铲进熔炉，那些书像一只只野鸟，又像扑打着破碎的翅膀坠地的鸽子。从每扇窗户里不断有珍贵的书卷被扔到地上，然后被淋上煤油，扔进吐着火舌的熔炉里烧成灰烬。当我们看到这充满毁灭性而又五光十色的一幕时，巴尼斯若有所思。

"有趣。像这样的场面，按说应该有一大群人围观才对，可是居然没人来看热闹。你说这是为什么？"

我越走越快，他只能小跑跟上。

在街对面那间小小的咖啡馆里，我们找了张桌子坐下，而巴尼斯心中无名火起，喊道："服务员！赶紧过来，我们还得回去工作呢！"

咖啡馆的店主沃尔特不慌不忙地拿着一份卷了边的菜单走过来。沃尔特看看我，我对他眨了眨眼，于是他把目光投向了乔纳森·巴尼斯。

沃尔特说："来做我的爱人，同我一起生活，我们将尽享世间欢乐[①]。"

"你说啥？"乔纳森·巴尼斯茫然无措。

"请叫我以实玛利。"沃尔特说。

"以实玛利，"我说，"先给我们来点儿咖啡。"

沃尔特很快端着咖啡走了回来。"猛虎，猛虎，火焰似的烧红，在深夜的莽丛。[②]"他说。

巴尼斯用目光尾随店主，看着他款步走远。"他脑子被什么吃了？他是疯子吗？"

[①] 引自克利斯托弗·马洛的诗歌《牧羊恋歌》。
[②] 引自威廉·布莱克的诗歌《猛虎》，徐志摩译。

"不是。"我说,"我们继续刚才那个话题吧。请你解释一下。"

"解释?"巴尼斯说,"天哪,你可真爱刨根究底。好吧,那我就给你解释解释。这是一项惊人的实验,而这座城市就是实验品。如果烧书的行动在这里奏效,就能复制到其他任何地方。可你千万别误会,我们并非见书就烧。你注意到了吧,我的手下只清理某些特定的书架和类别。我们的目标大约是总藏书量的49.2%。之后把成果汇报给整个管理委员会——"

"真是好极了。"我说。

巴尼斯看着我:"你怎么还开心得起来?"

"每个图书馆都会碰到同样的难题,"我说,"那就是找地方放书。你帮我解决了这个麻烦。"

"可我以为你会……感到害怕。"

"我活了这么大岁数,早看惯'清洁工'的工作了。"

"你说什么?"

"焚烧就是焚烧,来干这活儿的自然就是'清洁工'。"

"鄙人可是伊利诺伊州青城镇的首席检查员,该死的!"

另一位没见过面的服务员又端着热气腾腾的咖啡壶走到我们桌旁。

"你好啊,济慈!"我说。

"雾气洋溢、果实圆熟的秋!①"那服务员说。

"济慈?!"首席检查员说,"他怎么可能叫济慈?"

"噢,我糊涂了。"我说,"这是家希腊餐馆,对吗,柏拉图?"

---

①引自约翰·济慈的诗歌《秋颂》,穆旦译。

服务员帮我续上一杯咖啡。"在这种斗争中平民总要推出一个人来带头,做他们的保护人,同时他们培植他,提高他的威望。于是可见,僭主政治出现的时候,只能是从'保护'这个根上产生的。[①]"

巴尼斯斜睨面前的服务员,对方则一动不动。然后巴尼斯忙不迭地给自己的咖啡吹气。"在我看来,我们的计划是非常简单的,就像一加一等于二一样……"

服务员说:"我从没听说过擅长说理的数学家。"

"莫名其妙!"巴尼斯重重砸下杯子,"给我闭嘴!没看到我们正在用餐吗,管你是叫济慈、柏拉图,还是霍尔德利奇。噢对,我想起来了,你是叫霍尔德利奇!其他那几个称呼是什么鬼玩意儿?"

"想象罢了,"我说,"奇思妙喻。"

"什么该死的想象,让奇思妙喻都见鬼去吧。你自己慢慢吃吧,我可不愿意在这家疯人院里再待下去了。"巴尼斯在服务员、店主和我的注视下将杯中的咖啡一饮而尽,街道对面那台熊熊燃烧的魔鬼装置里正发出晃眼的火光。我们静默的注视最终让巴尼斯端着咖啡的手定在了半空中,咖啡顺着他的下巴往下滴。"怎么了?你们为什么不冲着我大喊大叫?为什么不反对我,跟我战斗?"

"可我确实在战斗啊。"我说着将书从胳膊底下拿出来,从《狄摩西尼》里撕下一页,让巴尼斯看了一眼标题,然后把它卷成标准的哈瓦那雪茄烟的形状,将它点燃,做出将烟草弹松的动

[①] 引自柏拉图《理想国》第八卷,商务印书馆1986年版。

作，对他说："尽管一个人能避得过其他所有危险，却永远无法真正逃离想扭曲他精神的人。"

巴尼斯此时已经站起身来，歇斯底里地叫嚷，一把抢过我嘴里的"雪茄烟"，狠狠踩在脚下。很快这位首席检查员就一个箭步冲出了咖啡馆的大门。于是我也只能跟在他身后离开。

在人行道上，巴尼斯撞到了一位正要走进咖啡馆的老人。老人一个趔趄险些跌倒。我赶紧扶住他的手臂。

"原来是爱因斯坦教授。"我说。

"幸会，莎士比亚先生。"他回应。

巴尼斯跑得比兔子还快。

我在图书馆门前的草坪上找到了他，那群皮肤黝黑、一举一动都散发着煤油味的男人还在从高高的窗户里往外扔一摞摞的"被枪打死的鸽子""濒死的山鸡"以及"秋天的金黄与银白"。可是……动作却十分轻柔。就在这场无声且令人心生宁静的哑剧继续时，巴尼斯却站在一旁默默尖叫，叫声要冲破他的牙齿、舌头、嘴唇、脸颊，他使劲憋住不让别人听见，但终究还是从他狂热的眼神里射出了炫目的强光，攥在他关节突出的拳头里等待释放，让他的脸色来回变换，时而苍白，时而通红。他瞪着我，瞪着刚才那家咖啡馆，瞪着那该死的店主，还有此刻仍笑眯眯地朝他挥手的变态服务员。被称作"太阳神"的焚化炉轰隆隆地宣泄要将一切都吞进腹中的食欲，四溅的火星烧焦了草坪。巴尼斯两眼直勾勾地盯着它。焚化炉蠕动的胃里有一颗发着红黄色光芒的小太阳，能把人眼睛照瞎。

"你们，"我招呼那些人，"《城市条例》规定，九点钟准时闭馆。请务必按时收工，不要破坏条例规定——晚上好啊，林肯先生。"

"林肯？"首席检查员慢慢转身，看着那个路人，"那是鲍曼，查理·鲍曼。我认识你，查理，你给我回来！查理，查理！"

那人已跑得没了踪影。汽车从旁开过，随着焚书进程继续，不时有人跟我打招呼，我也礼貌地回应。不管是"坡先生"，还是跟某个不起眼的陌生人说声"你好，弗洛伊德"，当我开玩笑打招呼时，他们也回以玩笑。这一幕让巴尼斯像是又被射中了一箭似的痛苦扭动，他摇摇晃晃的，仿佛快要支撑不住肥胖的身躯，仿佛要被肉眼看不见的灼热烈焰榨干生命。可这骚动仍然没有引来任何围观者。

突然不知何故，巴尼斯先生闭上双眼，嘴巴张大吸足了气，然后大喊："都给我住手！"

于是男人们不再将书一摞摞地从窗户里往外丢。

"可是，"我说，"闭馆时间还没到……"

"闭馆！闭馆！所有人都给我出去！"乔纳森·巴尼斯眼神深不见底，焦点仿佛被黑洞吞噬了。他胡乱挥打空气，推倒一个个无形的人。所有的窗户都像断头铡刀那样噼啪一下干脆地关上，窗格被撞得震天响。

那些黝黑的男人一头雾水地走下楼。

"首席检查员。"我递给他一把钥匙，可他却不愿意伸手接过去，我只能把他的拳头掰开，将钥匙插进去。"明天再回来继续干吧，记得保持安静。"

首席观察员用那黑洞洞漫无焦点的目光四下打量，却不看我。"这……这一切发生多久了？"

"什么?"

"这个……还有……那个……还有他们。"

他想用下巴示意那家咖啡馆,指向往来的汽车和正从温暖的图书馆里走出来的安静的读者,可他做不到——那些人一边走进寒冷的黑暗,一边朝朋友们点头致意。巴尼斯目光空洞,龇牙咧嘴,仿佛要把我的整张脸都吞进去。他舌头打结,口齿不清地说:"你们以为用这些伎俩就能愚弄我吗?是吗?是吗?"

我没有答话。

"你怎么就能肯定,我不会连人带书一块烧掉?"

我仍然没有答话,任由他站在彻底黑暗的夜色中。

图书馆里,最后一批读者正在陆续离馆。夜幕降临,暗影笼罩四野,巨大的"太阳神"焚化炉仍然冒着滚滚浓烟,火苗在春天的绿草地上渐渐寂灭。首席检查员就像个被浇灌成形的水泥雕像,一动不动地站在那儿,对纷纷离去的手下视而不见。他突然扬起手抛出了什么,有个亮晃晃的东西砸中了前门的玻璃。然后巴尼斯转身离去,跟在被拖走的焚化炉后边,渐行渐远。那圆鼓鼓的黑色炉膛里还冒着一缕缕黑烟,大片灰烬随风飘散。

我坐着倾听。

远处,一间间阅览室里充满了美好丛林的幻象,秋叶在枝头沙沙响动,微风拂过,鸟鸣此起彼伏,读者轻轻翻动书页,指环闪光,犹如聪明的松鼠眨着眼。有些读者还在夜晚的书海里遨游,在半空的书架上寻觅。带着如瓷器般的宁静,盥洗室的水流入平静遥远的海洋。我可爱的人儿们,我的朋友们,一个接一个地走过那冰凉的大理石地面,走过碧绿的林地,走进比我们向往中还要美好的夜色里。

九点到了,我出去将他扔在外头的前门钥匙捡起来。我让最后一位离馆的读者跟我一起出去。那是一位老人。当我拾起钥匙时,他深深地吸了一口清凉的空气,看向城镇和闪着火星的草坪。他问:"那些人还会再回来吗?"

"随他们去。我们早就做好准备了,不是吗?"

老人握住了我的手。"豺狼必与绵羊羔同居,豹子与山羊羔同卧;少壮狮子与牛犊并肥畜同群。①"

我们走下台阶。

"晚安,以赛亚。"我说。

"苏格拉底先生,"他回答,"晚安。"

在一片黑暗中,我们各奔东西。

---

① 引自和合本《圣经·以赛亚书》11:6。

东方快车一路向北

收录于短篇集 *The Toynbee Convector*
1988 年
徐黄兆 译

在从威尼斯途经巴黎开往加莱的东方快车号上，老妇人注意到了那位可怕的乘客。

这位旅客显然已经被某种恐怖的疾病折磨得奄奄一息了。

他待在三号车厢尾部的二十二号隔间，饭菜是送进去的，只有到了黄昏时分，他才会挣扎着去餐车坐一会儿，那里充斥着人造灯光以及女士们清脆的笑声。

今天晚上他又来了，他慢吞吞地挪动，坐了下来。过道对面是那位上了年纪的妇人，胸脯高耸，神情安详，眼中透露出历经世事的善意。

老妇人的身边放着一个黑色的医疗箱，胸前的男式口袋中插着一根体温计。

看着那位幽灵般的男子的惨白面容，她的左手不自觉地慢慢伸向了口袋里的体温计。

"喂,您好。"老姑娘密涅瓦·哈莉迪小姐低声唤道。

列车长正路过这里。她碰了一下他的胳膊肘,朝过道对面的那位男子点了点头。"请问,那个可怜的人儿要去哪里?"

"加莱,然后去伦敦,女士。天知道他能不能撑到那里。"说完列车长便匆匆离去。

密涅瓦·哈莉迪顿时没了食欲,她注视着对面那位骨瘦如柴面容惨白的旅客。

男人和摆在面前的餐具似乎融为一体了。刀叉和汤匙颤动、碰撞,发出悦耳的嗡鸣,他侧耳倾听,神情陶醉,仿佛那是内在灵魂传出的声音,来自另一个世界的叮叮当当。他把手放在膝盖上,就像一只孤独的宠物。当火车大转弯时,他的身体便像现在这样不由自主地摇晃起来,好像随时会摔倒在地。

接着,火车又转了个更大的弯,将镀银餐具带得叮铃作响。远处餐桌边上的一位女士大笑道:"我才不信呢!"

她对面的男士以更响亮的笑声回应:"我也不信!"

这笑声让那位幽灵乘客的身体近乎融化。质疑的话语刺穿了他的鼓膜。他的身形缩小了,眼神也空洞起来,口中呼出的仿佛是冰冷的水汽。

密涅瓦·哈莉迪女士惊呆了,她俯下身子,向对方伸出手。她听见自己低语道:"我相信!"

语言的效果几乎立竿见影。可怕的乘客站了起来,苍白的脸颊恢复了一丝血色,眼中也闪耀着重生的光芒。他转过头来,注视着走道对面这位以语言治愈自己的非凡女士。

生性热忱的老护士不好意思地站了起来,双颊绯红,匆匆离去。

五分钟后,密涅瓦·哈莉迪听到列车长急匆匆地穿过走廊,轻敲那位乘客的房门,似在悄声低语。当路过她敞开门的隔间时,列车长盯住了她。"您是不是——"

"不,"她猜到了对方要问什么,"我不是医生,但我是注册护士。是刚才餐车上的那位老人家出状况了吗?"

"是啊!那有劳了,女士,这边请!"

那个幽灵般的男人已被抬回了他自己的车厢隔间中。密涅瓦·哈莉迪靠了过去,凝视着眼前的男人。这个奇怪的男人就躺在那里,眼睛无力地合着,嘴巴就像一道毫无血色的创口。他身上唯一似有生命的迹象就是那随着火车摇晃而不断摆动的头部。

我的天,她心想,他已经死了!

"请先回避,如果需要,我会喊你的。"她大声说道。

列车长离开了。密涅瓦·哈莉迪静静地关上了推拉门,转身想去检查那个死人——她确信他已经死了。然而……

最终,她还是鼓起勇气伸手去触碰那冰冷的手腕,仿佛先前皮肤下流动的不是血液,而是干冰。她很快将手缩回来,似乎手指已经被寒气冻伤。她探身过去,对着男人苍白的面孔轻声说道:"请仔细听我说话,好吗?"

对方没有任何回应,但她似乎听到了他冰冷的心脏跳动了一下。

她继续说道:"我也不知道自己是怎么猜出来的,但我知道你是谁,也知道你得了什么病——"

火车在转弯。男人的头歪到了一边,好像脖子已经断了。

"我知道令你垂死的疾病!"她继续低语,"你得的是一种——人群病！"

他突然双目圆睁，好像有人一枪射穿了他的心脏。

她又说道："这辆火车上的人正在不自觉地杀死你。他们就是你的痛苦之源。"

男人紧闭的双唇中传出了一种类似呼吸的声音。"是……"

她握紧他的手腕，感受微弱的脉搏。"你来自中欧，是吗？那里黑夜漫长，当风吹过时，人们是不是会侧耳倾听？不过现在，一切都变了，你被迫以旅行的方式来逃避这种变化，但……"

就在这时，一群喝得醉醺醺的年轻游客喧哗地穿过外面的走道，爆发出阵阵笑声。

幽灵乘客显得愈发虚弱了。"你是……怎么……"他低声道，"……知道……这一切的？"

"我是个特别的护士，我有一些特别的回忆。六岁时，我曾见过和你一样的人——"

"见过？"面容苍白的男人倒吸一口气。

"那是在爱尔兰的基拉尚德拉附近。我伯父的宅邸已有一百年历史，那是个雨雾天，深夜我听到屋顶上有脚步声，接着声响又从大厅里传出来，好像暴风雨刮进了屋里，随后一个影子便进了我的房间。他坐在我的床上，身体散发出的阴冷之意让我不寒而栗。我清楚地记得那并不是梦，因为坐在我床边低语的影子……非常像你。"

病态的老人双目紧闭，以仿佛从冰冷灵魂深处传出的哀叹声回应："我究竟……是谁？是什么？"

"你没有生病，你也并不是垂死之人……你是个——"

东方快车号的汽笛呼啸，又被抛在远处。

"——幽灵。"她说。

"是！"他哭喊。这声呐喊中充满了渴求和对自己身份的无比认同，他几乎就要笔直地站立起来。"是的！"

就在这时，一位年轻的神父出现在门口，他迫不及待地想履行职责。这个明眸皓齿的年轻人一边紧攥十字架，一边盯着幽灵乘客干瘪的躯体，问道："我可以吗？"

"做临终祈祷？"年迈的乘客睁开了一只眼，就如同打开了一只银匣的盖子，"你来替我做吗？算了吧。"

乘客的视线转向了护士。"她来还差不多！"

"先生！"年轻的神父有些生气。他后退了几步，手里还攥着十字架，仿佛那是一条可以救命的降落伞开伞索，接着他便转过身去，匆匆离开了。

现在只剩下年迈的护士在陪伴着这位变得愈发奇怪的病人。

终于，他喘息着问道："你准备怎么照顾我呢？"

"这——"她欲言又止，露出一丝自嘲的微笑，"我们必须想想办法。"

又是一声汽笛哀号，东方快车号尖叫着穿过黑夜里浓重的雾气。

"你准备去加莱？"她问道。

"还有更远处，去多佛、伦敦，或许还有爱丁堡郊外的一座城堡，在那里我会很安全——"

"这不可能——"她的否定之词也像子弹一样射穿了他的心脏。"不，不，等一下，等一下！我是说，如果没有我的帮助……你是不可能做到的！我会陪你一起去加莱，去多佛。"

"但你根本不认识我!"

"哦,可我儿时就梦见过你,很早以前,在爱尔兰的雨雾中,我遇见过和你很像的人。九岁时,我甚至在荒野里搜寻巴斯克维尔的猎犬。"

"是的,"幽灵乘客说道,"你是英国人,英国人是相信这些的!"

"没错。我们不像美国人,他们质疑一切。也不像法国人,他们太愤世嫉俗!英国人最棒。在伦敦,没有哪栋老房子里不会在黎明前传出女鬼哀怨的哭泣。"

火车经过一段长长的弯道,隔间门被摇晃开。一阵放浪而恶毒的闲谈声袭来,肯定是车厢过道里那些无信仰的调笑者制造出来的噪声。幽灵乘客的身形刹时委顿了。

密涅瓦·哈莉迪跳起身,砰的一声关上了门。她转身看着这位旅伴,虽然这样的邂逅会让人激动得夜不能寐,但她脸上却挂着难得的轻松神情。

"现在看着我,告诉我,"她问道,"你究竟是谁?"

幽灵乘客看着她的脸庞,似乎看到了自己曾经见过的那个悲伤孩子的面容。他开始讲述自己的经历:"我在维也纳郊外'生活'了两百年。为了躲避无神论者以及虔诚教徒们的攻击,我一直藏身于图书馆落满灰尘的书库中,以神话和墓地传说为食粮。惊马、吠犬和飞跳起来的公猫所提供的恐慌和惊骇就是我的午夜盛宴,从坟墓顶盖上抖落的面包屑我也不会拒绝。随着时间流逝,城堡崩塌,爵士们将闹鬼的花园出租给了妇女协会或经营家庭旅馆的生意人,于是我的阴间伙伴们一个个地消失了。我们这些被放逐的孤魂野鬼陷入了被质疑、蔑视或彻底嘲弄的境地。随着怀疑论者的数量与日俱增，我所有的幽灵朋友都逃走了。我坚守到了最后，但最终我也不得不乘火车跨越欧洲大陆，去寻找一些历经风吹雨打的安全城堡，那里的人们对无质无形的游魂还保持着正常的敬畏。英格兰和苏格兰是我最理想的去处！"他的话音渐渐淡去。

"你叫什么名字？"她最终打破了沉默。

"我没有名字，"他低语道，"一千团迷雾笼罩过我的家族墓地，一千场凄雨浸透了我的墓碑，上面的铭文早已被雾气、雨水和阳光销蚀，我的名字也随着草木枯荣化为齑粉。"他睁开了双眼。"为什么你要这么做？"他问，"你为什么要帮我？"

她终于露出了笑容，因为她找到了正确的回答："我这辈子从来就没尝试过冒险。"

"冒险！"

"我就像一只猫头鹰标本。虽然并非修女，但我至今未婚。为了照顾体弱多病的母亲和半盲的父亲，我把自己献给了医院，献给了墓碑一般冰冷的病床。我听着那些夜间的号哭声，整日与令人作呕的药物为伍。我活得就像个幽灵，不是吗？我已经六十六岁了，但今天晚上，在你身上，我却找到了完全不同的全新意义。哦，主啊，这真是巨大的挑战。这是一场竞赛！我会陪着你与火车上的所有人对峙，我会陪着你穿过巴黎的人流，坐上渡船出海！这真是一次——"

"大冒险！"幽灵乘客叫道，身躯在痉挛一般的大笑中不停摇晃。

"冒险！没错，我们就是在冒险！"她接着说，"不过，巴黎人可不是省油的灯，他们是不是连神父都敢烤了？"

他闭上眼睛,低语道:"巴黎?哦,是啊。"

火车继续呼啸向前,一夜无事。随后,他们即将抵达巴黎。

就在准备下车时,一个五六岁的小男孩跑了过来,然后僵住了。他盯着幽灵乘客,幽灵乘客也回以凝视,眼中带着南极冰川般的寒意。男孩大哭着逃走。老护士一把推开门,向外看去。

走廊的那一头,小男孩语无伦次地和父亲说着什么。很快,那位父亲便顺着走廊冲了过来怒喊:"搞什么名堂?谁吓唬我家——"

那男人一下子愣住了。他站在隔间门外,死盯着幽灵乘客。东方快车号正在刹车,速度慢慢减了下来,他的舌头仿佛也被刹住了。

"——小孩儿。"他终于说完了那句话。

幽灵乘客用一双雾灰色的眼睛平静地看着他。

"我——"这个法国男人后退了几步,一副不敢相信的神情,牙齿似乎都打架了。"对不起!"他喘息着说,"很抱歉!"

他转身便跑,猛推了自己的孩子一把。"惹祸精,赶紧回去!"他们的隔间门砰的一声关上了。

"巴黎到了!"车厢里回荡着报站的声音。

"别出声,快点儿!"密涅瓦·哈莉迪催促这位古董级的朋友下到站台上去,那里挤满了骂骂咧咧的乘客,行李也胡乱摆满了一地。

"我正在融化!"幽灵乘客叫道。

"撑着点儿,咱们还没到呢!"她提着一个野餐篮,拽着他冲向了视线范围内仅有的一辆出租车。他们顶着阴沉的天气赶到拉雪兹公墓时,大门正在缓缓关闭。护士赶紧递上几张法郎,门停住了。

他们在林立的墓碑之间平静地散步。这么多冷冰冰的大理石,这么多隐秘的游魂,老护士突然感到一阵眩晕,一只手腕开始剧痛,左边脸颊感到一阵冰凉。她摇摇头,努力驱走这种不适感。他们就这样漫步在石碑中间。

"我们在哪儿野餐?"他问道。

"哪儿都行,"她说,"不过还是要小心!这可是座法国公墓!挤满了愤世之徒!自高自大的人因为自己的信仰将他人送上火刑架,孰料来年自己也落得同样下场!所以,我们还得好好选个地方!"

他们继续漫步。幽灵乘客点点头。"这边第一块碑下面什么也没有了。这是最终的死亡,连光阴也不再私语。第二块石碑下埋着一个女人,她是个秘密信徒,深爱着自己的丈夫,希望往生之后能与他永远在一起……这里能听到灵魂的絮语,我的心就像活过来一样,感觉越来越好了。接下来是第三块石碑,下面躺着一位惊悚小说作家,专为一本法国杂志撰稿。他热爱黑夜、迷雾和城堡。这块石碑的温度刚刚好,就像好酒那样醉人。亲爱的女士,我们不妨坐在这里,开一瓶香槟,等喝够了再去乘火车。"

她高兴地取出一个玻璃杯递了过去。"你能喝酒吗?"

"可以试试。"他接了过来,"也只能试试。"

离开巴黎时,幽灵乘客已是将死之身。一群刚参加完萨特《恶心》研讨会和波伏娃主题热气球游行的知识分子涌进了火车走廊,将炽烈而虚无的空气留在身后。

乘客的脸色越发苍白。

待火车驶出巴黎,在第二站停靠时,另一拨乘客又上来了!一群德国人大声谈论他们对于祖先灵魂和政治学的质疑,有人甚至手捧一本《上帝真的在家吗?》。

幽灵乘客的皮肉塌陷,显露出 X 光片一般的骸骨轮廓。

"哦,天哪。"密涅瓦·哈莉迪叫着冲进自己的隔间,翻出一大堆书。

"《哈姆雷特》!"她大声说道,"他的父亲不就是个鬼魂吗?狄更斯的《圣诞颂歌》里有四个鬼魂!还有艾米莉·勃朗特的《呼啸山庄》,凯茜的灵魂归来了,还记得吗?雪天显灵那一幕?哦,亨利·詹姆斯的《螺丝在拧紧》……还有达夫妮·杜穆里埃的《蝴蝶梦》!以及我的最爱——威廉·雅各布斯的《猴爪》!"

但是,幽灵乘客已经说不出一句完整的话来。他双目紧闭,嘴唇上结起了白霜。

"等等!"她大喊,然后翻开了第一本书。

这是哈姆雷特站在城墙上听到父亲的鬼魂在抱怨的那一幕。她念出了那些文字:"听我说……我的时间快到了,我必须再回到硫黄的烈火里去受煎熬的痛苦。"

然后她又念道:"我是你父亲的灵魂,因为生前孽障未尽,被判在晚间游行地上……"

稍作停顿:"要是你曾经爱过你的亲爱的父亲——上帝啊!……你必须替他报复那逆伦惨恶的杀身的仇恨。"

继续:"……杀人是重大的罪恶……"

火车在暗夜中行驶,她念出了鬼魂最后的台词:"再会,再会!记着我。"

她重复道:"记着我。"

幽灵战栗了一下。她装作没留意,手里又抓起了另一本书:"……首先要说的是,马利死掉了……"

黄昏中,火车穿过一座桥,发出雷鸣般的轰响,扬起一阵无形的气流。她的双手像鸟儿一样灵巧地上下翻飞,翻动着书页。

"我是昔日圣诞鬼魂!"

她接着念道:"幽灵马车从雾中驶出,又哒哒哒地驶入了雾气中——"

那最微弱的马蹄回声难道不是从幽灵乘客的口中发出的吗?

"扑通扑通扑通,地板下正是老人露馅的心跳!"她轻柔地呼喊。

没错!就像蛙跳一样,幽灵乘客的心脏终于迸发出了一个多小时以来的第一次微弱搏动。

走廊上的那群德国人还在如射出加农炮般散播怀疑论,但她已然灌下了解药:"猎犬在荒原沼泽上吠叫——"

像是要回应吠叫一样,她旅伴的喉咙中发出了呜咽声,仿佛来自灵魂深处的最绝望的呼喊。

夜色渐深,月亮也爬上来了,白衣女人穿过田园,蝙蝠变成了孤狼,又变成了一只蜥蜴爬到了墙上……随着老护士不停地诉说,幽灵乘客紧皱的眉头又舒展开了。

终于,车厢里安静了下来,所有人都睡着了,密涅瓦·哈莉迪手中捧着的最后一本书也咚的一声掉在地板上。

"愿灵安息?"幽灵乘客闭着双眼低语道。

"嗯。"她微笑着点点头,"愿灵安息。"他们都进入了梦乡。

最终,他们来到了海边。

薄雾变浓，继而变成雨丝，像无痕的天空落下了潮湿的泪。

幽灵乘客欣喜地咧开了嘴，喃喃自语感谢阴郁的天空，感谢浪潮的魅影造访海岸。火车开进了换乘区，在那里，整列火车上的乘客都将乱哄哄地改乘渡船。

落在后面的幽灵乘客成了空荡荡火车上的最后一人。

"等一下，"他可怜巴巴地柔声说道，"船上可没有藏身的地方！还有海关！"

但海关的工作人员只是瞟了一眼遮在黑色帽子和护耳下的那张苍白面孔，很快就放这位散发着寒意的人儿上了渡船。

伴着渡船的晃荡，人群你推我挤，老护士发现被人潮裹挟的脆弱同伴又开始融化了。

一群孩子的尖叫声似乎令她想起了什么，她催促道："快！到这边来！"

她拖着浑身绵软的幽灵乘客尾随那些孩子。

"不，"他喊道，"那里太吵了！"

"那不是一般的噪声！"护士推着他穿过一扇门，"这里有可以医治你的药！"

老乘客环视四周。

"哎呀，"他喃喃地说道，"这是一间——游戏室。"

她领着他走进了尖叫奔跑的孩子堆里。

"孩子们！"她喊道。

孩子都愣住了。

"想不想听故事？"

他们不为所动，又要闹起来，于是她又加了一句："鬼故事！"

她故作随意地朝幽灵乘客指了指，幽灵灰白的手指紧紧攥着脖子上的围巾。

"大家都坐下来吧！"护士说道。

孩子们欢呼着坐在了地板上，就像围坐在帐篷外的印第安人。他们将幽灵乘客从头到脚打量了一遍，最后目光定格在那冒冷气的嘴巴上。

他摇摇欲坠。护士赶忙问道："你们相信有鬼魂吗？"

"相信！"孩子大喊，"相信！"

他的身板顿时挺了起来，眼中闪耀着微弱的光华，眉头也彻底舒展开来。孩子们越往前凑，他的身形就变得越高大，脸色就变得越红润。他伸出一根手指指向他们的面孔。

"我，"他低声说道，稍作停顿，"我给你们讲一个可怕的传说，一个真正鬼魂的故事！"

"哦，太好了！"孩子们欢呼。

于是他开始讲故事，滔滔不绝地描绘一个雨雾交织的阴暗世界。孩子们紧紧地依偎在一起，仿佛坐在他烘得暖意融融的炭火床上。哈莉迪女士悄悄地退到门口，她知道他在波谲云诡的海面上看到了什么，那是荒凉却令人安心的悬崖，不远处悄然矗立着在风中飒飒作响的塔楼，那是城堡要塞，幽灵们就一直待在城堡寂静的阁楼上。老护士凝视着眼前的一切，不知不觉中，手慢慢摸向口袋里的体温计。她感觉到了自己的心跳，眼前却蓦地一黑。

恍惚中她听见有孩子在问："你究竟是谁？"

幽灵乘客拢了拢自己单薄的外衣，凭借天马行空的想象力回答了这个问题。

渡船靠岸时的汽笛声打断了这出漫长的午夜奇谭故事会。父母们涌进游戏室，把自己的孩子从这位眼神可怕的幽灵绅士身边抓走，因为他不断低声细语，温柔的呓语声却让人感到透骨的寒意。渡船终于靠上了码头，最后一个小男孩也挣扎着被家长拖走了，游戏室里只剩下幽灵乘客和老护士。船体微微震颤，似乎还在晕晕乎乎地回味刚才听到的午夜传说。

幽灵乘客踩在踏板上，以轻快的语调说道："现在我不需要帮助就能下船了。瞧！"

他大步流星地从踏板上走了下来。孩子们就像一剂补药，为他的气色和声音注入了生机，越靠近码头，他的步伐就越稳当。等踏上码头时，他薄薄的嘴唇不由自主地显出一丝笑意，跟在后面的护士也舒展了眉头，任由他向着火车奔去。

她看着幽灵乘客像孩子般在前面奔跑，心中充盈着喜悦以及超越了喜悦的某种情愫。他在奔跑，她的心脏也仿佛跟着他的脚步狂跳。突然间，一阵剧烈的疼痛袭来，她眼前一黑，晕了过去。

大步流星的幽灵乘客只顾往前赶，并没有意识到老护士没有跟上来。最后，他站在火车旁大口喘着粗气。"终于到了！"他稳稳地抓住了车厢上的把手。这时他心中隐隐升起一丝失落感，于是他转过身来。

密涅瓦·哈莉迪不在身后。

但是，片刻之后她便赶了过来，脸色比之前更加苍白，不过笑容却异常灿烂。她摇摇晃晃，险些跌倒。这一次换他伸手扶了她一把。

"亲爱的女士，"他说，"感谢你一路上提供的好心帮助。"

"别急着道谢,"她看着他,平静地说,仿佛在期待他的回应,"我还没打算离开呢。"

"你……"

"我准备一直陪着你。"她说。

"可你不是有别的安排吗?"

"计划变了。现在,我也没别的地方可去了。"

她转身回头看了看。码头上,一大群人围在一起,原来有人摔倒在踏板上了。围观者们议论纷纷,还有人在不停地喊医生。

幽灵乘客看了看老护士,又看向围观的人群。摔倒的人已经被抬到了码头上,一支摔坏的医用体温计就落在众人的脚边。他回头看着密涅瓦·哈莉迪,老护士则一直盯着那支被摔烂的体温计。

"哦,我亲爱的好心女士,"最后他终于醒悟了过来,"跟我来吧。"

她注视着他的脸。"冒险?"

"冒险!"他肯定地点了点头。

他搀着她上了火车。火车很快拉响了汽笛,沿着铁轨颠簸着向伦敦驶去。伦敦之后是爱丁堡,是荒原和城堡,是黑夜和漫长的岁月。

"我还不知道她曾是怎样的一个人!"幽灵乘客回头看着码头上的人群说。

"哦,上帝啊,"老护士说,"我也一直没搞清楚。"

火车远去了。

铁轨足足战栗了二十秒才停下来。

葛底斯堡下风向

刊于《花花公子》(*Playboy*)
1969 年 6 月
徐黄兆 译

晚上八点三十分，贝叶斯听到大厅下面的剧场里传来尖厉的爆响。

哪把枪走火了？不，这就是射击的声音。

片刻之后是起起伏伏的人声，仿佛一片受到山崩惊扰的海洋从死气沉沉中恢复了狂暴。大门砰的一声打开了。奔跑的脚步声。

一位引座员猛地推开办公室的门，扫视四周，却有些茫然。他面孔苍白，张嘴想说话却说不利索："林肯……林肯……"

贝叶斯从办公桌前抬起头。"林肯怎么了？"

"他……他中枪了。"

"呵，真好笑。现在——"

"他中枪了。难道你听不懂吗？真的中枪了，又一次中枪了！"引座员慢慢走出去，无力地倚在墙上。

贝叶斯木然地站起身。"哦，我的上帝——"

他从引座员身边跑了过去，引座员回过神来，也跟着他跑了起来。

"不，不，"贝叶斯喃喃自语，"不可能。不会的，这不可能……"

"确实中枪了。"引座员说。

当他们转过走廊拐角时，剧场的门一下子开了，观众慌不择路地冲了出来，呼喊着，尖叫着，或者只是目瞪口呆地问："他在哪儿？""就在那里！""那是他吗？""哪儿？""谁干的？""他干的吗？他中枪了吗？""抓住他！""小心！""住手！"

人潮里的两个保安被拉扯得跌跌撞撞东倒西歪，他们架着一名男子，那人弯着腰，想尽力躲开推搡的人群和挥舞的拳头。很多人争着用提包或阳伞打他，哪怕这些"武器"已经碎裂得像暴风雨中飘摇的破风筝。女士们在呜咽，茫然失措地兜着圈子，寻找被冲散的朋友。男人们则呼喊着把女宾推到一旁，拼命地往混乱中心挤，想靠近正在不断后退的保安和那个正用手捂住脸的被殴打的男子。

"我的上帝啊！"贝叶斯惊呆了，心里隐约觉得有些不妙。他看着混乱的场面，然后冲了过去。"这边来！快退到里面！把人群清开！这边！这边！"

人群被冲开了一个缺口，一扇通往观众座席的大门打开了，几个人挤进去之后又砰的一声关上。被挡在外面的观众群情激奋地敲打着门，大声咒骂。整座剧场都随着哭喊声颤抖，仿佛世界末日就要来临。

门把手被外面的人拧得动来动去。贝叶斯呆立良久，随后他的视线落在了两位保安和那个被夹在中间、已瘫倒在地的肇事者身上。

贝叶斯猛地倒退了几步，仿佛被过道上传来的无形冲击波给推了一个趔趄。

他隐约感觉自己的左脚踢到了什么东西，那玩意蹦蹦跳跳，像只老鼠似的顺着地毯钻进了座位底下。他弯下腰，伸手摸索——是一把还留有余温的手枪。他从座位下面掏出枪，带着难以置信的表情观察了一番，然后一把塞进衣服口袋。他整整花了半分钟才强迫自己转过身去，面向那无可回避的舞台和舞台中心的那个身影。

亚伯拉罕·林肯坐在雕花高背椅上，头部以怪异的角度向前倾着，睁大的眼睛无神地凝视。他宽大的手掌温柔地搭在椅子扶手上，仿佛随时都会挺直身板站起来，宣布这出令人遗憾的突发事件已经终结。

仿佛受到了冰冷潮汐的推动，贝叶斯顺着台阶走了上去。"开灯，见鬼！来点儿光！"

不知何处，一位技师按下了开关。一抹破晓般的光亮打在了幽暗的舞台上。

贝叶斯爬上舞台，绕着椅子走了一圈，停住了脚步。

是的。果真如此。一个平滑的弹孔赫然出现在他的头颅底部，就在左耳下方。

"这就是暴君的下场。①"一个声音咕哝着。贝叶斯猛地抬

---

① 原文为拉丁文 sic semper tyrannis。

起头。

是那个刺客,他虽然低着头,但似乎也能感受到贝叶斯对林肯的关切。他坐在剧场最后一排,对着地板喃喃自语:"这就是——"

他顿住了。因为他感受到一股怒火自头顶上方袭来。一位保安的拳头扬了起来,好像与保安本人无关。拳头自己急切地挥舞下来,要让凶手闭嘴——

"住手!"贝叶斯喝道。

拳头停在半空中,然后又缩了回去,保安脸上的愤怒与沮丧纠缠在一起。

谁都不值得信任,贝叶斯心想,一个都不可信。那个男人,那些保安,统统都信不过……他转过身去,仔细查看被害领袖颅骨上的弹孔。

机油正从弹孔里慢慢滴下来。

林肯先生的嘴巴里也慢慢涌出了类似的液体,顺着下巴和胡须一滴一滴地落到领带和衬衫上。

贝叶斯跪在地上,把耳朵贴在这具躯体的胸口。

他听见微弱的嗡嗡声,知道胸腔中的飞轮、齿轮和电路都还完好,但已不能正常工作。

不知何故,这声音让他惊慌失措地站了起来。

"菲普斯……"

保安疑惑地眨了眨眼睛。

贝叶斯打了个响指。"菲普斯今晚来了吗?哦,天哪,他肯定见不得这个!赶快拦住他!告诉他出了紧急情况,嗯,就说格兰岱尔的机械厂有紧急情况!快去!"

一位保安赶紧跑出去传话。

贝叶斯目送保安离开，心里想的是，千万得把菲普斯稳在家里，不能让他过来……

真奇怪，在这种时刻，他脑海中闪现的不是自己的人生，却是别人的画面。

还记得五年前的那天，菲普斯第一次将他草拟的蓝图铺在桌子上，然后自豪地宣布了自己的宏伟计划。当时所有人都目瞪口呆，盯着他和他的蓝图，惴惴然地问：林肯？

没错！菲普斯大笑，就像一位刚从教堂归来的父亲，因为神灵答应会赐予他一个宝贝儿子而满怀喜悦。

林肯。别出心裁的想法。林肯重生了。

菲普斯扮演的角色？这个真人等身机器人的架构和培养工作当然就交给他了。

要是他们能跨越时光，站在葛底斯堡的那片草地上，去倾听、去感受那场激荡灵魂的现场演说，那该有多好……

贝叶斯绕着倒在椅子中的机器人兜圈子，思绪陷入了追忆之中。

还记得那天晚上，菲普斯手捧一杯鸡尾酒，酒杯像一面透镜，同时折射出昔日与未来之光。

"我一直想拍摄一部关于葛底斯堡的电影：艳阳之下，被晒得昏昏欲睡的拥挤人群渐渐失去了等待的耐心，人群里一位农夫和他的儿子正在仔细聆听，他们仿佛不是在听，而是要努力捕捉随风飘来的只言片语。站在远处的高个子演讲者身材瘦削，他摘下大礼帽，专注地审视着手中字迹潦草的演讲稿，终于开口了。

"为了避开推搡的人群，农夫让儿子骑在自己的肩膀上。本来是个小跟班的九岁男孩，现在却成了父亲的传声筒，隔着人山人海，这位父亲根本看不到总统的模样，他只能猜测对方讲了什么。总统的声音虽然高昂，但风力的干扰却让词句时而清晰时而模糊。也许是在总统发言之前已经听了太多演说，再加上周围全是羊毛和汗水混在一起的刺鼻气味，围场里的人都不安地相互推搡。农夫满怀希望地小声询问肩膀上的儿子：听到了吗？他说了些什么？男孩歪着脑袋，竖起粉红的小耳朵，回答道：

"'八十又七年前……'

"哦？

"'吾辈先祖……'

"嗯？！

"'……于这大陆上……'

"什么？

"大陆上！'肇建一个新的国度，乃孕育于自由，且致力于凡人皆……'

"就这样，远处总统若有若无的声音逆着风吹不断传来，农夫丝毫不觉得肩上的儿子是负累。小男孩温顺地将手拢在耳边，捕捉着风中飘过来的声音，然后一字一句地悄声复述出来。伴随着转述的只言片语，父亲愉快地听到了最后……

"'……民有、民治、民享之政府当免于凋零。'

"男孩终于停止了低语。演讲结束了，人群四散而去，葛底斯堡载入史册。

"父亲久久地沉浸在思绪之中，甚至忘了把肩膀上的小传话员放到地上，小男孩最后只好自己爬了下来……"

贝叶斯坐在那里，默默看着菲普斯。

菲普斯将杯中酒一饮而尽,他突然有些懊恼自己的自大,于是哼了一声:"也许我一辈子也拍不出这样的电影,但我可以试试这个!"

就是在那一刻,他向人们展示了菲普斯牌日常机器人——一位机械林肯。他的皮肤由可塑橡胶制成,通过电力驱动,关节上抹了润滑剂,动作完美流畅,堪称梦幻之作。

菲普斯和生来便与真人一般大小的林肯。林肯。科技令他从坟墓中复活,一位浪漫之人是他的父亲,民众的渴求汇成了他的骨架,微弱的电流将他唤醒,一位无名演员赋予其声音,让他在美国西南部的这处偏远角落里获得了永生!菲普斯和林肯。

也就是在那天,在众人爆发出的一阵哄笑声中,菲普斯只是淡淡地说了一句:"我们必须,哦,我们所有人都必须站在葛底斯堡的下风向。只有这样才能听清演讲。"

他将自己引以为傲的点子分派给了众人。这个人负责安装电枢,那个人负责捕捉林肯激荡人心的高昂演讲声,其他人则负责为骨架植上皮肤、头发和指纹。没错,甚至连林肯的气质也必须惟妙惟肖,机器人要和真人一模一样!

自那以后,他们成了人们嘲笑的对象,这简直成了生活常态。因为人人都知道,这位机器亚伯拉罕不会真的说话,也不会动弹。这个念头最后一定会不了了之。

但是,最初的几个月延续为数年,众人的奚落变成了接纳的微笑乃至惊愕。他们就像一群男孩,偷偷加入了一个私密有趣的盗墓组织,午夜在大理石地窖里碰面,然后乘着夜色分散到墓地里展开行动。

这支所谓的"林肯重生小分队"就这样一步步发展壮大起

来。除了一开始提出那个疯狂想法的傻瓜之外,又有十几个人陆续加入,他们开始从尘封的故纸堆里搜索当年的新闻材料,制作遗容模具,开发各种新型塑料骨骼材质。

有些成员特意去内战战场遗址游历了一番,希望切身感受那段从清晨和风中孕育出的历史记忆。还有些人流连于萨勒姆镇金秋十月的农场,踩在还残留着夏日气息的坚硬褐土上,嗅探历史的气息。他们竖起耳朵,警觉地聆听那位瘦高律师当年未被记录的声音,仿佛焦急等待辩护回应的当事人。

但是,没有人比菲普斯更心急了,他就像个快当爸爸的人,既自豪又充满了焦虑。最终,机器人的各个部件终于摆在了分娩台上,等待打磨组装。各种球窝关节对接在一起;发声器锁进了喉头;橡胶眼睑后面是深陷的眼窝,一双悲伤的眼睛嵌了进去,它们凝视前方,仿佛看透了尘世的一切;宽大的耳郭似乎能听见历史流逝的声音。还有骨节粗大的双手,它们悬垂着,像记录时间的钟摆。随后,他们又为这个高大的男人穿上西服,扣好纽扣,系上领结。他们就像一群裁缝,不,是信徒,在光明而神圣的复活节清晨等待的信徒。他们站在耶路撒冷的山坡上,准备推开巨石,恭候圣者在他们的恸哭中降临。

在等待揭幕的最后时刻,菲普斯将所有助手都锁在了门外。在最后一次抚摸这具横卧的躯体之后,他打开了门,像是有所隐喻地要求众人最后一次将这机器扛在肩膀上。

在沉默的注视中,菲普斯的声音飘荡在古老的战场上,他说坟墓不是林肯的最终归宿,他已经起死回生。

深陷在冰冷的大理石棺椁中的林肯,正从睡梦中醒来。

他站立起来,开口说话。

电话铃声响了。贝叶斯打了个激灵。

回忆如潮水般退却。

远处舞台墙壁上的剧场电话一直在响。哦,天哪,他跑过去拎起听筒。

"贝叶斯吗?我是菲普斯。巴克刚才打电话让我过去!他说林肯出事了——"

"没出什么事,"贝叶斯说,"你知道巴克这个人。他肯定是在附近的酒吧打的电话。我就在剧场里,一切安好。就是有个发电机出了点儿毛病,我们刚修好——"

"所以说他没事,对吧?"

"他好得很。"贝叶斯几乎无法将视线从那具残破的躯体上移开。哦,上帝,这太荒谬了。

"我要过去看看。"

"别,别过来!"

"天哪,为什么你这么激动?"

贝叶斯咬住舌头,深吸了一口气,然后闭上眼睛,仿佛这样椅子上的景象就能从眼前消失。他慢慢地说道:"菲普斯,我并不激动。灯刚刚重新亮起来了。观众们等得有些不耐烦。我对你发誓——"

"你在撒谎。"

"菲普斯!"

菲普斯把电话挂了。

十分钟,贝叶斯有些心慌意乱,我的天哪,他十分钟就会到这里。还有十分钟,那个把林肯从坟墓里拉出来的男人就会和这个把总统又送回坟墓的男人碰面……

他行动起来。一股疯狂的冲动让他几乎想奔到后台，打开操纵带，看看这具倒塌的身体还有哪些部分能够活动，哪些肢体还能动弹，哪些已经不听使唤。但这些事情得留到明天做。

眼下这点儿时间要用来解开谜团。

谜底掌握在那个男人手中，他就坐在观众席最后一排的第三个座位上。那个刺客——他就是个刺客，不是吗？那个刺客，他长什么样？

他见过这张脸，就在不久之前，不是吗？这副面孔不是来自一张陈旧却又眼熟的褪色银版相片吗？还有那撮小胡子和傲慢的黑色眼睛！

贝叶斯从舞台上走下来，沿着过道慢慢走到座位边上，然后停住脚步，死盯着那名男子。对方弯着腰，把头埋在手掌中。

贝叶斯深吸了一口气，然后艰难地吐出两个字："布斯？"

那个神情恍惚的陌生男子僵住了，他战栗着，艰难地低语："是我……"

贝叶斯默不作声，过了许久他才鼓起勇气继续问道："约翰·威尔克斯·布斯[①]？"

面对诘问，刺客轻笑了起来，笑声渐渐变成了嘶哑的话语："诺曼·卢埃林·布斯。只是姓氏一样。"

谢天谢地，贝叶斯心想，要是名字都一样我就要崩溃了。

贝叶斯在走道里踱步，然后又停下盯着手表。没时间了，菲普斯肯定已经在高速路上了。他随时都可能敲响那扇门。沉默良久，他对着面前的剧场墙壁厉声喝了一句："为什么？"

[①] 约翰·威尔克斯·布斯（John Wilkes Booth）是现实历史中刺杀林肯的凶手。

这声责问是三百多位观众惊恐呼喊的回声，不到十分钟之前他们还坐在这里，目睹刺杀之后，他们全都陷入了恐慌。

"为什么？"

"我不知道！"布斯喊道。

"你胡说！"贝叶斯高喊。

"这是天赐良机，我不想错过。"

"你说什么？"贝叶斯感到一阵晕眩。

"……没什么。"

"你胆敢再说一次！"

"因为，"布斯低着头，身形半隐在阴影之中，一股只有他自己能感受到的歇斯底里情绪仿佛瞬间爆发，又随着刺耳的笑声渐渐陷入沉寂，"因为……事实就是如此。"他惊惧地抚摸自己的脸颊，然后低语，"我做到了。我真的做到了。"

"浑蛋！"

贝叶斯有些失控地沿着过道来回走动，他害怕自己一停下来，就会忍不住冲过去痛殴那个自作聪明的家伙，那个扬扬得意的凶手。

布斯看在眼里，挑衅地说道："还在等什么？做个了断吧。"

"我不会这样做！"贝叶斯强压住怒火，让自己镇定下来，"我才不会为了一个对机器行凶的疯子而杀人。朝机器开枪已经够愚蠢了。再说，也没有哪一部法律是为射杀人形计算机的人量身定制的。我不会重复你的愚蠢。"

"可惜了。"布斯哀叹道，面孔又隐入黑暗之中。

"你给我开口说话。"贝叶斯的视线仿佛穿过墙壁，看到了夜色笼罩的马路，看到菲普斯正开着车，争分夺秒地赶过来。"你还有大概五分钟的时间。说，你为什么要这么做？为什么？都交代出来，就先从你是个懦夫开始说起吧。"

贝叶斯等待着。布斯身后的保安不安地晃动身体，鞋子发出嘎吱嘎吱的声响。

"懦夫？是的，"布斯说，"但你是怎么知道的？"

"我就是知道。"

"懦夫，"布斯说，"说得没错，我就是这样一个胆小鬼。我害怕一切，人、事物、场所，只要你能说出来的东西，我都怕。想找个人打一架，但也就是想想而已。想要的东西，我也永远没有勇气去追求。就连想去个地方，都从来没有成行过。我想变得强壮，变得有名，也一样都没实现。后来我想，既然没什么事情能让人高兴起来，还不如找点让人不开心的事情做做。让人不爽的方式多得很。反正也没人关心我，是吧？我就找点儿坏事做做，然后再掉几滴眼泪。那感觉就像自己成就了什么。所以，我就准备动手了。"

"不得不说，你成功了。"

布斯低头凝视自己垂在两膝间的双手，仿佛手中握着一件年代久远的简易武器，而现在突然想了起来。"你杀过乌龟吗？"

"什么？"

"十岁那年我就知道死亡是什么了。我找到一只乌龟，它又大又硬，傻乎乎的，寿命还很长。我想，干脆就从它开始吧。于是，我找了块砖头，砸在它背上，一下又一下，直到把它的壳砸了个稀巴烂，它就这样死了……"

贝叶斯放慢了脚步，说道："出于同样的原因，我曾经饶了一只蝴蝶一命。"

"不对，"布斯说道，很快又补充说，"不是出于同样的原因。曾有只蝴蝶停在我的手上，它的翅膀一张一合，看样子只是想休息一会儿。我知道自己能拍死它。但我没有那样做，因为我知道再过几十分钟或个把小时，鸟儿就会把它吃掉，所以我让它飞走了。但乌龟呢？！它们趴在后院无所事事，而且能一直这么活下去。所以我就跑去捡起了砖头，几个月之后我还在为这件事感到难过。也许一直到现在还在难过。你看……"

他抬起了颤颤巍巍的双手。

"这些和你今天晚上的所作所为又有什么关系？"贝叶斯问道。

"什么关系？"布斯嚷道，他死盯着贝叶斯，仿佛在看一个疯子，"你没听我说话吗？伟大的上帝，我是嫉妒啊！我嫉妒所有完美的事物，嫉妒一切漂亮的东西，嫉妒那些能延续下去的东西，我不管它到底是什么！我就是嫉妒！"

"你不该嫉妒一台机器。"

"为什么不能？该死的！"布斯紧紧地抓住前一个座位的椅背，慢慢地前倾身体，死死地盯着舞台中央高背椅上那具歪向一边的身躯，"机器难道不比你认识的 99% 的人更完美吗？难道不是吗？它们从不出错。有多少人在做事时能有一半甚至 1/3 的时间不出错，你说得出几个这样的人？那该死的东西，那台机器就坐在那里，它不仅看起来完美，说话和动作也堪称完美。而且，如果你一直给它上油，及时修补，它就能一直保持完美的状态，坚持到我死后一两百年都没问题！不该嫉妒机器？该死的，你说我能不嫉妒吗？！"

"但是，机器并不知道自己是什么。"

"可是我知道,我能感觉到!"布斯说,"我只能从它的外部往里探究!我总是被这样的东西排斥在外。那台机器所拥有的,我从未体验过。它生来就是为了把一两件事做得恰到好处。无论我这一生学到了多少东西,付出多少努力,我都不可能像那玩意儿一样完美。坐着的那个玩意儿、那个男人、那头怪物、那位总统,它是如此完美,如此精致,如此令人发狂,勾起我的破坏欲……"

他站起身,对着几十米开外的舞台嘶吼。

林肯默然无言。机油汇集在椅子下面的地板上,闪着光亮。

"总统——"布斯喃喃自语,仿佛终于悟出了真理,"总统。没错,那是林肯。你不明白吗?他很久之前就死了,不可能还活着,不可能的。这没道理。一百年过去了,可他还在这里。他被枪杀了,被埋葬了,但他还是一直活着活着活着。明天、后天、大后天,每一天。他叫林肯,而我叫布斯……我必须来这里……"

他的声音渐渐低了下去,目光也变得呆滞。

"坐下。"贝叶斯平静地命令道。

布斯坐了下来,贝叶斯对留下来的保安点点头。"请你在外面稍候。"

待保安离开,偌大的剧场里只剩下他和布斯,还有孤零零倒在椅子上的机器人。终于,贝叶斯慢慢转过身来,盯着这位刺客,字斟句酌地说道:"你说得不错,但还不够好。"

"什么?"

"你今天晚上来这里还有别的原因,你没有全部坦白。"

"我全都说了!"

"你只是觉得自己都说了而已。你在自欺欺人。说来说去，都是浪漫主义在作祟，不管是菲普斯发明了这台机器还是你破坏了它。但归根结底……你就是想让自己的照片登在报纸上，对吧？"

布斯没有回答，但肩膀微微绷直了一些。

"想上杂志封面，成为美国家喻户晓的人物？"

"不是。"

"想免费上电视？"

"不是。"

"想被电台采访？"

"没有！"

"想上法庭，让律师们争论谋杀罪名能否成立……"

"不是！"

"……也就是说，攻击并射杀一台人形机器……"

"不是！"布斯的呼吸越来越急促，目光游移不定。

贝叶斯连珠炮般脱口而出："明天一早，一直到下周、下个月、明年，都会有好几亿人在谈论你的大名，这太了不起了！"

死一般的寂静。

但是，布斯的嘴角浮现出笑意，仿佛有一滴唾液顺着那里流了下来。他肯定是感觉到了，于是举手抹了一下。

"把自己的故事以大价钱卖给那些大电视台，这也挺不错的。嗯？"

汗水顺着布斯的脸颊往下流，滴到掌心，有些痒痒的。

"我要替你回答刚才所有的问题吗？嗯？那么，"贝叶斯说道，"答案就是——"

有人在拍打剧场较远处的另一扇门，贝叶斯顿时跳了起来。布斯也扭过头望去。敲门声越来越响。

"贝叶斯，让我进去，我是菲普斯。"门外的人叫道。

敲打声，重击声，然后没了动静。在这一阵缄默中，布斯和贝叶斯彼此对视了，就像两个同谋者。

"让我进去，哦上帝啊，快让我进去！"

更猛烈的敲击声之后又是一段停顿，紧接着又是咚咚咚的疯狂连续敲击，周而复始。被挡在门外的男人喘着粗气，到处乱转，好像在找其他入口。

"我讲到哪儿了？"贝叶斯问道，"对了，所有问题的答案。你想让全世界的电视台、广播台、电影、杂志、报纸都关注你的八卦？"

短暂的停顿。

"不会有的。"

布斯咧着嘴，依然沉默。

"不、会、有、的。"贝叶斯一字一顿地说道。他冲上去，搜出布斯的钱包，把里面的各种卡片一股脑地抖落在地，然后将空空如也的钱包又丢给了布斯。

"不会吗？"布斯惊愕地看着他。

"不会，布斯先生。没有照片。没有全美电视。没有杂志。没有专栏。没有报纸。没有广告。没有荣耀。没有名气。没有乐趣。没有自怜。没有自弃。没有永生。没有关于机器是否胜过人类之类的无聊争论。没有什么殉道。你不会从平庸的人生中解脱。没有光荣的受难。没有伤感的眼泪。没有对于未来可能性的摒弃。没有审讯。没有律师。不光是这个月，就算明年、三十年、六十年、九十年之后,都不会有分析家来过问你的破事。没有连载的故事,没有报酬,什么都没有。"

布斯猛地站了起来,仿佛被一根绳子拽住了,那绳子勒得他神情憔悴,面色惨白。

"我搞不懂。我——"

"你真是煞费苦心了。是的,我破坏了这场游戏。该说的我都说了,布斯先生,现在理由都摆在台面上,总而言之,你就是个没有存在感的小角色。而且你会一直这副样子,自大、自恋、渺小、卑鄙、堕落。你就是个没出息的矮子,我要捏死你,把你压得更矮,我才不会迫使你长大,帮助你自高自大。"

"你做不到!"布斯叫喊道。

"哎呀,布斯先生,"贝叶斯以近乎愉悦的口气立即回应,"我当然做得到。我想怎么处置你就怎么处置你,但我可不想起诉你。我想说的是,布斯先生,这件事从来就没发生过。"

捶门的声音又响了起来,这一次是舞台上的那扇门。

"贝叶斯,看在上帝的份上,让我进去!我是菲普斯啊!贝叶斯!贝叶斯!"

布斯盯着那扇被摇得吱呀作响的颤抖的门,而贝叶斯却气定神闲地回应了一声:"稍等一会儿。"

他知道再过几分钟这平静就会被打破,可现在,他还在享受这难得的安然氛围,他必须坚持到底。于是,他以圆润的腔调继续抨击刺客,他说得越多,对方那矮小的身形就萎缩得越厉害。

"这事从来没发生过,布斯先生。你尽管讲述你的故事,但我们会全盘否认。你没有来过这里,没有开枪,没有刺杀行径;众人也没有激愤,没有震惊,没有恐慌,没有围攻。现在,看看你的脸色。你怎么退缩了？怎么坐下来了？怎么哆哆嗦嗦的？失望了？难道我破坏了你的雅兴？很好。"他对着过道颔首示意，"现在，布斯先生，滚出去。"

"你不能让——"

"真遗憾，布斯先生。"贝叶斯轻松地向前迈了一步，俯身下去，揪住布斯的领结，慢慢地把他拉起来，好让自己的气息全都能喷到对方的脸上。

"你胆敢把这件事告诉你的妻子、朋友、老板、孩子、伯父、伯母、表亲，告诉任何一个男人、女人、陌生人，哪怕是晚上睡觉说梦话时不小心大声说了出来，你知道我会怎么对付你吗，布斯先生？如果听到与这件事有关的一个词语，一丝气息，我就会偷偷接近你，几十天、几百天如一日地跟踪你，不分白天黑夜，不分时间地点。在你最意想不到的时候，我会突然出现，你知道我会做什么吗，布斯先生？现在我不会说，也不能告诉你，但可以肯定的是，那绝对是非常可怕、非常恐怖的，你到时候只会恨爹娘为什么要生出自己。"

布斯面色惨白，不停点头，双眼圆睁，嘴巴张得就像一个在暴雨中奔跑的路人。

"我刚才说的话你听清楚了吗，布斯先生？告诉我！"

"你会杀了我？"

"再说一遍！"

贝叶斯摇晃着布斯，直到那几个字眼从刺客咯咯作响的牙关里蹦出来："杀了我！"

贝叶斯紧紧地抓住那个男人，不断地摇晃对方，肆意蹂躏男人的衬衫以及衬衫所包裹的那具肉体，激起他心底最深处的恐慌。

再见，不起眼的小人物，没有什么杂志连载，没有乐趣，没有电视镜头，你成不了什么名人，史籍里也不会留下你的名字，留给你的只有一座无名之坟，你什么都没有。那么现在，滚出这个地方，滚出去，在我弄死你之前，跑得越远越好。

贝叶斯一把推开布斯。布斯摔了一跤，但很快站了起来，惶惶然向着那扇从外面被擂得摇摇晃晃的剧场大门跑去。

被关在外面的菲普斯还在黑暗里呼喊。

"从那扇门滚出去。"贝叶斯说道。他指了个方向，布斯忙不迭地掉过头来，跌跌撞撞地向另一扇门冲过去，伸手想去开门——

"等一下。"贝叶斯说。他穿过剧场，走到布斯跟前，然后高高地扬起手，狠狠地抽了对方一个耳光。刺客脸上的汗水如同雨珠般溅落在半空中。

"我，"贝叶斯说，"我必须给你一下子。就这一下。"他看看自己打人的那只手，然后打开了那扇门。

夜已经深了，夜空中星星散发出清冷的光辉，人群早已散去。

布斯后退了几步，他黝黑的眼睛里噙着泪水，看起来就像是个受了惊吓的孩子，又像一头想玩枪却把自己打伤的小鹿。

"滚。"贝叶斯说。

布斯飞也似的逃开了。门砰的一声关上。贝叶斯倚着门，大口喘着粗气。

在剧场另一边，那扇门外又响起了敲打声和叫喊声。贝叶斯盯着微微发颤的大门，有些发愣。菲普斯，菲普斯还在外面。现在……

偌大的剧场里显得空荡荡的，一如人群散去后沉浸在暮色中的葛底斯堡。散去的人潮不会再聚拢而来，坐在父亲肩膀上的男孩，他转述的那些话语现在也随风而逝……

过了良久，贝叶斯才艰难地走到了舞台上。他伸出手来，指尖拂过林肯的肩膀。

蠢货，他站在昏暗的灯光下思忖。住手。快住手。你为什么要这么做？傻瓜。快停下来。停下来。

木已成舟，无法追悔，只剩下脸庞上静静流淌的泪。他啜泣着，几乎哽咽，他无法抑制地呜咽。哭声回荡在剧场里。林肯死了。林肯死了！

而他，竟然把凶手放走了。

2004 年 5 月：火星的地名

收录于短篇集《火星编年史》
1950 年
袁凌子 译

他们来到这片陌生的蓝色土地上，并用自己的名字来命名这片土地。这里有海克斯通溪、卢斯汀格角、布莱克河、德里斯科尔森林、裴来格林山和怀尔德镇，取自他们的名字和他们所行之事。这里是第一批地球人被火星人杀死的地方，叫作红镇，因为这里曾血流成河。再看这边，这里是第二远征队被击败的地方，叫作"二次尝试"，而其他被火箭手发射燃烧弹烧毁的地方，就只剩下乱七八糟的名字可供选择，当然就有斯彭德山和纳撒尼尔约克镇……

古老的火星地名属于水域、天空和山丘。它们是石筑运河南端填满了广阔海洋的那片积雪的名字，也是被封印埋葬的巫师、塔楼和方尖碑的名字。而火箭像一记重锤，打在了这些古老的名字之上，大理石碎成了薄片，刻着古老城镇名的陶碑顷刻震裂，而在这废墟中又立起了巨大的塔门，上面刻着新的名字：铁镇、钢镇、铝市、电村、玉米镇、谷物区、底特律二区，都是些地球上机械和金属的名字。

城镇拔地而起并有了新名字，随后，墓地也建造好并有了名字：青山、青苔镇、靴子山、小憩山；第一批逝者躺进了坟墓……

外患已经清除，城镇修缮一新，人口增长旺盛——一切安置妥当。但是，地球上的造作世故随之而来。它们出现在聚会上、假日中，出现在购物、拍照和察言观色上；它们开始在火星上学习并运用社会学法则；它们带来了明星、徽章和规章制度，带来了地球上四处滋生的繁文缛节。这些外来的杂草渗透到火星各处，生根发芽。它们开始设计人们的生活和教育，它们开始命令、摆布这群正是为了逃离控制和摆布才来到火星上的人类。

而不可避免地，其中一些人开始了反抗……

2005 年 4 月：厄舍府续篇

刊于《颤栗冒险故事》(*Thrilling Wonder Stories*)
1950 年 4 月
仇春卉 译

"那年秋天的一个沉闷、阴霾、寂静的日子，天空乌云低压，我骑了马在一片凄凉得出奇的土地上踽踽独行，走了一个整天，黄昏的阴影渐浓，我终于来到可以遥望忧伤的厄舍府的处所。[①]"

读着读着，威廉·司丹铎停了下来。就在前方，在一座黑色小山的坡顶上，矗立着这幢大宅。它的奠基石上面刻着"公元 2005 年"。

建筑师毕格罗先生说道："房子已经竣工了。这就是钥匙，司丹铎先生。"

这也是一个秋季，也是一个寂静的下午，两人默默地并肩而

---

① 引自爱伦·坡的短篇小说《厄舍府的崩塌》，孙法理译，《爱伦·坡短篇小说选》译林出版社 2008 年版。部分译法略有改动。

立,建筑图纸在他们脚下的黑草地上沙沙作响。

"厄舍府。"司丹铎先生愉快地说,"从设计到建造到购买到交付,一气呵成,爱伦·坡先生能不高兴吗?"

毕格罗先生眯起眼睛。"阁下所有的要求都满足了吗?"

"是的!"

"颜色对吗?色彩效果够凄凉、够恐怖吗?"

"很凄凉,很恐怖!"

"墙也很阴郁吧?"

"阴郁得让人大吃一惊!"

"这潭水呢?'从黑里透出妖异的红',足够吗?"

"足够了!简直难以置信!"

"还有那些龙须草——你知道吗,我们把龙须草染色了——现在这种乌黑色和死灰色合适吗?"

"实在是丑陋到了极致。"

毕格罗先生对照了一下建筑计划书,从上面引用了几句:"这里的整个架构,司丹铎先生,包括房子、陆地、水体,能不能造成一种'冷若冰霜'的效果,能不能使人'心绪不宁、精神抑郁'?"

"毕格罗先生,我在这里花的每一分钱都超值了!天哪,太漂亮了!"

"谢谢。我的整个设计过程都是在不完全知情的状态下进行的。感谢上帝,幸好你有私人火箭,否则我们的大部分设备都是禁止运来火星的。你也留意到了,这里的天色始终是黄昏,这是一片贫瘠荒凉的不毛之地,这里的季节永远是十月。为了营造这种效果,我们也颇费了一番周折。我们用一万吨滴滴涕农药杀死了所有动物，没有留下一条蛇、一只青蛙，甚至是一只火星苍蝇！司丹铎先生，我可以骄傲地向你保证，这里永远是黄昏。我们安装了隐藏的设备，永久性地遮挡阳光，以达到长年'阴郁'的效果。"

司丹铎细细地品味着这里的阴郁、压抑和恶臭，还有这栋大宅、四处蔓延的霉菌、大范围的腐朽衰败，以及那个散发出阴寒邪气的深潭……这让人精神崩溃的恐怖环境和氛围其实是人造的，可是如此巧夺天工的设计，有谁能分辨真伪呢？

他仰望秋季的天空，太阳在他头顶很远很远的地方。在火星的其他地方，此刻正是金色的四月，天空应是蔚蓝一片。不断有喷着烈焰的火箭飞下来，为这个已经死亡的美丽星球重建文明。然而这些火箭沿途发出的尖锐啸声完全无法进入这片与世隔绝之地，这里依然是一个阴暗死寂的古老秋季。

"现在我的工作完成了，"毕格罗先生有点不自在地说，"我觉得我可以问一句，你建造这一切是用来干什么的？"

"这是厄舍府啊！你还猜不出来？"

"猜不出。"

"'厄舍'这个名字，对你来说难道一点意义也没有？"

"完全没有。"

"嗯，那么这个名字呢：埃德加·爱伦·坡？"

毕格罗先生摇了摇头。

"难怪。"司丹铎轻轻地哼了一声，声音里既有沮丧也有蔑视，"我怎能期待你知道神圣的爱伦·坡先生呢？他在很久很久以前就死了，甚至死在林肯之前。他所有的书都在那场大火中烧毁了，那是1975年，三十年前了。"

"噢！"毕格罗先生机警地说，"原来是那批人里面的。"

"对！毕格罗，就是那批人！爱伦·坡、洛夫克拉夫特、霍桑、安布罗斯·比尔斯等名家，所有的恐怖、奇幻小说，甚至连关于未来的科幻小说都被烧了，就是因为他们通过了一道伤天害理的恶法！哼，他们用的是温水煮青蛙的策略。一开始，在50年代和60年代，他们只是控制一下漫画书，然后扩大到侦探小说，后来自然少不了监管电影。就这样，他们通过这样那样的方式手段，针对这个或者那个群体，逐个击破。他们以政治偏见、宗教歧视、民间社团压力等借口加强管制。总有某个弱势群体惧怕某件事物，总有人害怕黑暗，害怕未来，害怕过去，害怕现在，害怕自己甚至自己的影子。"

"噢，我明白了。"

"他们甚至害怕'政治'这个字眼——我听说，有些极端保守组织最终把'政治'当成'共产主义'的同义词，谁说出这个字眼就会惹上杀身之祸！他们在这里上紧一个螺钉，在那里拧紧一个螺栓；这里拉一下，那里推一下，这里又拽一下。文学和艺术很快就变成了一团巨大的太妃糖浆，被编织成麻花，绑成一个一个结，不断向各个方向扭曲拉扯，终于被折腾得软弱温顺、索然无味。然后他们把电影摄像机都销毁了，把电影院都关闭了。印刷媒体后来只能出版内容题材'纯净'的书刊，于是出版量从本来尼亚瓜拉大瀑布般的滔天洪流变成无关痛痒的几滴水滴。啊，对了，告诉你吧，就连'逃跑'这个词也被定性为太过激进了！"

"是吗？"

"千真万确！他们说，每个人都必须面对现实、面对当下！"

违背这条原则的东西都不能保留。文学编织出来的美丽谎言和幻想搭建起来的空中楼阁，自然要被他们从半空中打下来！于是，在三十年前的一个星期天早上，那是1975年，他们把这些违禁品排列在一个图书馆的墙边。死囚队伍里面有圣尼古拉、无头骑士、白雪公主、侏儒妖、鹅妈妈……他们全部排成一行被枪毙了，真是惨绝人寰啊！被他们一把火烧掉的还有纸扎的城堡、神奇的青蛙、各位老国王以及那些'从此就永远幸福地生活在一起'的人们——当然了，现实中没有人能够'永远幸福地生活在一起'。'很久很久以前'变成'再也没有了'！他们把幽灵人力车的灰烬和奥兹国的瓦砾撒向四面八方，他们把葛琳达魔女和奥兹玛公主挫骨扬灰，他们把多彩仙子用分光镜碾碎，他们在生物学家年会上就着蛋白糖饼吃杰克南瓜头！他们用红胶带做成荆棘丛缠死了杰克的豆茎！睡美人被一个科学家吻醒，马上又被他的针筒扎死了！他们逼爱丽丝喝一瓶药水，把她变得很小，再也不能大叫'越来越好奇'！他们用锤子把镜子、红国王和牡蛎都砸了个稀巴烂！"

这一切历历在目，就像刚刚发生似的。他紧握双拳，满脸通红，气喘吁吁。

至于毕格罗先生，他已经被司丹铎的突然发怒吓得目瞪口呆。过了好一会儿，他才终于眨了眨眼睛，说道："对不起，我听不懂你说的话。那些名字对我来说也就是一些名字罢了。据我所知，焚书是件好事情。"

"滚！"司丹铎尖叫，"既然你的工作完成了，就别待在这儿烦我！白痴！"

毕格罗先生率领几个木匠撤了。

司丹铎先生独自站在这座大宅前面。

"听着!"他朝那些看不见的火箭说道,"我来火星就是为了避开你们这帮思想纯净的浑蛋,可你们却成群结队地涌过来,有如附骨之疽,甩也甩不开!既然这样,我就要给你们好戏看了!我要给你们一个教训,算是惩罚你们当年在地球上对爱伦·坡先生犯下的罪行。从今天开始,请记住,厄舍府正式开张了!"

他举起拳头挥向天空。

火箭降落了,一个男人气定神闲地走出来。他向大院瞟了一眼,灰色的眼中顿时露出不满和恼怒的目光。他大步走过环绕大院的深沟,与一个矮小的男人针锋相对地站着。

"你叫司丹铎?"

"是。"

"我叫伽雷,道德风尚局督察。"

"嘿嘿,你们终于来火星了。你们道德风尚局的人,我还想着你们怎么还不来呢。"

"我们上星期才到达的,很快我们就会把火星整治得和地球一样井井有条。"他拿着证件卡向大宅很不耐烦地指了一下,"你会主动告诉我那地方是怎么回事吧,司丹铎?"

"如果你不介意的话,我们可以说那是一栋闹鬼的城堡。"

"我介意,司丹铎,我很介意!我介意'闹鬼'这个字眼。"

"简单说来,在公元 2005 年的今天,我建造了一个机器避难所,里面有铜蝙蝠在电子导航下飞舞,黄铜老鼠在塑料地窖里流窜,机械骨骼在跳舞,还有机器做的吸血鬼、小丑、狼和白色幽灵。它们都是在机械骨架外面裹上特殊的化学物质复合而成的,设计相当精巧。他们就是这栋大宅的居民了。"

"我担心的正是这个。"伽雷平静地笑道,"恐怕我们不得不把你这个地方拆除。"

"我知道你们一听到风声就会立即赶过来。"

"我本来可以来得更早,可是我们道德风尚部门想先搞清楚你的动机和意图,然后再采取行动。有必要的话,我们可以在晚餐时候就派强拆队和焚化队过来,午夜之前你的房子就会被夷为平地,只剩下一个地窖。司丹铎先生,我觉得你这样做很不明智,竟然把辛辛苦苦赚来的钱浪费在这种东西上。阁下为什么要这样做呢?这里至少花了你三百万——"

"是四百万!可是,伽雷先生,我年轻的时候就继承了两千五百万,我有资本去挥霍。不过我这房子才建好一个多小时,你就率领强拆机械人扑过来,这未免太可惜了。你能不能通融一下,让我跟这玩具再相处个……嗯,二十四小时吧,如何?"

"你也知道这方面的法律,我们必须逐字逐句地严格遵守。一切书籍、房屋或是任何什么东西都不得涉及鬼魂、吸血鬼、仙女以及其他任何想象出来的生物。"

"你们下一步要烧巴比特①了吧?"

"你给我们造成了不少麻烦,司丹铎先生。二十年前,在地球上,你和你那个图书馆,我们还记录在案呢。"

"是啊,我和我那个图书馆,还有其他像我这样的人。唉,其实,那么多年来,爱伦·坡早就被人遗忘了,一同湮灭的还有奥兹国和其他很多生物。可是我有一个小小的储备,我们几个公

---

① 指辛克莱·刘易斯的小说《巴比特》(*Babbitt*) 的主人公。

民有自己的藏书室。后来你们派人把我们团团围住,还带着火把和焚化炉。然后你们一把火将我的五万册藏书烧得尸骨无存。你们还像钉死吸血鬼似的杀害了万圣节,又规定拍电影的人只能翻拍海明威的作品,其余题材一律禁止。天啊!我看了多少遍《丧钟为谁而鸣》?三十个不同版本啊!全都是写实的。哼,写实主义!哼,当下!哼,去死吧!"

"你这种怨毒的态度,对人对己都没有好处。"

"伽雷先生,你必须写一份详尽的报告,是吧?"

"是的。"

"这样的话,你就当是满足一下自己的好奇心吧,请进来参观一下,几分钟就看完了。"

"好吧。你在前面带路,别玩什么花样儿,我有枪。"

厄舍府的大门嘎吱嘎吱地打开了,一股潮湿的风扑面而来,风中夹着一阵巨大的叹息与呻吟,就像一头迷失在地底墓穴的怪兽发出的吼声。

一只老鼠蹦蹦跳跳地在石头地面上跑过。伽雷惊叫一声,一脚把老鼠踢开,顿时有一大群金属跳蚤从尼龙鼠毛里面源源不绝地涌出来。

"太神奇了!"伽雷弯下腰去看。

有个老巫婆坐在一个壁龛里,两只蜡手玩弄着几张橙色和蓝色的塔罗牌。她猛地一转头盯住伽雷,没牙的嘴巴冲着他发出嘶嘶的怪声。她的手指敲打着那几张沾满油污的纸牌,大吼道:"死亡!"

"你看,这就是我所说的那类东西!"伽雷说,"可恶至极。"

"这一个,我留给你亲手烧掉。"

"真的吗?"伽雷听了很开心,随后又皱眉说道,"我觉得,你也太逆来顺受了吧?"

"我能够造出这样一栋房子,能够在当今这个怀疑一切的现代社会里营造出中世纪的氛围,能够问心无愧地说一声'我做到了',就已经很满足了。"

"虽然我不愿意承认,可我对阁下还是挺佩服的。"伽雷正说着,眼前飘过一团喃喃自语的白雾,看形状像是一位美丽的女子。在一道白雾茫茫的走廊深处,有一台不断旋转的喷雾机。一团团白雾像棉花糖似的飞出来浮在空中,发出呢喃的低语声,飘荡在寂静的门厅里。

突然,不知道从哪里蹦出一头巨猿。

"别动!"伽雷厉声喝道。

"不要怕。"司丹铎敲打着巨猿的黑色胸膛,"这是一头机器猿,里面是铜质骨骼,就和那个巫婆一样。你看。"他在巨猿的毛发下面按了几下,几段金属管子立即露了出来。

"果然。"伽雷伸出手,小心翼翼地抚摸巨猿,"可是,为什么,司丹铎先生?这里的一切都是为了什么?到底是什么令你如此执迷不悟?"

"官僚主义,伽雷先生。可是我没时间解释了,政府很快就会发现这一切的。"他向巨猿点了点头,"可以了,动手吧。"

巨猿一下子就把伽雷杀了。

"我们快准备好了吗,派克斯?"

派克斯坐在桌子前,抬头答道:"是的,先生。"

"你这个任务完成得实在太漂亮了!"

"为您效劳，司丹铎先生。"派克斯一边轻声回答，一边掀起机器人的塑料眼睑，塞进一个玻璃眼球，再把眼眶附近的橡皮肌肉收紧。"大功告成！"

"真的和伽雷先生一模一样啊。"

"我们拿他怎么办，先生？"派克斯朝着地面上伽雷的尸体点了点头。

"最好把他烧了，派克斯。我们不希望同时出现两个伽雷先生，对吧？"

派克斯用轮椅把伽雷的尸体推到一个砖砌的焚化炉前面。"再见。"他把伽雷推进去，把门关上。

司丹铎看着机器伽雷。"你收到命令了吧，伽雷？"

"是的，先生。"机器人坐直了，"我要回道德风尚局，提交一份对厄舍大宅有利的报告，要求局里将强拆行动推迟至少四十八小时。我就说我要调查得更充分一些。"

"没错，伽雷。再见了。"

机器人快步走出去，上了伽雷的火箭，飞走了。

司丹铎转身说道："好了，派克斯，我们这就把今晚的邀请函全部发出去。我想我们今晚会过得很愉快，是吧？"

"我们等了足足二十年才等到今晚，当然愉快了！"

两人向对方眨了眨眼睛。

七点了，司丹铎仔细看着手表，时间快到了。他平静地坐着，大口喝着杯中的雪莉酒。他头顶的橡木屋梁下倒挂着许多做工精致的机械蝙蝠，每只都是铜制骨骼，外裹橡胶。这些蝙蝠对着他眨眼，不时发出几声尖叫。他向众蝙蝠端起酒杯，说道：

"为了我们的成功，干杯！"然后他靠回椅子里，闭上眼睛，把整个计划从头到尾再思量一次。将来他垂垂老去，也会回想起今天的壮举，细细品味其中的甜蜜。"一尘不染"的政府放了那一把火，对文学艺术犯下了罄竹难书的恐怖罪行，现在是他们付出代价的时候了。嘿嘿，这么多年来，愤怒和憎恨在他体内疯长，可是复仇计划却在他麻木的脑子里成型得很慢很慢。直到三年前他遇上了派克斯，从此一切都上了轨道。

没错，就是派克斯，他心中的怨毒就像一个烧焦的黑色无底深井，里面灌满了绿色的强酸。派克斯是何方神圣？他就是众多电影演员里最出色的一位，有一人千面的神奇演技。他是复仇之神，是一团迷雾，是一只蓝色青蛙，是一阵白色的雨水，是一只蝙蝠、一只石像鬼、一头怪物……这就是派克斯。司丹铎反复沉思，派克斯能比默片时代的电影大师老朗·钱尼更好吗？多少个夜晚他反反复复地看钱尼的老默片——没错，钱尼都不及派克斯。另一个著名的默片演员也比不上他吗？那人叫什么名字来着？扮演弗兰肯斯坦的怪物的波利斯·卡洛夫？派克斯比卡洛夫高明多了！专演恐怖片的贝拉·卢戈西呢？不行！怎能拿卢戈西跟派克斯相比较呢？想想都令人作呕！不，派克斯是独一无二的！可是现在，他所有的梦想都已经被剥夺，他在地球上已无处容身，他的才华没人欣赏，他甚至不能对着镜子给自己表演！

可怜的派克斯一败涂地，永无翻身之日。那天晚上他们没收了你的电影，把胶卷从摄像机里抽出来，就像把内脏从你的肚子里掏出来一样，然后缠成一卷卷一团团，塞进大炉子里烧成灰烬。你当时的感受是怎样的呢？我目睹自己的五万册藏书被他们付诸一炬，冤屈无路可诉。派克斯，你有我这么难受吗？有的！

有的！司丹铎觉得心中那股无名怒火让双手都变得冰凉了。很自然地，这两个同病相怜的人在无数个夜里促膝长谈，消耗了无数咖啡，酿制了大量苦酒——于是，厄舍府诞生了。

教堂大钟敲响，客人们快到了。

微笑着，他走出去迎接贵客。

这批机器人已经造好候命，不过尚未输入记忆。它们身披绿色丝绸，那是森林里一潭碧水的颜色，是青蛙和蕨菜的颜色。它们都有一头金发，那是阳光和沙子的颜色。机器人体内的青铜管状骨骼已经上好油，并在明胶里浸泡过。他们躺在加厚木板箱里，像一个个棺材；棺材里面除了这些不死不活的"人"，还有一个个等待触发的节拍器。这里有一股润滑油和切割过的黄铜气味，这里像墓地般死寂。这些机器人有男女之分，却没有实际意义上的性别；它们都有名字，可名字却不属于它们；它们的一切都取自人类，唯一得不到的却是人性。机器人躺在箱子里，注视着钉紧的盖子；它们处于一种类似死亡却并非死亡的状态——因为它们从来不曾有过生命。

现在，钉子被一根一根拔出来，发出巨大的尖叫声；箱盖也被揭起，顿时四处影影绰绰；还有一只手挤压着油罐子向外喷油。有一个计时器启动了，发出微弱的嘀嗒声。接二连三地，许多个计时器陆续启动，这里变成了一个巨大的钟表店，发出低沉的轰鸣声。玻璃眼球开始转动，把橡胶眼睑撑大了，鼻翼也扇动起来。一个裹着猿猴皮毛的机器猿站起来，一个披着兔子白毛的机器兔也站起来了，接着是《爱丽丝镜中奇遇》里的特老大、特老二、假乌龟、睡鼠。许多淹死鬼摇摇晃晃地站起来，身上沾满了盐霜和牛眼菊，还有脖子瘀青的吊死鬼，翻起一双死鱼眼，直勾勾地盯着上方。有些怪兽是冰做的，有些身上全是燃烧的金属箔。陆续站起来的还有沃土矮人、胡椒精灵、滴答机器人和诺姆王。圣尼古拉一边走一边变出雪花在前方开路，蓝胡子的一把胡子就像乙炔燃起的火焰。一团硫黄的云雾喷出绿色的火焰。还有一条浑身披鳞甲的弯弯曲曲的巨龙，肚子藏着一个巨大的火炉。巨龙盘旋着呼啸而出，掀起一股疾风，发出一声咆哮，掩盖了它体内计时器的嘀嗒声。巨响过后，四周陷入片刻的沉默，随即重新爆发出阵阵骚动。成千上万个盖子同时打开，嗡嗡作响的钟表店开始向厄舍大宅进发，魔法顿时充满了这个阴郁的秋夜。

一阵热风从天而降，贵客的火箭到达，将深秋的天空烧成了暖春。

男女宾客先后踏出舱门。他们都身穿晚礼服，每个人的发型都精致油亮，显然是精心梳理过的。

"嗯，这就是厄舍府！"

"可是大门在哪儿呢？"

这时候，司丹铎现身了，众位女宾客顿时爆发出一阵欢笑。司丹铎先生举手示意她们安静，然后转身抬头看着一座高塔。他向塔顶的一扇窗子呼喊道："长发公主，长发公主，放下你的头发。"

塔顶出现了一位美貌少女。她俯身前倾，将一头金发散落在晚风之中。金发随风飘舞，一边下垂一边缠绕纠结，竟然形成一条绳梯。众宾客于是沿梯而上，带着欢声笑语爬进了厄舍府。

来宾中有声名显赫的社会学家、聪明机智的心理学家、位高权重的政客,还有细菌学家、神经学家……就算他们再厉害,此刻还不是乖乖地站到了阴冷潮湿的围墙内?

"欢迎各位光临!"

泰龙先生、欧文先生、邓恩先生、郎先生、斯提芬斯先生、弗莱切先生……男宾有二三十位。

"请进,请进!"

吉伯斯小姐、珀璞小姐、丘吉尔小姐、布伦特小姐、珍梦小姐……一众女宾客都光彩照人。

在场每一位都是人中龙凤、社会精英。他们都是"防止幻想协会"的成员,鼓吹封杀万圣节和盖伊·福克斯,他们杀死蝙蝠、焚烧书籍,他们就是拿起火把点火的刽子手!这些思想纯净的一等公民拖了那么久才过来,因为他们要等那些干粗活重活的先头部队把火星人都埋了,将火星上的城市都彻底清洗过,建立城镇,修筑公路,确保殖民地的安全。现在万事俱备,一切都上轨道了,这群道貌岸然、蛇蝎心肠的伪君子就飞过来设立道德风尚局,向每个人发放迷药。而且他们是他的朋友!是的,在过去一年里,司丹铎在地球上小心翼翼地与这里的每一个人结识,并与他们成了好友!

"欢迎来到浩瀚无疆的死亡之堂!"他高声宣布。

"嘿,司丹铎,这些是什么呀?"

"诸位很快就知道了。现在,请脱掉身上的礼服,换上自己心仪的化装晚会戏服!这边是男更衣室,那边是女更衣室。"

众人很不自在地站在原地,并没有响应。

"我不知道我们应不应该继续留在这里。"珀璞小姐说,"我不是很喜欢这个地方,这里看起来几乎可以判亵渎法律罪了。"

"胡说！这只是个化装晚会罢了！"

"看起来不太合法嘛。"斯提芬斯先生四处嗅着。

"得了吧！"司丹铎大笑道，"明天这里就会变成一片废墟了。今朝有酒今朝醉，明日愁来明日忧，各位此刻就尽情玩乐吧！快去换衣服！"

厄舍大宅里顿时激荡起熊熊燃烧的生机和缤纷绚烂的色彩。头戴着铃铛帽子的小丑们跑来跑去，发出叮咚声响。小矮人乐队用微型小提琴演奏舞曲，小白鼠跟随音乐跳起迷你方阵舞。蝙蝠上下飞舞，像一团团黑云掠过，使烧焦屋梁上的彩旗泛起涟漪。石像鬼口中喷出冰凉的美酒，飞流直下，溅起无数泡沫。美酒汇成小溪，在化装舞会的七个大厅里流淌，宾客们一尝，原来是雪莉酒。他们从更衣间里蜂拥而出时，已经变换了年龄，脸上都戴了面具眼罩。一旦戴上面具，他们就失去了与幻想事物和恐怖怪物做斗争的权利。女宾客身披红袍，轻灵飘逸地四处游走，欢声笑语播散；男宾客则在旁载歌载舞、亦步亦趋。墙上影影绰绰却不见人，宾客们站在镜子前面却看不见自己。"我们都是吸血鬼！"弗莱彻先生大笑道，"都死翘翘啦！"

七间大厅颜色各不相同：分别是蓝色、紫色、绿色、橙色、白色，第六间是紫罗兰色，第七间大厅整个裹着一层黑色天鹅绒。在黑色大厅里有一个乌木大钟，敲出洪亮的整点报时钟声[①]。醉醺醺的宾客们在七个大厅之间穿梭游走，沉浸在这个由机器人营造的奇幻世界里。陪伴他们的有睡鼠和疯帽匠，有山妖

[①] 这个场景出自爱伦·坡的小说《红死病假面舞会》。

和巨人,还有黑猫与白女王。在客人们欢快的舞步之下,地板发出巨大的节拍声响,就像一个隐藏至深却又暴露踪迹的巨大心脏正在泵送鲜血。

"司丹铎先生!"

有人轻声叫他。

"司丹铎先生!"

死神站在他身边——是派克斯。"我有话要单独和你说。"

"什么事情?"

"看。"派克斯拿出一只骷髅手,上面有几个烧得漆黑、熔掉了一半的小轮子、螺帽、齿轮和螺钉。

司丹铎盯着这几个零件看了一会儿,遂拉着派克斯走进一条小走廊。"是伽雷?"他低声问道。

派克斯点了点头。"我刚才清理焚化炉发现了这些东西。那家伙一开始就派了个机器人来替他跑腿。"

两人一起久久注视着这几个致命的小零件。

"这意味着警察随时会找上门来。"派克斯说,"我们的计划要完蛋了。"

"难说。"司丹铎瞟了一眼白雾弥漫的大厅,只见一众红男绿女在音乐声中旋转身体翩翩起舞,"我本来就该猜到伽雷不会亲自过来的,他没有那么蠢。可是……等等!"

"怎么了?"

"没事儿!咱们其实一点儿麻烦也没有!伽雷派了一个机器人过来,嘿嘿,我们也派了一个回去。除非他仔细检查,否则根本不会发现已经调了包。"

"没错!"

"既然现在他觉得安全了,所以下一次就会亲自来了。嘿嘿,说不定他随时会敲门呢!给他们多灌点儿酒,派克斯!"

门铃声响了起来。

"我敢打赌就是他!去把伽雷先生接进来。"

长发公主垂下一头金发。

"司丹铎先生?"

"伽雷先生,这次是您的真身了吧?"

"真假都一样。"伽雷盯着阴冷潮湿的墙和大厅里旋转舞动的人群,"我觉得我还是应该亲自过来看一下。你不能依赖机器人,尤其不能依赖别人的机器人。而且我这次已经传召了强拆队,他们一小时后到达,然后就把这可怕的地方连根拔起。"

司丹铎点头道:"谢谢你提早通知我。"他挥了挥手,"现在你可以一边等着一边享受享受嘛。喝点儿小酒?"

"不用了,谢谢。你这里到底是怎么回事?一个人究竟能够堕落到什么地步?"

"你亲眼看看就知道了。"

"我看是谋杀。"伽雷说道。

"谋杀确实是罪大恶极。"司丹铎说。

这时候突然响起女人的尖叫声,只见珀璞小姐飞奔而来,脸色煞白,就像奶酪一般。"太恐怖啦!刚才有只大猿把布伦特小姐勒死了,还把尸体塞进了烟囱里面!"

他们连忙赶过去查看,只见一把金色长发从烟囱道里垂下来。伽雷惊叫一声。

"太恐怖了!"珀璞小姐正在抽泣,突然止住了眼泪,她转过头,拼命眨着眼睛,"布伦特小姐!"

"是我。"布伦特小姐就站在她面前。

"可我刚才明明看见你被塞进烟囱里面了呀!"

"不,"布伦特小姐大笑道,"那是我的替身机器人!一个精巧的复制品!"

"可是,可是……"

"别哭了,亲爱的,我不是在这儿好端端的吗?让我看看自己是什么样子的。噢,就在那儿!真的像你说的那样,在烟囱上面呢。这太好玩了,是吧?"布伦特小姐大笑着走开了。

"喝一点儿吧,伽雷?"

"我确实需要喝一点儿了,刚才那事情让我胆战心惊的。天哪,这是个什么地方?把它夷为平地也不为过!我刚才还……"

伽雷喝了一口酒。

又一声惨叫。只见斯蒂芬斯先生被五花大绑,由四只白兔扛在肩膀上抬出来。地上突然变魔法似的出现一条向下的楼梯,白兔把斯蒂芬斯先生抬下去,扔进一个陷阱里。一个巨大的钟摆旋转着慢慢下沉,钟摆尖端的不锈钢利刃渐渐向斯蒂芬斯先生的身体逼近,越来越近……

"下面那个是我吗?"斯蒂芬斯先生问道。他走到伽雷身旁,弯腰俯视着陷阱。"亲眼看着自己死掉,真是奇哉怪也。"

钟摆划了最后一下。

"太逼真了。"斯提芬斯先生一边说一边转身走开了。

"再来一杯吗,伽雷先生?"

"好的,谢谢。"

"别急,强拆队很快就会来了。"

"谢天谢地!"

这时候响起了第三声惨叫。

"这次又怎么了？"伽雷忧心忡忡地问。

"轮到我啦！"珍梦小姐说，"看！"

只见另一位珍梦小姐被塞进一个棺材里，棺材盖在她的尖叫声中被钉紧了，然后她被活活埋进了地板下面的泥土里。

"奇怪了，我怎么觉得这个场景似曾相识呢？"道德风尚局的督察倒抽一口凉气，"对了，是那些古老的禁书！有《活埋》，还有别的……《陷阱和钟摆》。还有猿猴、烟囱，那是《莫格街谋杀案》[①]。没错，这些书全是我烧毁的！"

"再来一杯吧，伽雷。来，杯子拿稳。"

"天哪，你还真有想象力啊！"

他们站在那里看着另外五人死于非命：一个被巨龙吞噬，另外四个被扔进黑水潭中，潭水没过他们头顶，躯体终于消失得无影无踪。

"你想看看我们给你准备了什么下场吗？"司丹铎问道。

"看就看！"伽雷说，"有什么区别呢？反正我们要把这鬼地方炸个稀巴烂。你做这些事情真的很恶劣。"

"那你就跟着我吧。来，走这儿。"

于是他带着伽雷走进地板夹层，穿过几条小过道，然后沿着一条旋转楼梯深入，来到墓穴里面。

"你打算给我看什么？"伽雷问道。

"看你自己被杀掉。"

"我的替身？"

[①] 此三篇均为爱伦·坡的经典短篇小说。

"对。除此之外还有别的东西。"

"什么东西?"

"阿芒蒂雅朵酒。"司丹铎答道。他高举着提灯向前走,强光照出许多打开盖的棺材,里面的骷髅直直坐着,半个身子露出棺材外面。伽雷抬手捂住鼻子,脸上一副厌恶的神情。

"什么?"

"你没听说过《阿芒蒂雅朵酒》吗?"

"没有!"

"连这个也认不得?"司丹铎指着一个小牢房问道。

"我应该认得吗?"

"这个呢?"司丹铎微笑着从长袍里拿出一个小铲子。

"那是什么东西?"

"过来吧。"司丹铎说道。

两人一起走进小牢房。在黑暗中,司丹铎突然用镣铐把已经半醉的伽雷铐在锁链上。

"天哪!你干什么?"伽雷一边吼一边用力拉扯铁链,哐哐作响。

"我正在挖苦讽刺你呢。当一个人正在冷嘲热讽的时候,你千万别打断他的话,这样做很不礼貌。"

"你竟敢用铁链锁住我!"

"没错。"

"你打算怎么样?"

"我打算把你扔在这儿。"

"你是开玩笑吧?"

"这个玩笑一流吧?"

"我的替身机器人呢?我不是要看着它死吗?"

"没有替身机器人。"

"可是其他人呢?"

"其他人都死光了。你看着被杀的那些都是真人,而替身机器人当时站在你身边一起观赏。"

伽雷无言以对。

"好了,现在你应该说'看在老天的份上,蒙特索尔!'"司丹铎说,"然后我就回答说'没错,看在老天的份上。'你不肯说吗?来吧,快说!"①

"你这个蠢货!"

"你非要我哄骗你不可吗?快说,说'看在老天的份上,蒙特索尔!'"

"我不说!你这个白痴!快放我出去!"伽雷已经完全清醒了。

"来,戴上这个。"司丹铎扔了一件东西进去,发出一阵清脆的铃铛响声。

"这是什么?"

"一顶缝了铃铛的帽子。如果你戴上,我或者会放你出去。"

"司丹铎!"

"我再说一次,把帽子戴上!"

伽雷屈服了,墓穴里顿时响起一阵叮咚的铃铛声。

"你有没有觉得这一切都似曾相识呢?"司丹铎一边问一边拿起小铲子,挑起一团灰泥砂浆,抹在地面上,然后砌上一块

---

① 此处即借用《阿芒蒂雅朵酒》中的桥段。

砖头。

"你在干吗?"

"我要把你封在里面……砌好一行……砌好下一行……"

"你疯了!"

"关于这一点,我不会和你争论。"

"你逃不过法律制裁的!"

司丹铎拿起另一块砖头拍了拍,放在湿的灰泥砂浆上面,还哼起了小曲。

砖墙越砌越高,小牢房里越来越暗,里面传来一阵阵铁链拉扯的哐当声,还有伽雷砸墙和怒吼的声音。"请你挣扎得更猛烈一些。"司丹铎说,"我们可以合演一出好戏。"

"放我出去!放我出去!"

现在只剩下最后一块砖头了,密室里的吼叫声不绝于耳。

"伽雷?"司丹铎轻声叫道,伽雷立刻住嘴了。"伽雷,"司丹铎说,"你知道我为什么要这样对付你吗?因为你根本没有读过爱伦·坡的作品,只是听人家说该烧,就把它们全烧了。否则刚才我们下来的时候,你就会知道我打算怎么害你了。无知可以杀人啊,伽雷先生!"

伽雷哑口无言。

"我希望这个计划能够完美地实施。"司丹铎一边说一边举起提灯,火光刺破黑暗,照出了那个萎靡的身影。"轻轻地摇一摇你的铃铛。"里面传出轻微的叮咚声。"现在请你说'看在老天的份上,蒙特索尔!'你说了我还有可能放你。"

伽雷的脸出现在火光之中,神情犹豫。终于,他古怪地说了一句:"看在老天的份上,蒙特索尔!"

"啊!"司丹铎长叹一声,闭上眼睛,然后把最后一块砖塞进了墙洞,用灰泥封死。"安息吧,亲爱的朋友。"

他快步走出了地底墓穴。

午夜钟声敲响,七个大厅里的所有活动突然停止了。

红死神来了。

司丹铎在大门那里转身观望了片刻,随即跑出厄舍府,穿过壕沟,那里有一架直升机正在等着他。

"准备好了吗,派克斯?"

"准备好了。"

"那就开始吧!"

他们望着厄舍府,脸上带着微笑。只见这座城堡突然开始从中间裂开,就像遇上了地震一样。司丹铎注视着这壮观的一幕,听见派克斯用极具韵律的低沉嗓音念道:

……我眼看着那厚重的墙壁哗啦啦地裂开,不禁头晕目眩。一片轰隆声传来,长久不息,仿佛涛鸣浪吼。我脚下的深沉阴湿的水潭怒气冲冲地闭合拢来,悄悄地淹没了厄舍府的颓垣断壁。

直升机从雾气蒸腾的湖面上掠过,向西飞去。

永恒与地球

刊于《行星故事》(*Planet Stories*)
1949 年春
张晶晔 译

亨利·威廉姆·菲尔德先生写了七十年短篇小说，一篇也没卖出去。终于，一天晚上十一点半，他从床上爬起来，烧掉了一千万字的手稿。他穿过自己黑暗的老宅子，将那些手稿丢进炉子里。

"就这样了。"他说道，一边想着他失去的艺术和荒废的人生，一边爬上床睡觉，床边是各种昂贵的古董。"我的错误就在于试图去描绘那个公元 2257 年的狂野世界。火箭、原子奇迹、星际旅行和两个太阳。没人能做到。所有人都试过了。所有现代作家都失败了。"

太空对于他们来说太庞大了，火箭太过迅捷，原子科学亦是瞬息万变。但是，其他作者尽管失败，至少还是把书出版了，而他荒废了大笔财富和大段人生，却没有换来任何东西。

在这样思索了一个小时之后,他从昏暗的房间摸索到了藏书室,打开了一盏绿色防风灯。他从已有五十年没有动过的藏书中随意挑了一本。那本历经三个世纪的书已经变黄发脆,但他还是沉迷其中,一直饥渴地读到了黎明……

第二天早上的九点,亨利·威廉姆·菲尔德蹒跚地从藏书室里走了出来,叫来了他的仆人、视频律师、科学家和文学家。

"立刻过来!"他喊道。

中午时分,一群人走进了亨利·威廉姆·菲尔德凌乱不堪的书房,他邋遢不堪,歇斯底里,极度兴奋,还带着古怪而满足的愉悦。有人说了句"早安",他便用脆弱的胳膊抓起一本厚厚的书,然后大笑起来。

"这本书,"他举着书示意,终于开口了,"是一个伟人写的,他1900年生于卡罗来纳州的阿什维尔。他虽已化为尘土,但留下了四部小说巨著。他如同旋风一样,能托起山脉,聚集更多的风。1938年9月15日,巴尔的摩市约翰·霍普金斯医院,他死于肺炎,一种古老而可怕的疾病,留下了一箱子铅笔手稿。"

他们看着那本书。

《天使,望故乡》。

他又拿出了三本:《时间与河流》《网与石》《你不能再回家》。

"这是托马斯·沃尔夫写的,"老人说,"三个世纪前在寒冷的北卡罗来纳州。"

"你叫我们来就是为了让我们看一个已死的人写的四本书?"他的朋友们抗议道。

"还没说完呢!我叫你们过来是因为我觉得,托马斯·沃尔夫就是那个人,他最可能写出关于宇宙、时间、星云、银河系战争、流星和行星这样的宏伟事物，还有他挚爱的付诸笔端的黑暗。他真是生不逢时。他需要去书写那些真正宏大的事物，却从未在地球上找到。他应该生在这个下午，而不是十万个早晨之前。"

"恐怕你这番话说得有点儿晚了。"博尔顿教授说。

"这并非我所愿！"老人厉声说道，"我不会因为现实而受挫。而你，教授，你做过关于时间旅行的实验。我希望你能尽早做出时间机器。这儿有一张支票，一张空白的支票，自己填。如果你需要更多钱，跟我说。你已经尝试过时间旅行了，对吧？"

"回到几年前的话，是可以，但是穿越几个世纪还不行——"

"我们能做到的！你们——"他用凶狠而带着光芒的眼神扫过他们，"你们跟着博尔顿一起干活。我一定要得到托马斯·沃尔夫。"

"什么？"他们不由得后退了一步。

"是的，"他说，"这就是我的计划。把沃尔夫带到这里来。我们要合作写下从地球到火星的航行，只有他能够描述出来！"

他们离开了，留下他待在藏书室里，翻着干燥的书页，自顾自点着头。"哦，亲爱的上帝，是的，托马斯就是那个男孩，托马斯就是为此而生的。"

时间缓慢地流逝。每一天都好像不想被从日历上划掉，每一周都徘徊着不愿离去，直到亨利·威廉姆·菲尔德开始在心里尖叫。

第四个月的月底，菲尔德先生在午夜醒来。电话在响。他在黑暗中伸出了手。

"喂？"

"我是博尔顿。"

"怎么了，博尔顿？"

"我会在一个小时后离开。"那个声音说。

"离开？离开哪里？你不干了吗？你可不能这样！"

"拜托，菲尔德先生，离开的意思就是出发。"

"你的意思是，你真的要出发了？"

"还有一个小时。"

"去1938年？9月15日？"

"是的！"

"你确定能到达准确日期？你会在他死之前到那里？再检查一下！我的老天爷啊，你最好在他去世前一小时到达，你说呢？"

"两个小时。在回来的路上，我们会先去百慕大，借上十天的自由时间，给他注射药物，让他晒日光浴，带他去游泳，喂他点儿维生素，让他恢复健康。"

"我真是太激动了，我都拿不住电话了。祝你好运，博尔顿。把他好好地带过来！"

"谢谢你的祝福。再见。"

电话挂断了。

亨利·威廉姆·菲尔德先生整夜无眠。他把托马斯·沃尔夫想象成了他失散多年的兄弟，他将要把兄弟从一块冰冷的石雕中拯救出来，为他重新注入鲜血、热情与言语。博尔顿将乘着时间之风把另一个时代的人带过来，用药物来改造他的肉体，拯救他的灵魂，每每想到此处，菲尔德都不禁全身颤抖。

托马斯，老人模糊地思索，在半睡半醒的温暖中呼唤着他最喜欢的却早已不在身边的孩子。托马斯，你今晚在哪里，托马斯？快过来，我们会帮助你渡过难关，你得过来，这里需要你。我做不到，托马斯，我们都做不到。退而求其次，托马斯，我能做的就是帮助你实现这个梦想。你可以像摆弄稻草人一样和火箭玩耍，托马斯，你能拥有那些星星，它们就像一捧水晶。你想要的任何东西都在这里。你会喜欢火焰与旅行的，托马斯，它是为你量身打造的。哦，我们这里现在还有一大堆作者，托马斯，但是他们都不像你。我读过他们的作品，而他们从未触碰过宇宙。托马斯，我们需要你来将之实现！让一个老人的愿望成真吧，我花了一辈子时间等待，等待我自己或是别人写下一本关于群星的真正的好书，而这等待只是徒劳。所以，无论今夜你在哪里，托马斯·沃尔夫，你要相信自己，那就是你要写的书。评论家们说，在你停止呼吸的时候你还在酝酿一本书。你的机会就在这里，你能做到吗，托马斯？你会好好听我们解释，然后到我们这里来吗？你今晚就会来吗？在我醒来的清晨，你会来到这里吗？你会吗，托马斯？

他的眼睛在狂热和期待中合了起来。他的舌头在睡眠中停止了颤动。

时钟敲响了四点。

他在清晨的白色凉意中醒来，感受到心中的兴奋和期望在膨胀。他甚至不想眨眼，生怕在这个屋子某处等待他的东西会跑掉，然后砰的一声关上门，再也不回来。他伸出手捂住了自己瘦弱的胸膛。

远处传来了脚步声，接着是一连串开关门的声音。两个人进入了卧室。

菲尔德能够听见他们的呼吸。脚步声暴露了他们的身份。第一个人的脚步像是蜘蛛的脚步，轻微而一丝不苟，那是博尔顿的。另一串脚步声来自一具高大沉重的男性身躯。

"托马斯？"老人喊道，没有睁开自己的眼睛。

"是我。"最终，一个声音回应道。

托马斯·沃尔夫撑爆了菲尔德想象的躯壳，就如一个体形庞大的孩子撑爆了一件小外套的内衬。

"托马斯·沃尔夫，让我好好看看你！"菲尔德在床上笨拙地剧烈颤抖，把这句话说了十来遍，"拉开窗帘，看在上帝的份上，我想要看看这个人！托马斯·沃尔夫，是你吗？"

高大健壮的托马斯·沃尔夫俯身向下看去，伸出大大的手，想要在这个奇怪的世界里找到平衡。他看着老人和房间，老人的嘴唇在颤抖。

"你就和他们所说的一样，托马斯！"

托马斯·沃尔夫大笑起来，因为他一定是觉得自己疯了或是在做噩梦。他走到老人面前摸了摸他，看看博尔顿教授，然后感受自己的身体、胳膊和腿，试探性地咳嗽了两声并摸了摸自己的眉毛。"我的烧退了，"他说，"我的病好了。"

"当然了，托马斯。"

"多么奇妙的夜晚，"托马斯·沃尔夫说，"真是不容易，我本以为自己的病已经无药可医。我感觉身体好像漂浮着，以为自己又在发烧。我又觉得像是在旅行，我以为自己马上就要死了。

一个人走到我这里，我以为那是上帝的信使。他拉起我的手。我闻到了电子设备的气味。我飞了起来，看到了一座黄铜城市。我以为自己到了终点。那是天堂之都，那是天堂之门！我从头到脚都是麻木的，好像有人把我扔到雪里冻起来一样。我得大笑两声或是做些什么，不然我可能会以为自己疯了。你不是上帝吧？你看起来并不像。"

老人大笑起来。"不，不，托马斯，我不是上帝，但我可以玩弄他。我是菲尔德。"他又笑了起来，"天哪，听听我说的这些话，好像你应该知道菲尔德是什么人似的。我是个金融家，托马斯，弯下腰亲吻我的无名指吧。我是亨利·菲尔德。我喜欢你的作品，所以我把你带了过来。跟我来。"

老人将他带到一扇巨大的水晶窗户前。"你看到天空中的那些光芒了吗，托马斯？"

"是的，先生。"

"那些烟花？"

"是的。"

"那些不是烟花，孩子。今天不是七月四日，托马斯。现在每一天都是独立日。人类已经摆脱了地球的束缚。我们战胜了引力，大获成功。那个绿色的罗马烟火筒是往火星去的。那道红色的火焰是去金星的火箭。而其他那些，你看到那片黄色和蓝色了吗？那些都是火箭！"

托马斯·沃尔夫向天空望去，像个沉浸在七月夜晚斑斓色彩中的孩子。

"现在是哪一年？"

"现在是火箭之年。看这儿。"老人把手伸向一些花朵，它们在他的触碰下绽放,像是燃烧的蓝白火焰,舒展开冰冷修长的花瓣。那些花约有两英尺宽,颜色像是秋日的月亮。"月亮花,"老人说,"这是从月亮的另一侧移植过来的。"他轻拂一下,那些花就化作空气中白色的闪光,化为银色的雨流走了。"这就是火箭年代。这是你的时代,托马斯,所以我们把你带到这里,我们需要你。你是唯一能够掌控太阳而不会被烧成炭渣的人。我们想要你玩弄太阳于股掌之中,托马斯,还有星星,还有你将在火星旅行中看到的一切。"

"火星?"托马斯·沃尔夫转过身抓住老人的胳膊,弯下腰,难以置信地看着他的脸。

"就在今晚。你六点出发。"

老人挥动着一张粉色的票,等着托马斯考虑要不要拿。

下午五点。

"当然,我对你所做的一切都心怀感激。"托马斯·沃尔夫说道。

"坐下,托马斯。别到处乱走了。"

"让我说完,菲尔德先生,我必须得说。让我回去吧。"

"我们已经争论了几个小时了。"菲尔德先生精疲力竭地恳求。

他们从早饭谈到午饭,又从午饭谈到下午茶,他们走过了十二个房间,产生了一百二十次争论。他们争得大汗淋漓,冷静下来之后又继续争论。

"总之,"最终,托马斯·沃尔夫说,"我不能留在这里,菲尔德先生。我得回去。这不是我的时代。你没有权力干涉——"

"但是,我——"

"我正沉醉于我的工作,我还没有写下最好的作品,而现在你把我带到了三个世纪之后。菲尔德先生,我希望你能叫博尔顿先生回来。我希望你能让他把我放回他的机器里,管它是什么机器呢。请把我送回1938年,那才是我该生活的时代,这就是我全部的请求。"

"可是,你不想看看火星吗?"

"我做梦都想,但是我知道那不是我该做的。它会毁了我的作品。等我回家的时候,会有一大堆无法融入我下一部作品的经历。"

"你不明白,托马斯,你什么都不明白。"

"我只知道你很自私。"

"自私?是的,"老人说,"为了我自己,也为了别人,我非常自私。"

"我想回家。"

"听我说,托马斯。"

"叫博尔顿先生过来。"

"托马斯,我不想告诉你这些,我以为我没有必要告诉你。但是现在,我别无选择。"老人的右手伸向一面幕墙,拉开窗帘,露出一块巨大的白色屏幕。他输入了一连串数字,屏幕上各种颜色闪烁,屋子里的灯光暗了下来,一座墓地出现在他们的眼前。

"你在做什么?"沃尔夫问道,走上前盯着屏幕。

"我一点儿也不喜欢这样,"老人说,"看这里。"

墓地沐浴在夏日正午的阳光之中。从屏幕上飘来泥土、花岗岩和附近小溪的味道。鸟儿在树上唱着歌。红色和黄色的花朵在石缝中轻轻摇摆。镜头移动,天空也随之旋转,老人扭了一下表盘对焦,屏幕中央的图像越来越大,距离越来越近,直到一块深色的花岗岩充斥他们的视野。托马斯·沃尔夫在昏暗的房间里抬头望向屏幕,读着刻在墓碑上的字,一遍,两遍,三遍,他眨了眨眼,然后又读了一遍,因为那上面写着他的名字——托马斯·沃尔夫之墓,还有他的出生和死亡日期,花朵和蕨类的甜美香气在冰冷的房间中飘荡。

"关了它。"作家说道。

"我很抱歉,托马斯。"

"关了它,关了它!我不相信。"

"它就在这儿。"

屏幕暗了下来,而现在,整个房间仿佛成了一座午夜墓穴,还残留着花朵的余香。

"我再也没有醒来。"托马斯·沃尔夫说。

"是的。你死于1938年9月。所以,你明白了吧。天哪,多么讽刺,就像你那部作品的标题一样。托马斯,你不能再回家了。"

"我还没写完我的作品。"

"有人替你编辑了,他们仔细看了你的稿子,非常仔细。"

"我还没写完我的作品,我还没写完我的作品。"

"别把事情想得那么糟,托马斯。"

"我还能怎么想?"

老人并没有把灯打开,他不想看到这样的托马斯。"坐下来,孩子。"

没有回应。

"托马斯?"

没人回答。

"坐下来，孩子，你想要喝点儿什么吗？"

回应他的只有一声叹息和残忍的哀痛。

"天啊，"托马斯说，"这不公平。我还有那么多要做的事情，这不公平。"他开始静静地擦眼泪。

"别这样，"老人说，"听着，听我说。你还活着，不是吗？在这里，此时此刻，你能感觉到自己还活着，不是吗？"

等了一分钟，然后托马斯·沃尔夫说："是的。"

"那么好了。"老人在黑暗中紧接着说，"我把你带到了这里，我给了你另一个机会，托马斯。额外的一个月或者更久。你以为我不为你悲伤吗？我读了你的书，看到了你历经三个世纪风吹雨打的墓碑，孩子，当我想到你的天赋就这样消失时，你能想象出我有多么心痛吗？我心如刀割！那让我生不如死，托马斯。所以我散尽钱财就想要找到你。你的死期延迟了，但是并没有多久，一点儿也不久。博尔顿教授说，如果幸运的话，他能令时间隧道持续八周。他能留你到那个时候，也只能到那个时候。在这段时间之内，托马斯，你必须写出你想写的书——不，不是那些你之前在写的，孩子，不是，你的读者都已经死了，无法挽回。这次是为我们而写的书，托马斯，为我们这些还活着的人，那才是我们想要的书，一本你能够留给我们的书。对你来说，那是一本比你曾写过的所有东西都要宏大优秀的书。告诉我你能做到，托马斯，跟我说你会在这八个星期里忘掉那块墓碑和那所医院，为我们写书，你能做到吗，托马斯，能吗？"

灯光缓缓亮起。托马斯·沃尔夫站在窗边，望着外面，他巨大的脸庞显得苍白而疲惫不堪。他看着傍晚天空中的火箭。"我想我并没有意识到你为我做了什么,"他说,"你多给了我一点儿时间,而时间是我最喜欢也最需要的东西,是我曾经厌恶和反抗的东西,而我唯一表达谢意的方式就是照你说的做。"他犹豫了一下。"那等我完成这部作品之后呢?"

"回到1938年的医院,托马斯。"

"必须得这样吗?"

"我们不能改变时间。我们占用了你五分钟的时间,我们会在你离开五分钟之后把你送回医院。这样就不会弄乱任何事情。历史已经发生,无法改变。你现在同我们的共同生活不会影响到我们的未来,但是,如果你不回到过去,你就会改变过去,并影响到现在,造成某种混乱。"

"八周。"托马斯·沃尔夫说。

"八周。"

"去火星的火箭会在一小时之后离开?"

"是的。"

"我需要纸和笔。"

"就在这儿。"

"我最好现在就出发。再见,菲尔德先生。"

"一路顺风,托马斯。"

六点。太阳西沉,天空变成了酒红色。大宅子里很安静。老人吹着暖气仍在颤抖,直到博尔顿教授进来。"博尔顿,他怎么样了,告诉我,他在港口那边怎么样?"

博尔顿微笑道:"他真是个怪物,他们得为他制作一套特殊的航空服,因为他体形太大了!你该去看看他的,他到处走来走去,把每样东西都拿起来看看,像头大型猎犬一样闻这里闻闻那里,跟他人交谈,看着所有人,像个十岁孩子一样兴奋!"

"愿上帝保佑他,噢,愿上帝保佑他!博尔顿,你真的能留住他那么长时间吗?"

博尔顿的眉毛纠结在了一起。"你知道的,他并不属于这里。一旦我们的能量不稳定,他就会被弹回自己的时代,就像绑在橡皮筋上的木偶一样。我们会尽力把他留在这里,我向你保证。"

"你必须做到,你得明白,在他完成作品之前,你不能让他离开。你必——"

"看。"博尔顿指向天空。一艘银色火箭跃向天际。

"那是他吗?"老人问道。

"那是托马斯·沃尔夫,"博尔顿回答道,"在去往火星的路上。"

"给他们好看,托马斯,给他们好看!"老人举起双拳喊道。他们看着火箭驶向太空。

午夜,故事已经成型。

亨利·威廉姆·菲尔德坐在他的藏书室里。桌子上一台机器嗡嗡作响。它重复着在月球远处写下的文字,用黑色铅笔潦草地将托马斯·沃尔夫的作品从一百万英里之外传真过来。老人等它们积成一堆,然后把它们撕下来,大声地朗读,博尔顿和仆从们站在屋子里聆听。这是关于宇宙、时间与旅行的文字,是一个大个子男人和一场伟大旅行的故事,描述了宇宙的冰冷和午夜的漫长,讲述了一个人是怎样如饥似渴,他既想带走这一切,又想得到更多。文字中充满了火焰、雷电与谜题。

宇宙就像十月,托马斯·沃尔夫这样写道。他写下了它的黑暗与孤独以及人类在其中是多么渺小。那永恒而无尽的十月是他所述之物中的一件。而后他又写了火箭,写了它的气味和金属的触感,还有最终离开地球时他所感受到的使命感和狂喜。他写了所有的疑问和悲伤以及寻找更大的疑问和更深的悲伤。哦,写得多棒啊,他写出了能写的一切,有关宇宙和人类以及那艘孤零零的小火箭。

老人一直读到声音嘶哑才停下来,而后博尔顿开始读,然后换成其他人。直到深夜时分,那台机器停止了抄写,这时他们知道托马斯·沃尔夫已经在飞往火星的火箭上入睡了。不,也许他并没有睡觉,他不会花费几个小时的时间来睡觉,不,他只是清醒地躺着,像是观看马戏的男孩,不敢相信那大大的镶有宝石的黑色帐篷已经掀起,马戏已经开始,百亿个熠熠发光的表演者走在宇宙中高高的钢丝和隐形的秋千上。

"看完了,"老人喘息道,他轻轻地将第一章的最后几页放到一边,"你觉得怎么样,博尔顿?"

"挺不错的。"

"不错?"菲尔德吼道,"简直棒极了!你给我再读一遍,坐下来,再读一遍,该死的!"

书还在继续写着,日复一日,一写就是十个小时。黄色的纸页在地板上堆叠,不断增高,一周之后体积就极为庞大了,而到了两周之后,大得简直难以置信,当然,一个月之后将无法想象。

"听听这个!"老人大喊道,开始朗读。

"还有这个!"他说。

"博尔顿,还有这一章,还有这里的小故事,刚写出来的

《宇宙战争》，写的是在宇宙中作战的感受，这篇小说已经完成了。托马斯跟人们交谈，士兵、军官、平民和老兵。他把它们全都写在这里了。这里还有一章《漫漫长夜》，这儿也有关于火星的黑人殖民地的，还有这里，他塑造了一个火星人的角色，真是无价之宝！"

博尔顿清了清嗓子。"菲尔德先生？"

"在呢，在呢，别烦我。"

"我这儿有些坏消息，先生。"

菲尔德猛地抬起满是银发的脑袋。"什么？是时间元素的事吗？"

"你最好让沃尔夫加快工作。连接可能会在这周的某个时间被打破。"博尔顿轻声说。

"我给你什么都行，只要你能让它继续运作，什么都行！"

"这不是钱的问题，菲尔德先生，这只是物理作用。我会尽我所能，但是你最好提醒他。"

老人小小的身躯蜷缩在椅子里。"但是，你不能现在就把他从我身边带走，他现在做得这么好。你应该看看他一个小时之前传送过来的大纲，那些故事，那些草稿。这儿，这个写的是空间潮汐，另一篇写的是彗星。这儿还有个短篇小说的开头，蓟花冠毛与火——"

"我很抱歉。"

"如果现在失去了他，我们还能再让他过来吗？"

"恐怕那会篡改太多历史。"

老人僵住了。"那我们只能做一件事了。如果可能的话，安排沃尔夫打字创作，口述也行，这样能节省时间，总比让他用纸和笔快。他必须得用机器。务必要做到!"

那台机器不停地敲下文字,从黎明到夜晚,日复一日。老人只是打盹稍作休息,机器一运转他就清醒过来。另一个人写下的关于生命、宇宙、旅行和存在的文字就这样一点一点地呈现在他面前。

……宇宙那浩瀚的以星装点的天幕……

机器猛地一震。

"坚持下去,托马斯,让他们见识一下!"老人等待着。

电话响了起来,是博尔顿。

"我们坚持不下去了,菲尔德先生。时间连接设备将会在一个小时之内失效。"

"做点儿什么啊!"

"我无能为力。"

电传打字还在继续。在冷寂的着迷中,在恐惧中,老人看着一行行文字书写下来。

……火星人的城市,庞大而令人难以置信,就像是从一些大山上滚下抑或是崩塌而下的石头,最终停歇在光亮的土堆上……

"托马斯!"老人喊道。

"就是现在……"博尔顿在电话里说。

电传打字有些迟疑地敲下了一个词,然后陷入了沉默。

"托马斯!"老人大吼,摇晃那台机器。

"没有用的,"电话那头的声音说道,"他已经走了。我要把时间机器关掉了。"

"别!机器开着!"

"但是——"

"你听到我怎么说的了——把它放那儿!也许他还在。"

"他已经走了。没有用的,我们只是在浪费能量。"

"浪费就浪费!"他砰的一声挂了电话,然后转身看向电传打字机,看着那未完成的句子。

"加油啊,托马斯,你不能让他们这样摆脱你,你能做到的,孩子,继续啊。托马斯,你要让他们都知道,你很伟大,无论是时间还是宇宙还是他们那该死的机器,你比这一切都更伟大,你很强壮,你的意志像钢铁一样,托马斯,让他们看看,别让他们把你送回去!"

电传打字机敲了一下。

老人颤抖地说:"托马斯!你在那儿,对不对?你还在写吗?继续写,托马斯,继续下去,只要你继续写下去,托马斯,他们就不能把你送回去!"

火星,机器敲出这个词。

"继续,托马斯,再多写一点儿!"

的,机器啪啪作响。

"然后呢?"

气味,机器停顿了下来。一分钟的沉默,机器敲了一下空格,另起了一段,然后开始了:

> 火星的风中夹杂着肉桂和冷香料的味道,以及浑浊的尘土、坚韧的骨头和古代的花粉——

"托马斯,你还活着!"

作为回应,机器在接下来的十小时里像一连串轰炸似的敲出了《狂怒前的飞行》的六个章节。

"到今天已经六周了，博尔顿，整整六周，托马斯离开我们，穿越了星陨石，正身处火星。看这里，看这些手稿。一天一万字，他拼尽了全力。我不知道他什么时候睡觉，也不知道他吃饭了没有，我不在乎，他也不在乎。他只想写完，因为他知道没有多少时间了。"

"我不明白，"博尔顿说，"我们的继电器坏了，能量已经不再继续供给了。我们花了三天才做出特定的隧道继电器，保持住时间元素的稳定，而沃尔夫还待在这里。这里有个人因素的影响，天知道那是什么，我们没有把它算进去。此时此刻沃尔夫在这里，没有被送回去。时间并不如我们想象的那么柔韧。我们使用了错误的比喻，它并不是一根橡皮筋，更像是渗透作用，像液体渗透细胞膜，从过去渗透到现在。但是，我们得把他送回去，不能把他留在这里，否则那里会留下一处空缺，这会造成紊乱。现在真正把他留在这里的是他自己，他的动力，他的意愿，他的工作。等这些结束之后，他自然就会回去，就像从杯子里往外泼水一样自然。"

"我不在意其中的原因，我只知道托马斯会将作品完成的。他有热忱和才华，他对价值的探寻超越了宇宙和时间。他完成了一项研究，关于一个被抛弃在地球上的女人的生活，而那些该死的火箭英雄跃入了美丽客观而微妙的宇宙中。他称那个故事为《火箭之日》。故事里不过是典型的郊区家庭主妇的一个下午，正如她的母辈一样，她在家照顾孩子，在科学的异彩与太空抛射物的声响中，她的生活与原始人没有什么不同。这是一篇关于她的愿望与挫败的真实、稳固而微妙的故事。这儿还有另一份手稿，《印第安人》，在这个故事里，他把火星人比作切罗基人、易洛魁人和黑脚族人，宇宙中被击败和摧毁的印第安部族。喝一杯，博尔顿，喝一杯！"

　　托马斯·沃尔夫在第八周将要结束时回到了地球。

　　他风风火火地归来，正如当初他风风火火地离去。他巨大的步伐在宇宙中留下燃烧的印记，而在亨利·威廉姆·菲尔德的屋子里，黄色纸张堆成了塔，纸上有着一行行黑色的字迹。一部旷世杰作被分为六个部分，在他知道时间所剩不多的时候，字数如雨后春笋般急速增加。

　　托马斯·沃尔夫回到了地球，站在了亨利·威廉姆·菲尔德的藏书室里，看着他亲手用心血写出的作品。老人问："你想要读读吗，托马斯？"

　　他摇了摇他大大的头颅，用他大大的手掌拨了拨厚厚的头发，回答道："不，我不能这样做。如果我看了，我就会想把它带回去，而我不能这样做，对吧？"

　　"对，托马斯，你不能把它带回去。"

　　"无论我多想都不行吗？"

　　"不行。那一年你永远都未曾再写一本书，托马斯。在这里写出来的必须留在这里，在那里写出来的必须留在那里，这无法改变。"

　　"我知道了。"托马斯深深地叹了一口气，瘫倒在椅子上，"我累了，我非常累。这很艰难，但是很值得。今天是第几天了？"

"第五十六天。"

"最后一天?"

老人点了点头,一时间他们都陷入了沉默。

"回到1938年的石头墓穴中,"托马斯·沃尔夫闭着眼睛说,"我不喜欢那样,我希望我从没看到自己的墓碑,那是件很恐怖的事情。"他的声音已经开始颤抖,他用手紧紧地捂着脸。

门打开了。博尔顿走了进来,站在了托马斯·沃尔夫的椅子前,他的手里拿着一个玻璃小瓶。

"那是什么?"老人问道。

"一种已经灭绝的病毒,肺炎。非常古老,也非常邪恶。"博尔顿说,"当沃尔夫先生来到这里的时候,我治好了他,当然,以我们现在的科技,治愈肺炎是非常简单的,这样才能让他进入工作状态,菲尔德先生。我还培养着这份肺炎病原。现在他要回去了,他得再次感染这种疾病。"

"否则呢?"

托马斯·沃尔夫抬头看去。

"否则,他在1938年就会痊愈。"

托马斯·沃尔夫从椅子上起身。"你的意思是,痊愈,到处走一圈,回到这里,病好了,然后欺骗承办殡葬的人?"

"我就是那个意思。"

托马斯·沃尔夫凝视着玻璃小瓶,一只手在抽搐。"如果我毁掉病毒,拒绝感染呢?"

"你不能那样做!"

"假设一下?"

"你会把事情毁掉的。"

"什么事情?"

"模式,生活,世界过去的样子和现在的样子,这一切都不可以改变。你会把事情弄得一团糟。所以只有一件事是确定的,你必须死,而我要确保这一点。"

沃尔夫看着门。"我可以跑掉。"

"我们控制着机器。你没法跑出这个房子的,我会用武力把你带回来,然后强行为你接种肺炎。我早就预料到会有这种事情,有五个人在下面等着,只要我一喊出来——你明白了吗,逃跑是没用的。那么,就现在吧,就在这里。"

沃尔夫转身看向老人、窗户以及整栋大房子。"抱歉,我不想死,我一点儿也不想死。"

老人走到他身前,握住他的手。"你应该这样想:你已经在人生中多得了两个月,比其他所有人都多。而且,你也写出了另一本书,最后一本书,一本好书,想想这个。"

"我想为此谢谢你。"托马斯·沃尔夫沉重地说,"我想谢谢你们俩。我已经准备好了。"他卷起袖子,"现在开始接种吧。"

当博尔顿弯下腰的时候,托马斯·沃尔夫用另一只手拿铅笔在手稿的第一页画下两条黑线。

"我之前的书中有这么一段话,"他一边闷闷不乐地回想,一边书写,"……永恒的徘徊与地球……谁拥有地球?我们想要地球吗?我们应当在地球上徘徊吗?若我们离开了地球,我们还需要它吗?无论是谁,只要他需要地球,他就能拥有它。他会生活在地球上,有一隅之地用以歇息,在一间小屋子里永远居住下去……"

沃尔夫停止了回想。

"这就是我的最后一本书。"他说道,在手稿封面的空白黄纸上,用铅笔使劲写下了几个大大的黑字:

永恒与地球

托马斯·沃尔夫　著

他拿起了其中一叠纸,用手紧紧地攥着,压在胸口上。"我希望我能把它一起带回去。这就像跟我的儿子分别一样。"他拍了拍书稿,把它放到了一边,握了握雇主的手,然后大步走出房间。博尔顿跟在他身后,直到他走到门前,站在下午的阳光中,高大伟岸。"再见,再见!"他喊道。

门关上了。托马斯·沃尔夫离开了。

他们发现病人在医院的走廊里游荡。
"沃尔夫先生!"
"怎么了?"
"沃尔夫先生,你吓死我们了,我们以为你走了!"
"走了?"
"你去哪儿了?"
"哪儿?"他被人拉着穿过了午夜的走廊。"哪儿?哦,如果我告诉你我去了哪儿,你永远都不会相信的。"
"你的床位在这里,你不该离开的。"
瘫倒在白色的临终之床上,他闻到了苍白而干净的死亡的气息,带着医院的味道。当他触摸床铺的时候,床将他叠入了白色硬挺的冰冷之中。

"火星,火星,"高大的男人在深夜低语,"我最好的,我最最好的,我的一本真正的好书,要在三个世纪之后的另一年,被写出来,印刷出版……"

"你累了。"

"你真的这么想吗?"托马斯·沃尔夫喃喃自语,"那是一场梦吗?也许吧,一场美梦。"

呼吸停止了。托马斯·沃尔夫离开了人世。

在过去的岁月里,托马斯·沃尔夫的坟墓上盛开着花朵。这并非什么不寻常的事情,因为许多人到这里瞻仰他。但是,这些花每晚都会出现,像是从天空中掉下来的一样。它们有着秋月的颜色,花朵非常大,冷色的细长花瓣在蓝白色的火焰中燃烧。而当黎明的风吹过,它们便化作银色的雨,在空气中闪着白色的火花。托马斯·沃尔夫已经死去很多年了,但这些花朵从未消失。

死神与少女

刊于《科幻奇幻杂志》(Magazine of Fantasy & Science Fiction)
1960 年 3 月
刘媛 译

在森林另一侧的遥远乡间,在我们这个世界之外的世界,住着一位老妇人。她已经在那里住了九十年,永远大门紧锁,不论是刮风、下雨,有雀鸟来轻敲窗棂,还是提着满桶鱼虾的小男孩前来造访,她都不会把门打开。要是你不识趣地拨弄她的百叶窗,就会听见她大喊:"滚开,死神!"

"我不是死神!"你也许会这么回答。

然后她会继续对你叫嚷:"死神,我早认出你来了,不就是扮成一个小女孩吗?脸上的雀斑再可爱也掩饰不了你那一身白骨!"

要是有别人敲门,会是下面的独白。

"我早看出你来了,死神!"老妇人会大喊,"你今天扮成了一个磨刀匠!我的门上有三道锁、两道闩。门缝里塞满了捕蝇纸,锁眼里都是胶带,烟囱里积满了灰尘,百叶窗上结满了蜘蛛网,连电也切断了,所以你别想顺着电流溜进来!我家没电话,别想在黑漆漆的凌晨三点把我的魂勾走。我耳朵里塞满了棉花,你现在说什么我也听不见。赶紧滚吧,死神!"

类似的故事一直在镇上流传。住在森林另一边的人经常谈论她的逸事,有时会有淘气的男孩子想验证真假,就跑去往她的房顶上丢石头,便会听到她号啕着说:"继续扔啊,再见吧,你这裹着黑袍的白无常!"

据说正因如此,老妇人才永生不死。毕竟,死神怎样都近不了她的身,不是吗?她房子里所有古老的细菌一定都早已放弃,陷入沉睡了。而那些每隔一星期或十天就冒出来的新型细菌——如果你相信报纸上的说法——也没法穿过她家门前的一簇簇苔藓、芸香、黑烟草和蓖麻进屋子里去。

"等我们都死了,还要由她来埋呢。"铁道旁的镇子里传出了这样的话。

"等他们都死了,还要由我来埋呢。"老妇人说,独自坐在黑暗里,玩着用盲文印制的单人纸牌。

就这样,很多年过去了,再也没有其他人来造访。不论是男孩还是女孩,流浪汉还是途经的旅人,再也没有人敲响她的房门。那个世界有位七十岁的老杂货店员,会一年两次将食品杂货堆放到她门前——比如鸟食、牛奶脆饼,大多数时候都是封装在印有黄狮子和红恶魔的鲜亮的不锈钢罐子里。放好之后,老店员步履蹒跚地踩着她门廊前的碎木头堆,转身离开。那些食物可能会一个星期都没人动,任凭烈日炙烤,寒月冰冻——权当是消毒杀菌,然后会在某一天早晨突然消失不见。

"严防死神"的事业总是一刻不停地召唤着老妇人。她做得很出色，始终双目紧闭，两手交握，就连耳朵里的汗毛也在颤抖、倾听，时刻做好准备。

所以，在她九十一周岁第八个月的第七天，当一位被阳光晒黑了脸的年轻男子穿过森林站在她门前时，她并不吃惊。

他穿着一身白衣，材料像是用从冬日屋顶飘落到沉睡大地上的皑皑白雪织成的亚麻。他没有开车，而是一路跋涉而来，但看上去仍然整齐利落、神采奕奕。他既不拄助行的手杖，也不戴遮阳的礼帽。他一丁点儿汗都没流。更重要的是，他只带了一件东西——一个八盎司的瓶子，里面装着淡绿色的液体。他凝视着那抹绿色，当意识到自己已经站在老妇人门前时，才抬起头来。

他没有敲她家的门，而是一圈一圈地绕着她的房子踱步，故意让她感觉到他在绕圈。然后，他让老妇人感觉到他坚定的眼神，像射线般具有穿透力。

"哦！"老妇人叫喊着醒来，嘴里还有没嚼干净的全麦酥饼碎屑，"是你啊！我知道这时候来的是谁！"

"是谁？"

"是一个年轻人，面庞就像夏天粉色的瓜瓤。可你怎么没有影子！为什么？为什么？"

"人们害怕阴影，所以我把影子留在森林里了。"

"我不用眼睛看也知道。"

"哦，"年轻人佩服地说道，"你可真厉害。"

"厉害着呢，你别想混进我的屋子！"

年轻人的嘴唇几乎没动。"我根本懒得跟你较量。"

可老妇人还是听见了。"因为你输定了，你怕输！"

"可我喜欢赢。那么,这个瓶子就放在你家门前的台阶上了。"他听到她穿透墙壁的剧烈心跳声。

"等等!瓶子里装的什么?任何摆在我房产范围内的东西,我都有权知道!"

"这个嘛……"年轻人回答。

"快说!"

"这瓶子里,"他说,"装的是你十八岁生日那天的夜晚和白昼。"

"什么?你说什么?"

"我已经说得很清楚了。"

"我十八岁生日那天的……夜晚和白昼?"

"没错。"

"装在一个瓶子里?"

他把瓶子高高举起,瓶里的液体变换成一个年轻女子的形状。它仿佛汲取了整个世界的光亮,焕发出暖意和绿光,犹如老虎眼中因愤怒而熊熊燃烧的火焰。瓶子在他的手中时而静如死水,时而湍似激流。

"我不信!"老妇人喊道。

"我把它放下就走了,"年轻人说,"等我走了之后,拿茶匙喝一勺瓶里的回忆,然后你就明白了。"

"那是毒药!"

"不是。"

"你敢以你母亲的名义发毒誓吗?"

"我没有母亲。"

"那你拿什么起誓?"

"拿我自己。"

"我喝下去就死了，那就是你的如意算盘！"

"它会让你起死回生的。"

"我还没死呢！"

年轻人对着屋子笑了笑。"你没死吗？"他问。

"等等！让我先想想——我死了吗？死了吗？还是说活了这么多年，已经跟死人一样了？"

"十八岁生日那天的夜晚和白昼，"年轻人说，"好好回想一下。"

"那已经过去太久了！"

关于那天的回忆在她漫长的一生中无异于沧海一粟。

"喝下去，你就想起来了。"

他瓶中的液体沉浸在阳光中，它绽放出的光华如用夏日的上千根绿色草叶片酿制而成，看起来炽热安宁，像一轮绿色的太阳，狂野汹涌又似一片苍翠的大海。

"这是你一生中最美好的一年里最美好的一天。"

"最美好的一年。"她喃喃地说，声音轻不可闻。

"就像酿制葡萄酒的最佳年份。在那之后，你的人生开始变得有滋有味。来，喝一口，你就都回想起来了！为什么不试试呢？"

他把瓶子举得更高、更远，那瓶子突然幻化成一架望远镜，不管从哪一端望去，都能看到很久以前的某年某天。年轻人献出一段青绿、金黄的过往时光，与这个正午相似，像燃烧的玻璃般在他平静的指尖闪耀。他将这长颈瓶倾斜，瓶中飞出一只白热耀眼的蝴蝶，在房子的百叶窗间翩然舞动。它玩弄窗叶，仿佛无声地弹奏灰色的钢琴键。蝴蝶灼热的双翼带着催人入眠的悠闲，在百叶窗的缝隙间翕动。窗后显露出老妇人的嘴唇、鼻子和眼睛。那只眼睛倏地闭上，然后又在光线中好奇地睁开。现在，年轻人已经成功吸引到了老妇人的注意力，他稳稳地控制住蝴蝶的影像，让它稳定地挥动炽热的翅膀，让那遥远的日子所放射出的绿色光芒透过百叶窗，不仅照射在古老的屋子里，也照射进年迈老妇的眼中。他听见她惊讶地发出一声含混不清的低呼，那是她在按捺内心的喜悦。

"不，不，你休想戏弄我！"老妇人听上去就像一个快要溺死在深海中的人，她拼命挣扎好不让自己被慵懒的大浪打入水底，"你，借用那副肉身来找我！还戴上那张迷惑我的面具！用当年那个熟悉的声音跟我说话！那是谁的声音来着？无所谓了！我膝上的通灵板不会骗我，它早就说出了你的真实身份，看穿了你葫芦里卖的什么药！"

"我卖的只是一个人年轻时珍贵的二十四小时。"

"还有别的！"

"不，你想得太多了。"

"我要是现在出去，你马上就会抓住我，把我葬在地下。我之前耍得你团团转，拖了这么多年，现在你又想出新花样卷土重来，别白费心机了！"

"你要是现在出来，我只会吻你的手，年轻的小姐。"

"别用这种好听的称呼来糊弄我！"

"一小时之后，你就会变成我称呼你的样子。"

"一小时……"她喃喃自语。

"你有多久没在这片森林里散步了？"

"从另一场战争或另一个和平年代开始的吧,"她说,"我眼神不好,就像清水里混了泥沙。"

"年轻的小姐,"他继续说,"今天是个艳阳高照的夏日。在这绿树教堂两边郁郁葱葱的回廊里,挂着金色蜜蜂织成的挂毯,各种图案不断变换。在老橡树中空的树干里,流淌着黄灿灿的蜂蜜,像熔岩一般。快踢掉鞋子,光脚蹚过那冰凉的野薄荷丛。山谷里的大片野花像一团团金色的蝴蝶。树下清新的空气就像是深井里的甘泉那么清凉。多么美好的夏日啊,永远是最年轻时的模样。"

"可我老了,永远老态龙钟。"

"照我说的做你就不会老!这是一场开诚布公的交易,生意而已。做一笔买卖吧,你、我和八月的天气。"

"什么样的买卖?我的投入又有什么回报?"

"回报是整整二十四小时悠长甜美的夏日光阴,就从现在算起。我们可以先跑遍这座森林,采摘浆果,品尝蜂蜜,然后再去镇上给你买今夏最流行的薄如蛛网的白纱裙,接着把你送上火车。"

"火车!"

"通往大都市的火车,一小时就到达。我们可以在城里享用晚餐,整晚地跳舞。我会给你买两双鞋子——到那时你脚上的第一双已经磨坏了,可以换新的。"

"我这身老骨头——哪还走得动。"

"哪里还用走,你可以轻快地奔跑,或是翩翩起舞。我们会看着繁星缀满天空,然后等着旭日冉冉升起的那一刻。我们会在黎明时分沿着湖边奔跑,留下一连串脚印,随后品尝人类历史上最丰盛的早餐,像两块鸡肉馅饼那样晒着正午的暖阳躺在沙滩上。等傍晚降临,我们在腿上放一大盒五磅重的糖果,大笑着坐火车回来,身上撒满售票员剪坏的车票碎屑,蓝色、绿色、橘红色,就像在结婚典礼上被撒了一身彩纸。然后,我们手挽手走回镇子,不受任何人打扰,谁也不理睬,在黄昏森林清香的空气中回到你的屋子……"

沉默。

"一切早就结束了,"她喃喃地说,"甚至都不曾开始。"她接着问,"你为什么要这么做?究竟打的什么主意?!"

年轻人温柔地笑了。"这还用问吗,姑娘,我想与你同床共枕。"

她震惊得倒吸凉气。"我这一辈子也没和男人上过床!"

"你还是……处子之身?"

"我以此为荣!"

门外的年轻人摇着头叹了口气。"看来传闻是真的——你果然还是个少女。"

屋内没有任何动静,于是他侧耳倾听。

突然,如同一个隐秘的水龙头被艰难地拧开,已经半个世纪没人取用过的水终于一滴一滴地垂落——老妇人在屋内哭了起来。

"女士,你怎么哭了?"

"我不知道。"她痛哭失声。

哭声渐渐平息,他听到她坐进摇椅里,用有节律的摇晃来安慰自己。

"女士。"他小声呼唤。

"别这么叫我!"

"那好吧,"他说,"克拉琳达。"

"你怎么知道我的名字?根本没人知道!"

"克拉琳达,你为什么要躲进那间屋子里,很久之前就躲了进去,再也不出来?"

"不记得了。哦,我想起来了,是因为害怕。"

"害怕?"

"真奇怪。我的前半生惧怕生活,而后半生惧怕死亡,总是活在恐惧中。你!现在老实交代吧!等那二十四小时过完之后,等我们在湖边散完步,坐火车回来,穿过森林回到我的屋里之后,你是不是想……"

他不回应,逼她把那句话说出来。

"……想跟我睡觉?"她小声问。

"睡上一百亿年。"他说。

"哦,"她的声音变得柔和,"那可真够久的。"

他在屋外颔首。

"真够久的,"她重复道,"这是笔怎样的买卖,年轻人?你给我二十四小时让我重返十八岁,我则要给你长达一百亿年的宝贵光阴。"

"别忘了,我也要给你相同的时间,"他说,"我永远不会离你而去。"

"你愿意与我同榻共眠?"

"我愿意。"

"哦,年轻人啊,年轻人,你的声音听起来为何如此熟悉……"

"你看一眼就知道了。"

他看见老妇人拿掉堵在锁眼里的东西,然后透过锁眼朝他看。他微笑起来,向着田野里的向日葵和空中的骄阳。

"我是个半瞎的老太婆了,"她惊呼,"可门外站着的,不是威利·温彻斯特吗?"

他没有回答。

"可是威利,你还是二十一岁的模样,跟七十年前比起来一点儿变化都没有!"

他把瓶子放到门前,走回草地里。

"你能不能——"她支吾着,"能不能让我变得跟你一样年轻?"

他点了点头。

"哦,威利,威利,真的是你吗?"

她等待着,透过夏日的空气凝视远处那个自在、快乐、年轻的小伙子,阳光在他的头发和脸颊上闪耀。

一分钟过去了。

"考虑好了吗?"他问。

"等等,让我再想想!"

他能感觉到屋里的她正任凭记忆从脑海中倾泻,犹如沙粒从沙漏里不断流出,堆积,堆积,最终仍只是一片尘埃。他能听见那记忆的虚无在她的脑海中燃烧,不断跌落,跌落,聚成越来越高的沙丘。

那一整片沙漠,他想,其中没有一处绿洲。

这想法令她惶惶战栗。

"怎么样?"他再次问道。

屋里的人终于有了答复。"真是奇怪,"她咕哝,"突然之间,用二十四小时去换一百亿年,好像一下子变得公平合理了。"

"本就如此啊,克拉琳达,本就如此。"

门闩从内侧滑开,锁眼转动,门开了一条缝。她从屋里伸出手,一把抓住瓶子,又缩了回去。

一分钟过去了。

然后,急速的脚步声仿佛出膛的子弹,响彻整个门廊。后门砰地应声开启。楼上,两扇窗户左右大开,百叶窗终于挣脱了束缚,碎片掉得草地上到处都是。片刻之后,楼下也是一样。随着她猛地一推,百叶窗炸开,仿佛万点火星。窗框上尘土飞扬。

最后,那个空瓶子划出一道弧线从前门飞出,在一块大石头上砸得粉碎。

她站在门廊里,轻快得像只小鸟。阳光毫不吝啬地将她完全笼罩。她就像是从黑暗中走出,站在舞台中央,任由聚光灯打在自己身上。然后,她快步跑下台阶,抓起了他的手。

一个小男孩刚好从门前经过,看了她半晌,直至走远都还在回头盯着她看。

"他为什么那样盯着我?"她问,"我很漂亮吗?"

"漂亮极了。"

"我需要一面镜子!"

"不,你用不着。"

"镇上的所有人都会觉得我漂亮吗?会不会只有我自己这么觉得,而你的赞美是装出来的?"

"你就是美的化身。"

"那我一定很漂亮,反正我觉得自己很漂亮!今晚所有人都会邀我共舞吗?男人们会不会为了我争风吃醋?"

"当然,每一个男人都会。"

沿着小路向前,在蜜蜂嗡鸣与风拂树叶发出的声响里,她突然停下来,看着他那张恍若夏日暖阳的脸。

"哦,威利,威利,等一切结束后,等我们回到这里时,你还会对我这么好吗?"

他深深凝视她的眼睛,用手指轻抚她的脸庞。

"我会的,"他轻柔地说,"我会永远这样待你。"

"那我相信你,哦,威利,我相信你。"

于是,他们沿着小路奔跑,跑得不见踪影,只留下飞扬的尘土。屋子的前门大开,窗户也敞着,和暖的阳光带着筑巢的鸟儿一起进屋,让它们在屋里哺育幼雏。轻风夹着夏花的可爱花瓣,吹进狭长的门厅,仿佛在等待新娘走上红毯。花瓣飘进房间,飘在空荡的、等待爱侣归来的大床上。夏日与轻风使屋里每个角落的空气都焕然一新,闻起来就像回到了万物初创的那一瞬间,世界都是崭新的,一切都是最初的模样,谁也不会变老。

在林中的一片草地上,几只小兔欢快地蹦跳,就像激动的心跳。

远处传来一阵汽笛声,火车加速向城市驶去。

伊卡洛斯·蒙戈尔费埃·莱特

刊于《科幻奇幻杂志》(*Magazine of Fantasy & Science Fiction*)
1956 年 5 月
刘媛 译

  他躺在床上，狂风从窗口吹来，吹过他耳畔，吹过他半张的嘴，与他在梦中说话。就像是时间之风在德尔斐神庙①里呼啸，述说着关于过去、现在和未来的箴言……有时一个声音从远处对他大喊，有时是两个人的声音，有时是十几人甚至一大群人在通过他的嘴大喊，但说的都是同一句话："看啊，看啊，我们做到了！"

  突然，他、他们、一个或一群人，都在梦里雀跃、飞翔。天空是一片柔和温暖的海洋，而他游弋其中，真是难以置信！

  "看啊，看啊！成功了！"

  可他并没有要求全世界去关注，他只是奋力调动自己的感官

---

① 古希腊的女祭司皮提亚即服务于德尔斐神庙。她传达阿波罗的神谕，被认为能够预见未来。

去看、去尝、去嗅、去触摸空气、疾风和高升的月亮。他在天空中游啊游啊,把沉重的地球甩在身后。

等等,他突然想,先别急!今天——是什么日子?

当然是大行动的前夜。是第一艘火箭飞船开赴月球的前夕。就在这间屋子外边,距离一百码之外,被烈日暴晒的沙地上,飞船正在那儿等着我。

哦,真是如此吗?飞船真的存在?

别忙!他思考着,扭动,翻转,大汗淋漓,双眼紧闭,面孔对着墙壁,猛烈的低语从牙缝里往外挤。先弄清楚!现在,此时此刻,你究竟是谁?

我是谁?他暗暗想,我叫什么?

杰迪戴亚·普伦迪斯,1938年生人,1959年大学毕业,1971年考取火箭飞船飞行执照。杰迪戴亚·普伦迪斯……杰迪戴亚·普伦迪斯……

风把他的名字刮跑了!他伸手去抓,大声叫喊。

然后,突然安静了,他等着风把名字送回来。他等啊等啊,可只有一片死寂。在心跳了一千下之后,他感觉到自己在移动。

天空绽放成一朵温柔的蓝色花朵。爱琴海从远处深红色的巨浪里卷起柔软的白色波涛。

在海浪拍岸的响声中,他听见有人喊他的名字。

伊卡洛斯。[①]

气若游丝的声音在他耳畔呼唤。

伊卡洛斯。

[①] 伊卡洛斯,希腊神话中代达罗斯的儿子,他与父亲使用蜡质翅膀逃离克里特岛时,因飞得太高,双翼被太阳融化跌落水中丧生。

有人摇晃他的胳膊,原来是父亲在叫他,把黑夜驱散。他小小的身体躺在那儿,侧身对着窗户,对着下方的海岸和深邃的夜空。第一股晨风吹动小床边浸泡在琥珀色蜡油里的一根根金色羽毛。金色的翅膀在父亲的肋下翕动,像是有生命一般。当他看着这对翅膀时,自己的双肩也难以抑制地颤抖。他的目光越眺越远,望向远处的悬崖。

"父亲,风力够了吗?"

"对我来说够了,可对你来说,永远不够……"

"别担心,父亲,这双翅膀虽然还不太成形,可羽翼中的骨头会让它强大起来,我的鲜血早已溶进了蜡里,会让它焕发生命!"

"记住,那也是我的血骨,每一个父亲都将自己的血肉传给孩子,要求他们务必善加对待。千万不要飞得太高,伊卡洛斯。烈日的热浪或是你心中的狂热,都会融化这对翅膀。不要大意!"

于是,他们在晨风中乘着灿烂的金色翅膀飞上高空。双翼在肋下呼啸,仿佛在呼唤他或是某个人的名字,那一个个名字犹如羽毛在轻柔的空气里旋转、起舞。

蒙戈尔费埃。[①]

他用十指触摸炎夏般炽热的绳索、耀眼的亚麻布和缝纫线。他用双手让羊毛和秸秆熊熊燃烧。

蒙戈尔费埃。

他在颠簸和摇晃中越飞越高,视野里的一切越变越小。庞大

[①] 指18世纪的法国发明家蒙戈尔费埃兄弟,他们是飞行热气球的发明人。

的、飘飘荡荡的银色梨形气球奋力抵抗巨大的引力,内部充满了因燃料燃烧而产生的晶莹水汽。神赐般的宁静笼罩着这片法国乡村,在村落的上空,这精致的亚麻布制成的气球,这被烘烤得无比炙热而鼓胀的空气袋子很快就会挣脱束缚。飞啊,飞啊,飞到那静谧的蓝色世界,他与兄长的头脑也会一同远航,在像一座座小岛似的云层里,在那裂天撼地的闪电沉睡的地方,静默地、安宁地远航。飞进不闻鸟鸣、不见人影的未知鸿沟与深渊,就连气球也会变得悄无声息。所以蒙戈尔费埃啊,所有人啊,就这样飘吧,游吧,兴许还能听见不可捉摸的上帝之音,追寻永恒的真意。

"啊……"他在移动,人群也在移动,热气球在他们的脸上投下影子。"一切都已就绪,一切都没有差错……"

没有差错。他的嘴唇在梦境里抽动。没有差错。嘶嘶,沙沙,拍打双翼,向前冲。没有差错。

一件玩具从父亲手中跳到房顶上,在它螺旋桨转出的风里盘旋、悬浮。他和弟弟看着它颤动,嘶嘶地,嗡嗡地,听到它怯怯地喊着他们的名字。

莱特。[①]

它在呼唤:疾风、蓝天、云朵、宇宙、翅膀、飞翔……

"威尔伯,奥维尔?快看,它不错吧?"

啊……在睡梦中,他叹了口气。

玩具直升机传出一阵轰鸣,撞击天花板,发出雄鹰、乌鸦、麻雀、知更鸟、猎隼的鸣叫。它轻声呼唤着雄鹰,招徕着乌鸦,

[①] 指飞机的发明人莱特兄弟,即下文的威尔伯和奥维尔。

最后，沙沙地朝他们手里跌落，夹带着未至夏日的一抹热风，呼呼地喷着最后一气，呼唤着猎隼。

好一场梦啊，他笑起来。

他看见爱琴海上的天空突然浓云密布。

他感觉到热气球像喝醉酒似的东摇西晃，巨大的球体像是只等着被清冽的疾风吹跑。

他感觉到大西洋的大陆架上堆积着从柔软海滩上冲来的沙子，如果他——这只刚会飞的笨鸟——不慎坠落，那沙子也许能救他一命。飞机的骨架被风吹得猎猎作响，像竖琴被撩拨的琴弦，他沉醉在这美妙的乐声里。

屋外，他感觉到待发的火箭飞船在沙漠里滑翔，如火的机翼折叠着，如火的气息酝酿着，做好了替三十亿人宣言的准备。他立刻就会醒来，然后一步一步地走出房门，走向那艘飞船。

他站在悬崖边。

站在热气球投下的阴影里。

站在响彻小鹰镇①的流沙里任其鞭挞。

然后，他把泡在金色蜡油里制成的金色翅膀固定在手腕、胳膊、手掌和十根手指上。

然后，他最后一次伸手感受目瞪口呆的人群发出的停滞的呼吸，那是因梦幻成真、惊畏交加而呼出的温热气息。

然后，汽油发动机打着火花。

就在此地，在悬崖边，他拉起父亲的手，祝他飞行顺利，并放松身体，做好准备。

---

①美国北卡罗来纳州小镇，莱特兄弟的载人滑翔机试验就在这里进行。

旋转，跳跃。

剪断绳索，让巨大的热气球挣脱牵引。

让发动机加速旋转，推动飞机向更高处飞翔。

拨动开关，看飞船尾部喷出火焰。

一鼓作气地跃起、飘游、疾奔、欢腾、猛跳、航行、滑翔，向着太阳、月亮、星辰；飞过大西洋、地中海，飞越乡村、荒原、都市、城镇；在气态的静默里，羽毛散乱，滑翔机骨架如拨浪鼓般作响，如火山喷发，却又怯懦地嘶鸣咆哮；起飞、颠簸、摇晃，平稳上升，完美控制，成功抵达。人们大笑，流着泪高声呼唤他的名字，呼唤那些尚未出生或是早已死去的人的名字，呼唤那些随着葡萄酒似的甜风、海盐般的咸风、安静的热气球风或化学火灾的呛鼻烟尘而消散的人的名字。每个人都能感觉到那耀眼翅膀上的羽毛在胸膛里搅动，深埋于心底的嫩芽将从似要撕裂的肩胛中破骨而出！每个人都把飞翔的回声抛在身后，那盘旋不散的声音在风里绕着整个地球转啊转啊，多年以后向他们儿子的儿子的儿子讲述，即便是熟睡中的孩童也能听见那声音在躁动的午夜星空中回响。

向上，再向上，高些，再高一些！一双双翅膀绵延，像春潮，像夏洪，像没有止境的河流！

轻柔的铃声响起。

不，他低语，让我等会儿再醒过来吧，再等一下……

爱琴海从窗下滑走，消失；大西洋的沙丘，法国的乡村，全都化为了新墨西哥州的沙漠。在他屋内的小床边，哪里有什么浸泡在金色蜡油里的羽毛。屋外，既没有银色的梨形大气球，也没有拨浪鼓似的长成蝴蝶模样的滑翔机。屋外只有一艘火箭飞船，一个遇火即燃的梦境,等着他用手擦火花将它放飞。

在睡梦中的最后一刻,有人问起他的名字。

轻轻地,他给出了答案,那是贯穿这彻夜梦境的三个词:"伊卡洛斯·蒙戈尔费埃·莱特。"

他又缓缓地重复了一遍,好让问他的人能记住这三个词的顺序,把每一个不可思议的字母都刻在脑海里。

"伊卡洛斯·蒙戈尔费埃·莱特。

"生于公元前900年;在巴黎读文法学校,1783年毕业;在美国小鹰镇读高中和大学,1903年毕业。今天,1971年8月1日,承神的旨意,从地球飞向月球。倘若一切顺利,将于公元1999年夏卒于火星。"

然后他让自己醒了过来。

不久之后,在沙漠停机跑道的另一边,他听见有人一遍遍地大喊。

那儿或许没人,或许有人在他身后,他无法判断。那可能是一个人的声音,也可能是许多人的声音。他不知道那些人究竟是老是少,是远是近,是在升起还是降落,是在低语还是高喊。他无法判断。他只知道他们喊的是他的那三个勇敢的新名字。他并没有转过脸去看。

风逐渐变大了,他任由自己被风推着行走,走到沙漠的另一侧,那里有一架飞船静静地等着他。

乔治·加维变形记

刊于《超越》(Beyond)
1954 年 3 月
刘媛 译

    我们第一次见到乔治·加维时,他只是个不值一提的普通人。后来,他一只眼睛戴上了白色扑克筹码做的单片眼镜,大画家马蒂斯亲自给他画了只蓝眼睛。不久以后,乔治·加维也许还会有一条装着金色鸟笼的假腿,不管走到哪里都是鸟鸣啾啾。他的左手还有可能饰满铜啊玉啊的,闪闪发光,时髦极了。
    可最初,他一眼看上去就是个平常得不能再平常的人。
    "要看财经版吗,亲爱的?"
    傍晚的公寓里响起翻动报纸的沙沙声。
    "天气预报说明天会下雨。"
    他鼻孔里又黑又细的鼻毛随着呼吸一下露出来,一下又缩回去,就这样重复了一小时,又一小时。直到他说:"该睡觉了。"
    从外形上看,他跟街上橱窗里的那些制于 1907 年的蜡人一样死气沉沉。如果让他客串魔法师擅长的那种把戏——坐在绿色天鹅绒面的椅子上,来个大变活人,唰的一下消失——你转过头去,瞬间就会忘记他的脸。真是比香草布丁还要普通。

可是,一次小小的意外却使他成了历史上最狂野的先锋文艺运动的中流砥柱!

加维跟妻子不声不响地生活了二十年。妻子长着一张粉嘟嘟的可爱面孔,但加维的性格却总是让访客们退避三舍。夫妻俩谁也没料想到加维居然还有能让所有人目瞪口呆的天赋。他们都是在结束一天规律的工作后,不被打扰地坐在家里享受夜晚的那种人。两人从事的工作都不值一提,有时就连他们自己都想不起来那家聘用他们日复一日重复劳动的公司到底叫什么名字。

  加入先锋派吧!加入地窖七重奏!

这是一个名为"地窖七重奏"的文艺团体,那些怪人原本聚集在巴黎的地下室里,欣赏各种让人提不起神来的爵士乐。这种脆弱无比的关系维持了六个多月,他们在这个团体乱哄哄濒临解体时回到美国,误打误撞地碰见了乔治·哈维先生。

"我的天哪!"亚历山大·蒲柏,团体昔日的首领,嚷道,"我遇见了最令人震惊的土老帽。你们一定得去见见他!昨晚我去比尔·提米恩斯的公寓造访,看见他留下一张字条,说一小时后回来。我在楼下大厅里无所事事,遇见了这个名叫加维的家伙,他问我愿不愿意去他家里坐坐。于是我就去了,跟加维还有他的妻子一起坐了会儿!真是不可思议!他是我们这个物质社会培养出来的典型呆子!他有十亿种方法能让你目瞪口呆!一个绝对的守旧派，有本事让你神思恍惚、昏昏欲睡，甚至连心脏都停止跳动，多么难得的研究范本啊！都去见见他吧！"

那些人像一群秃鹫飞扑而去。加维家的门槛都快被踏破了，客厅里熙熙攘攘地挤满了人。"地窖七重奏"的成员们端坐在加维那铺着流苏坐垫的沙发上，打量眼前的猎物。

加维感到坐立不安。

"要是有人想抽烟的话，"他强颜欢笑，"就请自便，随便抽。"

没人理他。

研究的正确流程：别多说话，让他无所适从。只有这样才能看出他究竟有多遵规守矩。堪称绝对零度的美国文化！

三分钟了，他们连眼睛都没眨。加维先生终于打破沉默，探着身子问："那个……诸位有何贵干……未请教贵姓……"

"克拉布特里，诗人。"

加维听后琢磨了一会儿。"那您的营生怎么样？"

屋里鸦雀无声。

接下来是经典的加维式沉默。这位是当今世界上最擅长制造和出售沉默的头号买卖人，无论你报上需要什么式样的沉默，他都能给你打包奉上，还附送清嗓子跟自言自语做赠品。随便你喜欢尴尬型、痛苦型、冷静型、平和型、事不关己型、幸福洋溢型、有口难言还是紧张结巴型，加维都能满足你的一切需要。

好吧，"地窖七重奏"就这么沉浸在这特殊的晚间静默里。过了一会儿，在这冰冷的房间内，对着一瓶"足够的快要见底的红酒"（他们正借助这样的精确短语来跟真实的现实建立联系），这群人终于打破了宁静，开始忧虑起来。

"你们看见他捏衣领的姿势了吗！呦！"

"对啊,上帝,可我必须承认他还挺酷的。让我想起了吹爵士小号的马格西·斯潘尼尔和毕克斯·比德贝克。注意他脸上的表情,还真是酷极了。要是我也能看上去那么心不在焉、无动于衷就好了。"

在熄灯睡觉之前,乔治·加维开始回想这个不同寻常的夜晚,意识到当出现他难以控制的局面时,当那些人讨论到奇怪的书和音乐时,他会觉得惊慌失措,呆若木鸡。

但是,他的怯懦似乎并没引起那群诡异贵客的注意。事实上,他们出门时还兴高采烈地跟他握手道别,感谢他陪他们度过了这愉快的夜晚!

"真是个大师级头号土老帽!"亚历山大·蒲柏一边走一边说,穿过镇子。

"也许他正偷偷笑我们呢。"史密斯是位名不见经传的诗人,只要醒着就绝对跟蒲柏说不到一块儿去。

"我们去把明妮跟汤姆叫来,他们一定会喜欢加维的。今夜多么奇妙啊!够我们聊上好几个月了!"

"你注意到了吗?"小诗人史密斯沾沾自喜地眯着眼睛说,"要是拧开他家浴室的水龙头会怎么样?"他戏剧性地停了下来,"流出来的居然是热水。"

所有人都恼火地看着史密斯。他们怎么没想到要拧开试试呢。

那一晚的小聚就像一团不可思议的酵母菌,飞快地膨胀,加维渐渐变得家喻户晓。

"你还没见过加维?上帝呀,你跟棺材里的死人有什么区别!加维肯定是精心排练过才能表现成那样。要是没有大导演斯坦尼斯拉夫斯基的指导,怎么可能把乡土气诠释得那么经典!"说这话的人是亚历山大·蒲柏,他把加维的神情姿态模仿得惟妙惟肖,让身边那群人嫉妒不已。

他此刻正照着加维那慢吞吞又有点不自在的语调说:"《尤利西斯》?那本书不是写希腊人,一艘什么船和独眼怪物的吗?不好意思。"他顿了顿,"噢。"又顿了顿,"我知道了。"身体靠在沙发背上。"你们说的是詹姆斯·乔伊斯写的《尤利西斯》?真奇怪。我发誓我在很多年前绝对记得这本书,就在上学时……"

虽然所有人都恨亚历山大·蒲柏能把加维模仿得那么逼真,可他们还是忍不住齐声叫好。只听他继续说:"田纳西·威廉姆斯?是不是创作乡巴佬华尔兹圆舞曲的?"

"赶快!报上加维的地址!"围观的人们纷纷大喊。

"哎,"加维先生跟妻子说,"最近生活好像突然有趣起来了。"

"还不是因为你,"妻子回答,"发现没有,你说什么话都会被他们抓住不放。"

"他们也太关注我了,"加维先生说,"简直到了歇斯底里的程度。我随便说一句鸡毛蒜皮的话他们就能炸开锅。真见鬼。我在办公室里讲笑话从来都没人捧场。可他们却不一样,比如说今晚吧,我根本就没想要逗乐子。看来我可真是不经意间一举手一投足都饱含幽默的智慧啊。没想到我还有这能耐。门铃又响了,快去开门!"

"要是你凌晨四点把他从床上叫起来,他会表现得更好玩。"

亚历山大·蒲柏说,"睡眼蒙眬加上暴跳如雷,那模样可真是有趣极了!"

所有人都很恼火,怎么又是蒲柏第一个想出在天亮之前吵醒加维的新招呢!话虽如此,他们的兴趣仍在十月末的午夜过后高涨起来。

加维先生那深埋在脑海中的潜意识告诉他,自己将成为下一个戏剧季的台柱,他的成功得益于持久地让别人觉得他无聊得要死。加维自得其乐,但也没忘记琢磨这群热情的小旅鼠为什么会突然全都挤到他这片私人领海里来。其实加维原本是个才华横溢的人,可他的父母想象力匮乏,家庭环境把他塑造成了现在这个样子。长大后,他就过上了三点一线的人生——不是在办公室,就是在工厂,要么就和妻子待在家里。结果呢,这个潜力无穷的人就像藏在自家客厅里的定时炸弹,还是爆炸了。加维那被压抑的潜意识在某种程度上觉察出,那群先锋派的成员以前从没遇见过像他这样的人,又或者说遇到过很多,可却从没有这样仔细研究过当中的任何一个。

于是他摇身变成了这个秋天的头号大红人。下个月也许就会轮到某个来自艾伦镇的抽象派艺术家,踩在十二尺高的梯子上用蓝灰两色的颜料粉刷房子,还有蛋糕裱花师或在涂满黏糊糊的胶水与咖啡渣的帆布上用杀虫剂作画的爱好者,那些人只不过没遇到伯乐而已!或者是芝加哥一个马口铁切割工,才十五岁却已学富五车。而当加维先生开始阅读先锋派最喜爱的《核杂志》时,他体内那精明的潜意识越发感觉受到了威胁,这无疑是个可怕的错误。

"这篇关于但丁的文章,"加维说,"很有意思。尤其是讨论到了炼狱山脚的丘陵以及炼狱山顶的'地上乐园'所传达的空间隐喻。关于第十五至十八篇,那所谓的'教条主义诗篇'的看法也真是别出心裁!"

"地窖七重奏"对此作何反应?惊呆了,他们全都惊呆了!

空气中有股明显的寒意。

他们没想到这个土老帽——这个人云亦云、机械呆板、思想空泛、悄无声息地过着潦倒生活的讨人喜欢的家伙,居然能用各种见解惹得他们大发雷霆。他找他们讨论存在主义究竟是否存在,讨论克拉夫特·艾宾,那些人纷纷落荒而逃。加维的潜意识警告他,他们不想听像自己这样的小人物对炼金术或象征主义发表什么看法。他们需要的只是加维那犹如老式面包片与农家自制黄油般的朴实,可以供他们带进某间昏暗的酒吧里细细品尝,惊呼这天然的美味是多么的无价!加维明白了。

转天晚上,他又变回原来那个受人追捧的自己。戴尔·卡耐基?杰出的宗教领袖嘛!浩狮迈男装?比邦德街的地摊货强一点吧!刮胡俱乐部的成员?我加维刮了胡子就是啊!当月时尚报刊?不就在桌上吗!埃莉诺·格林上封面了没?

"地窖七重奏"的成员又惊又喜。他们硬着头皮和他一起观看米尔顿·伯利的电影。伯利说什么话加维都会笑得前仰后合。他还让邻居帮忙把白天的各种广播肥皂剧都给录下来,然后在晚上带着朝圣般的恭敬把它们重播一遍,而"地窖七重奏"则会分析他脸上的表情,还有他对《玛·珀金斯》以及《约翰的另一位妻子》那全心全意的热爱。

哦,加维真是一天比一天狡猾了。他心里的声音告诉他:

这是你一生中的巅峰时刻,要保持住!取悦你的观众!明天,放《两只黑乌鸦》那盘带子!别露出马脚来!要么就放邦尼·贝克……棒极了!他们一定会激动得颤抖,不敢相信你居然会喜欢她那样的歌声。要么就搞个盖伊·隆巴多专场?

肯定会大受欢迎!

潜意识告诉他,怎么没品位怎么来,别忘了,你是世俗大众的象征。那群人是来研究"大俗人"身上的粗鄙可怕举止的,他们想象出这样一个人,并假装对其深恶痛绝。然而,他们又对你这疯疯癫癫的傻样着了迷。

妻子像是猜到加维在想什么,反驳道:"他们其实很喜欢你。"

"这种喜欢有点吓人,"他说,"我经常半夜睡不着觉,想不通他们为什么会来找我!连我自己都看不上自己,总是那么粗鲁无趣,不过就是个又蠢又爱东拉西扯的老头子,一点独到的见解都没有。不过,我知道自己喜欢前呼后拥的感觉。我向来爱热闹,只不过一直没有机会。过去这几个月咱家就跟天天开舞会似的!但他们对我的兴趣越来越小了。我希望永远有人围着我!到底该怎么办呢?"

他的潜意识为他开出了一张筹备清单。

啤酒。这真缺乏想象力。

椒盐脆饼。还能再过时一点儿吗?

到母亲家去一趟。把那幅麦克斯费尔德·帕里斯的画拿过来,就是被弄脏了又被晒坏了的那一幅。今晚发表一番高见。

到了十二月,加维先生真的感到害怕了。

"地窖七重奏"的成员们现在对米尔顿·伯利的电影,对盖伊·隆巴多的音乐早就习以为常。事实上，那些人居然学会了理性地欣赏伯利的表演并为之喝彩，还认为伯利是美国民众中的少数派；而隆巴多的音乐风格只是领先了潮流二十年，没能被与他同属一个年代的听众接受。

加维的帝国仿佛要崩塌。

他突然变成了另外一个人，不再试图特立独行逆流而动，而是疯狂地跟在那群朋友后面抢购诺拉·贝叶斯的唱片，听着1917年尼克博克四重奏，跟着艾尔·乔逊唱"鲁滨孙会在星期六的晚上带着星期五漂流到哪里去"，对谢普·菲尔兹的"涟漪之声"赞不绝口。麦克斯费尔德·帕里斯也再次声名大噪，加维的那幅画又成了热门。一夜之间，好像所有人的审美观都颠倒了过来。"啤酒是知识精英的饮品，可惜都被那些蠢货喝进肚子里去了。"

没过多久，他那群好朋友就没了踪影。听说亚历山大·蒲柏居然在一次开玩笑时号称要给自己只供应冷水的公寓里装上热水龙头。这个丑陋的谣言总算没能成真，但那是因为亚历山大·蒲柏后来落魄了。

加维绞尽脑汁想要预测时尚潮流的风向！他增加了免费食物的供应量，预见到爵士乐时代将迎来二度辉煌，于是就穿上毛茸茸的灯笼裤，还让妻子穿上露肩直筒裙，剪了男孩子气的短发，走在潮流最前端。

但是，那群秃鹰回来大吃一顿之后又飞走了。现在电视机已经满世界都是，不再是什么稀罕物，他们又一窝蜂地重新投入无线电的怀抱了。在智力竞赛中，人们会为了争抢各种1935年广播剧的台词影印稿打破头。

终于，加维在万般无奈之下只得使出绝招，这一系列奇迹般的杰作已在他惊慌失措的内心中酝酿了许久，终于付诸实施。

第一个意外就是被车门夹到手。

加维先生的小手指尖被硬生生夹断！

当时场面乱作一团，加维疼得乱蹦乱跳，不偏不倚地踩到那节断指，然后一脚把它踢进街边的下水道里。等医疗人员将断指捞上来时，已经没有哪位医生愿意费心帮他接上了。

真是一场幸福的意外！第二天，当加维路过一家东方古董店时，看见一支精美的指套。蠢蠢欲动的潜意识早就不满于他日益萎靡的票房和那群先锋派观众给他打出的可怜评分，于是迫使他走进商店掏出钱包。

"你们最近见到加维了没有！"亚历山大·蒲柏在电话里嚷嚷，"我的上帝啊，赶紧去瞧瞧吧！"

"什么情况？"所有人都目不转睛地看着昔日的土老帽。

"满清人的护指套。"加维漫不经心地晃着他的手，"古老东方的工艺。中国的满清皇族用它来保护精心修剪的五寸长的指甲。"他喝着杯里的啤酒，金光灿灿的小手指高高翘起。"人人都讨厌残疾，看见别人身上少了点什么的感觉总是怪怪的。失去手指尖真是惨，但幸好有了这个金闪闪的小玩意儿。"

"现在这根手指头可比我们所有人的都漂亮了。"他的妻子给每个人端上一小盘蔬菜沙拉，"而且乔治绝对有资格把它戴在手上。"

当人们又像众星捧月似的聚拢在他身边时，加维又惊讶又感动。啊，艺术！啊，生命！潮流总像个钟摆似的摇晃不定，先是崇尚烦琐，继而钟爱简朴，然后又再次回归到烦琐上来。时而浪漫当道，时而现实为王，如今又是浪漫占了上风。聪明人能够察觉到文化潮流的近日点，然后准备好投身到暴力的新轨道上来。加维的潜意识渐渐振作起来，他开始有食欲，过了几天竟有胆量外出走动了，他舒展酸麻的四肢，内心终于再次燃起火焰！

"这个世界是多么缺乏想象力啊！"他那被忽视已久的另一个自我支配着他的舌头说道，"要是我的腿有一天不幸被截肢，我才不会去装什么木头做的假腿，死都不要！我会给自己定做一条金腿，表面镶满各式各样珍贵的宝石，底下做一个中空的鸟笼，里面养只蓝鸟，不管是在走路还是坐下来跟朋友谈天时，鸟都会在我腿底下唱歌。要是我的手臂被截断，我就装一条用黄铜和玉石打造的新胳膊，必须是空心的，里头还有隔间装上干冰，底下做出五根手指的形状，彼此隔开。到时候我会问，想喝点酒吗，朋友们？是来点雪利酒，白兰地，还是杜本内酒？我会从容地将手指一根根地搁在酒杯上。从五根手指里流出五种清凉的佳酿，五种不同的烈酒或甜酒。然后我会将那金色的龙头关紧。大喊一声'干杯！'"

"但是，最重要的是，人们总觉得一个人的眼睛最能冒犯别人。《圣经》上不是说了吗，那就把它挖下来。《圣经》是这么说的，对吧？要是我少了只眼珠，上帝啊，我才不会去装什么吓人的玻璃眼，那种海盗用的黑眼罩也不行。你们知道我会怎么弄吗？我会给你们在法国的那位朋友寄去一枚扑克筹码，他叫什么来着？马蒂斯！我会跟他这么说，'随信附上筹码一枚和私人支票一张。请在这枚筹码上画只蓝色的人眼。此致，敬礼。加维！'"

其实加维一直厌恶自己的身体，总觉得自己的眼睛黯淡无光，缺乏个性。一个月后他的受关注度再次下降时，哈维发现自己的右眼流泪、化脓了，他对此并不感到惊讶，可是后来那只眼睛竟然完全失明了！

加维这下可是彻底惨了！可他心里又有些偷着乐。

"地窖七重奏"的成员们像一群邪恶的石像鬼似的围着他笑，他在他们的注视下将那枚筹码用航空邮件寄到了法国，里头还塞了一张五十美元的支票。

一星期后，支票被原封不动地退了回来。过了不久，那枚扑克筹码也被寄回来了。

大画家亨利·马蒂斯在筹码上画了一只罕见而美丽的蓝眼睛，并精心绘上了眼睫毛和眉毛。马蒂斯还将筹码放进一只垫着长毛绒的绿色珠宝盒里，显然像加维布置这整个计划时一样周详。

《时尚芭莎》杂志特别刊登了一张加维的照片，他戴着马蒂斯亲笔绘制的扑克筹码假眼，边上还有马蒂斯本人认真作画时的照片——他整整用了三打筹码才画出那个满意的单片眼镜！

亨利·马蒂斯有着敏锐的直觉，知道何时该把摄影师叫来，用莱卡相机捕捉能够世代流传的美好瞬间。杂志援引他的话说："在我扔掉二十七个假眼之后，终于画出了想要的作品。我立即用加急邮件将它寄给了加维先生！"

被复制出六款不同颜色的假眼诡异地躺在那个垫着长毛绒的绿色珠宝盒中。复刻版在现代艺术博物馆里一上架就被抢购一空。就连"地窖七重奏"的朋友们都用它们来打扑克，桌上堆满了蓝眼睛的红色筹码，红眼睛的白色筹码，还有白眼睛的蓝色筹码。

可全纽约只有一个人拥有马蒂斯绘制的原版单片眼镜,那个人就是加维先生。

"我其实还是那个令人伤脑筋的土老帽。"他对妻子说,"可现在他们永远不会知道在我那只假眼和满清指套底下隐藏了多么可怕的牛脾气。要是哪天他们再次对我失去兴趣,制造一场让我缺胳膊少腿的意外也没什么难的。我现在就是新奇的代表,没人再会把我当成从前那个守旧的乡巴佬了。"

而他的妻子在不久前的一个下午说:"我再也没法把他当成原来的乔治·加维了。他连名字都改了。他要别人管他叫'朱利奥'。有时候,我会在夜里看着他,喊他'乔治',但却没有回应。他躺在我身边,小手指上套着满清人的护指套,眼睛上戴着马蒂斯画的蓝白两色的扑克筹码单片眼镜。我总是会醒过来注视着他。你们猜怎么着?那只惊人的马蒂斯假眼有时居然会朝我怪异地挤眼睛。"

小　小

收录于短篇集 *The Toynbee Convector*
1988 年
阿古 译

十月一日早晨，八十二岁的阿尔伯特·比姆醒来，发现了一件不可思议的事情。这不是发生在晚上，就是奇迹般地发生在清晨。

他亲眼见到床单下面有一个温暖而奇怪的隆起，就在离床尾 1/3 处。起初他以为那是自己蜷起的膝盖，接着，他眨眨眼睛，意识到这是他的老朋友——小阿尔伯特。

或者就管他叫"小小"，就像某个嬉闹的女孩给他起的绰号。多久了，哦，上帝……六十年了！小小还活着，活得好好的，活泼机敏。

你好呀，大阿尔伯特·比姆看着眼前这幅景象心中暗想，自从 1970 年七月以来，这是他第一次比我先醒来。

1970 年七月！

他注视着，他看得越入迷，小小越是羞涩脸红。千真万确，一个真正的漂亮小家伙。

好吧，阿尔伯特·比姆想，我就这样静等着他消失吧。

他闭上双眼等着，但什么也没发生。或者说，事情继续发生，小小并没有消失。他犹豫徘徊，希冀着某种新生活。

慢着！阿尔伯特·比姆想，这不可能。

他坐得直直的，双眼圆睁，呼吸急促，嘴里仿佛发起烧来。

"你是打算留下来吗？"他冲老朋友喊道，这位勇敢而温顺的朋友。

是的！他仿佛听到一个小小的声音这么答道。

年轻时，他和杂技团的搭档们经常表演查理·麦克卡西和小小的对谈，小小总是喋喋不休，不时迸出几句怒气冲冲的妙语。腹语术可是阿尔伯特·比姆最拿手的把戏。

这意味着小小也是才华横溢。

是的！那个小小的声音仿佛在嘀咕。没错！

阿尔伯特·比姆从床上蹦下来。他翻着私人电话本，突然意识到所有老号码都还清清楚楚存在他脑海里。他拨了三个号码，语声急切，嗓音憔悴。

"喂。"

"喂？"

"喂！"

此刻他的呼叫，从这座老年孤岛拨出，穿过一片冰冷海洋，抵达夏日海滨。那儿，三个女人应答了。她们仍然年轻，在五十岁到六十岁之间，她们倒吸一口气，聚在一起呼喊，阿尔伯特·比姆的消息震惊了她们。

"艾米丽,你不会相信的……"

"科拉,一个奇迹!"

"伊丽莎白,小小回来了。"

"小娃娃拉撒路回家了!"

"放下手头的一切!"

"赶紧过来!"

"再见,再见,再见!"

他放下电话,突然有些害怕。自己弄出这么多声响和动静,热狗午夜桌底狂舞俱乐部的最珍贵成员也许会解体消失。他浑身一颤,突然想到了卡纳维拉尔角发射的火箭,在围观人群张口惊叹之前,火箭可能已轰然坠落。

还好意外并未发生。

小小依然坚定地存留着,一个奇迹。

阿尔伯特·比姆已有95%成了木乃伊,还剩5%依然是那个爱炫耀的男孩。他穿着拖鞋在公寓房间里来回跑,喝了点儿咖啡,给小小壮胆,让自己彻底清醒。听到有几辆车停到车道上,他赶紧披上一件睡袍,头发乱糟糟的就冲过去开门,把三个昔日的女孩让进来。她们不再是女孩,也不再是姑娘,已是成熟的女士。

还没等他把门推开,她们已经冲了进来,仿佛锤子般撞开了门,热情得如此狂乱。

她们席卷而进,裹拥着他退进门廊,差点儿把他撞倒在地板上。她们三个曾经是红发、金发、棕发女郎,现在,层层叠叠的染发剂遮掩了过去的颜色,真真假假的发色斑驳混杂。她们大笑着簇拥着阿尔伯特走进屋子。她们的脸一片潮红,是因此刻的欢乐,还是因为即将目睹昔日奇迹而激动呢?她们也是胡乱披上睡袍就急匆匆往这里赶，只为一见坟墓里的非凡拉撒路！

"阿尔伯特，是真的吗？"

"不会是开玩笑吧？"

"不是骗我们的？"

"老朋友！"

阿尔伯特·比姆摇摇头，露出一个大大的温暖微笑。他感觉得到，小小那潜藏着的脸庞上也绽开了一个同样的微笑，他的伙计，他的搭档，他的伙伴，他的朋友。拉撒路不安地蠕动着。

"不开玩笑，不是撒谎。女士们，坐吧！"

女人们冲过去瘫坐在椅子上，把她们玫瑰般红润的脸庞和独立日烟火般明亮的眼睛，转向昔日的老伙计，等待着。

阿尔伯特·比姆抓住睡袍的衣角，视线温柔扫视着面前的三张脸。

"艾米丽、科拉、伊丽莎白，"他轻柔地说，"你们是多么特别。以前是，现在是，将来永远都是。"

"阿尔伯特，亲爱的阿尔伯特，我们都快好奇死了！"

"稍等片刻，"他喃喃道，"我得好好回忆回忆。"

在这安静的片刻，他们注视着彼此，突然看到了一件显而易见但过去从未说出口的事实。

这个简单的事实就是，他们一直都没有长大。

他们使彼此的心态停留在幼儿园阶段，最多长到四年级，此后时光再也没有改变过。

这意味着永不停息的香槟午餐，舞至深夜的狐步华尔兹，耳边的温绵细语，草丛里的窸窣摸索。

他们没有一个人结过婚，没有一个人想过孩子的事情，更别说生小孩了。他们没有家庭和亲人,除了在场的这几位。他们都是不想长大的孩子,不愿成熟的少年。他们只回应涌入灵魂深处的阵阵喜悦和狂热。

"听着,亲爱的,亲爱的,女士们。"阿尔伯特·比姆小声说。

他们继续以狂热的热情盯着他人的脸庞,盯着彼此的面具。他们突然意识到,当他们忙着让彼此感到快乐时,竟从未让他人感到不快乐!

这真是奇迹,他们带给彼此的伤害都是那么微小,而且早已愈合了。现在他们聚在一起,四十年了,仍然是朋友,缅怀彼此给予的爱。

"朋友,"阿尔伯特·比姆大声道破了他们内心的想法,"这就是我们,老朋友!"

因为许多年之前,当一位佳人因为某个好理由离开他的生活,另一位姑娘就会因为更好的缘由进入他的生活。他优雅而精准地把她们安排进自己的生活,让她们意识到各自的特别之处:无惧无畏,从不嫉妒的好女人。

她们对着彼此微笑。

多么体贴多么机智的男人,在他驶入老年的港湾之前,让她们得到了彻底而完全的快乐。

"来吧,阿尔伯特,亲爱的。"科拉说。

"马提尼酒会人已到齐。"艾米丽说。

"哈姆雷特在哪儿?"

"准备好了?"阿尔伯特·比姆问,"都齐了?"

最后时刻他犹豫了,因为在他消失进历史的殿堂之前,这是他最后的宣言和表演。

他伸出颤抖的手指，抓住舞台上的浴袍幕布。就在这一刻，在他紧闭的双唇下，响起了特别而响亮的嗡嗡声。女士们睁大眼睛，挺身前倾。

因为在这一刻，当华纳兄弟电影公司的图标从银幕上消失，在管弦乐队喷涌而出的乐声中，电影片名和演职人员的姓名会闪现。

在老人唇上颤动着的是《黑暗的胜利》还是《罗宾汉历险记》的交响乐伴奏？

抑或是《江山美人》《扬帆》《化石森林》的配乐？

是《化石森林》？阿尔伯特·比姆正在戏仿配乐。这段音乐多么适合他，多么适合小小！乐调升高了，越来越高，高到极限，从他嘴里爆发出来。

"嗒哒！"阿尔伯特·比姆唱道，猛地揭开床单。

女士们轻声惊呼。

这一刻，阿尔伯特·比姆二世荣耀出场。或者，应该骄傲地称其为，小小！

许多年没见，他是一座美丽甜美的伊甸果园，自满自足。他既是苹果又是蛇吗？

他就是！

《喀拉喀托火山》中的场景掠过女士们脑海，接着是一句诗歌——"只有神能成就一棵树"。科拉依稀回想起《庞培末日》的配乐，伊丽莎白则想起了《罗马帝国盛衰记》的音乐。

音乐三重奏渐渐息止，化作清晨的神圣曦光。一个崇拜和热爱的时刻，一片奇异的光华从神龛里中弥散出来。她们围拢着，如一动不动的崇拜者；她们祈祷着，希望在寂静的赞美中，这一刻能够延续下去。

这一刻确实在延续。

阿尔伯特·比姆和小小站在三人面前如同一人,一个大大的微笑绽开在老人脸上,一个小一点的微笑绽开在小小脸上。

时光倒转,女士们脸上的光影不停变幻。

每个人都记起蒙特卡洛、巴黎、罗马,几个世纪之前的那个夜晚,她们在广场酒店喷泉里的泼水舞蹈。太阳和月亮在她们眼中升起又落下,没有嫉妒,只有长久失落的生活被带回并萦绕在此刻。

"好吧。"最后,每个人都小声说。

一个接一个,三个伙伴走上前,轻轻吻了一下阿尔伯特·比姆的脸颊,向他微笑,然后低头看向荣耀之子,看向最珍贵的一员。他理应被爱抚,但此刻他不可被触碰。

三位雅典少女、隐退的仙人、神庙回廊的女神,她们退后几步,排成一排,做最后的观瞻和欢呼。

哭泣声响了起来。

先是艾米丽,然后是科拉,最后是伊丽莎白,她们仿佛一起唤回了年轻蠢笨之时的夜半崩溃情绪。

阿尔伯特·比姆站在汹涌上涨的盐海之中,直到自己眼中也涌出泪水。

此刻的哭泣,是出于对一段并非黄金岁月的过往的清醒记忆,还是因此刻的清朗沉醉喜极而泣,没人能说得清。他们围着站成一圈,流泪,手足无措。

最终,像是小孩子往镜中一瞥,窥见了哭泣的奇异和神秘一般,他们低下头,看着其他人抽泣。

他们看到湿漉漉的盐星从其他人的睫毛末梢滑落,溅上了眼镜。"哦,哈!"

见鬼的爆米花机爆发出粗野的大笑。"哦,嘻嘻嘻!"

他们手拉手转起了圈,他们踩着彼此的脚欢快地大呼小叫,他们虚弱得像一群孩子,仿佛正徜徉在四点钟下午茶时分。一个傻乎乎的时刻,任何说出口的话都是世界上最可笑的笑话。他们全身的骨头都酥软下来,迷迷糊糊地转着圈,倒在地上扭动翻滚,陷入狂喜之中。

这就是此刻正在发生的。女士们让重力把自己拽倒在镶木地板上,甩动起她们的头发,最后的眼泪溅出双眼,仿佛彗星飞出。她们翻滚,喘息,搁浅在一个清晨的海滩上。

"诸神啊!哦!"老人快受不了了。她们引发的地震摇撼着他。在最后一刻,在这喊叫、大笑、欢叫之中,他看到他的伙伴,他亲爱的宝贝小小,终于像一个雪球、一段回忆般融化,变成了一个幽灵。

阿尔伯特·比姆双手抓住自己的膝盖,挤出一阵大笑。他努力辨认着,在模糊凌乱的地面上,这些人身穿怪异的生日盛装,这形状,这尺寸,这滑稽样。他倒在地上。

他在女士们中间扭动,咯咯笑着,拼命喘气。他们不敢看对方,害怕心脏病无情来袭,害怕嘴里迸发出海豹、大象的嘶叫。

等到狂喜消退,他们终于坐起来,重新整理各自的头发、微笑、呼吸、眼神。

"天哪,哦,天哪,天哪……"老人呻吟着,终于松了一口气,"这些年来,不管何时何地,这难道不是我们经历过的最最美好、最最有趣、最最可爱的时光吗?"

所有人都点头。"是的。"

"但是，"实事求是的艾米丽板着脸说，"戏剧落幕了，茶凉了，该离开了。"

她们一齐搀起老战士那把老骨头，他站在这群亲爱的人中间，沉浸在温暖融融的宁静里。她们帮他穿上睡袍，引着他走向前门。

"为什么？"老人纳闷，"为什么？为什么小小会在今天回来？"

"傻瓜！"艾米丽大喊，"今天是你的生日！"

"得，瞧把我高兴的！没错，没错。"

他沉思。"嗯，你们说，明年、后年，我还能收到这样的生日礼物吗？"

"这个，"科拉说，"我们……"

"今生今世都不会了。"艾米丽轻柔地说。

"再见，亲爱的阿尔伯特、小小。"每个人都说。

"谢谢，感谢有这一生。"老人说。

他挥手告别。她们走了，走下车道，走进阳光明媚的清晨里。

他等了好一会儿，然后穿衣打扮，这是为了他的老伙计、好朋友，为了他那将永远沉睡的同伴。

"来吧，淘气包，来这儿，是时候午饭前小睡一会儿了。谁知道呢，也许运气好，我们能进入一些离奇的梦，一直睡到下午茶呢！"

上帝啊，他仿佛听到小小的声音在叫，我们不会饿吗？

"我们会饿的！"

老人半梦半醒地站着，而小小已经入梦，他直挺挺地向前一扑，倒在一张床上，倒向三个大笑的温暖幽灵……

睡吧。

砰！你死了！

刊于《怪谭》（Weird Tales）
1944年9月
曹浏 译

约翰尼·库艾尔根本就是把战争当成了游戏。他蹦跳在意大利的田野间，如同一头早春的羊羔。他嗖地从一排飞翔的子弹上方越过，轻松得就像是跨过爱荷华老家门前的栅栏。他矮身闪躲，在枪林弹雨中闲庭信步。而且最令人惊奇的是，他永远能开怀大笑，像只精力旺盛的袋鼠，跃动不息。

对约翰尼来说，子弹、炮弹和弹片这些东西都是传言，它们并不真的存在。

他在圣维托雷附近阔步前进，突然停住，端起枪瞄准目标，扣动扳机大喊一声："砰！打到你啦！"只见一名德国士兵应声倒下，衣领上盛开了一朵红色兰花。敌方见势立刻展开回击，然而约翰尼又是一阵蹦跳，躲开了机关枪的扫射。

一枚炮弹迎面袭来，约翰尼轻轻一转身，叫道："没中！"

的确没中。毫不意外,炮弹从来都打不中他。

二等兵史密斯紧随其后,躯干瘦削,满脸是汗,和尘土混在一起成了张大花脸。史密斯匍匐、奔跑、跌倒、爬起,不让敌人的任何一颗子弹靠近自己。他还要不时冲约翰尼怒吼:"你这笨蛋快躺下!当心死无全尸!"

约翰尼丝毫不理会他的告诫,依旧我行我素,在子弹演奏出的金属音乐中起舞,轻快得如同一只新生的蜂鸟。史密斯像一条蚯蚓,半天才能蠕动一公里,而约翰尼嗖一下就能深入敌营。他总是站得笔挺,动静也很大,根本不懂得蹑手蹑脚。光是看着这孩子横冲直撞,史密斯就能吓出一身冷汗。

德国兵见约翰尼前来都吓得直叫,远远避开他。约翰尼像染上了圣维特斯舞蹈症①似的不停扭动四肢,子弹擦着他的耳垂、贴着他的膝盖、循着他的指缝呼啸而过。这一切的一切,德军看在眼里,士气瞬间土崩瓦解,一个个落荒而逃。

约翰尼·库艾尔一屁股坐下来,开怀大笑,掏出块巧克力咬了一口。史密斯这时候才慢吞吞赶了上来。约翰尼瞥见身边来了个人,衣衫褴褛,裤子破得屁股都露了出来,便试探地叫了一声:"史密斯?"

那个身影坐了下来,熟悉的瘦削脸庞映入约翰尼眼帘。"是我。"远处的枪声渐渐平息,这里就剩下他们二人,很安全。史密斯擦了擦下巴上的土。"说老实话,我光看着你就吓得一身鸡皮疙瘩了。你蹦来蹦去快活得好像小孩在雨中嬉戏,这可不是普通的'雨'啊。"

---

① 欧洲中世纪后半叶出现的一种不停唱跳、舞蹈、痉挛的流行病。

"我会躲。"约翰尼嚼着巧克力说道。

他长了张英气逼人的脸，一双蔚蓝的眼睛里却散发出孩童般的天真烂漫，薄薄的嘴唇也有如初生婴儿那般粉嫩。他的一头金发剪得很短，像极了衣刷上的一簇簇短鬃毛。现在的他完全沉浸在甜食之中，像是忘记了还有战争这回事。

"我会躲。"他又辩解了一遍。

史密斯听这句话都快听腻了。这辩白实在太简单粗暴，算不上什么解释。他坚信此中必有上帝的功劳，没准是因为约翰尼浸过圣水呢，所以子弹见了他都要绕道走，丝毫不敢近身。嗯，一定是这样。史密斯想得不由笑出了声。

"约翰尼，那你要是忘了躲可怎么办？"

约翰尼想都没想就回道："我装死。"

"你……"史密斯目瞪口呆，使劲眨了眨眼盯着他，"……你装死。"他长叹一口气。"嗯，行吧，那也好。"

约翰尼一把扔掉巧克力包装纸，说："我一直在考虑这事。也该轮到我装死了，你说是不是？除了我之外，别人都装过死了。公平起见我也要来试试。大家都装得很好呢，我觉得今天我也要来装回死玩玩。"

史密斯只觉得自己的手在发颤，胃里一阵翻江倒海。"你说这话是什么意思？"他气愤地问。

"我累了。"约翰尼撂下简简单单三个字。

"那就睡觉。你打起呼噜来那也是震天响。睡一觉吧。"

约翰尼嘟着嘴，满脸不高兴。想了一会儿，他还是躺到了草地上，蜷成了一只虾米。"好吧，二等兵史密斯，都依你。"

史密斯看了看表说："你能睡二十分钟，可要抓紧了。等会儿上尉一来我们就要上路。要是被他撞见你在呼呼大睡那就不好办了。"

可是,约翰尼没等他说完就已然进入了梦乡。史密斯看着他又是惊讶又是羡慕。老天,这个人的心真是大,恶仗打到一半都能睡得着。史密斯只好留下来在旁边照看他。要是来几个脱离了大部队的德国佬偷袭就糟了,毕竟睡着了的约翰尼是不会躲闪的。哎,这人真是一朵奇葩……

这时跑来了一名士兵,气喘吁吁地招呼:"嗨,史密斯!"

史密斯费了些工夫才认出了眼前这人。"是你啊,梅尔特……"

"这人负伤了?"梅尔特也是个大块头,但是太胖了,身材不匀称,个头又高,声音又粗。"啊,这不是约翰尼·库艾尔吗,他死了?"

"他打瞌睡呢。"

梅尔特惊得目瞪口呆:"打瞌睡?我的天哪!简直是个婴儿!这个大蠢货!"

史密斯冷冷地说道:"你才是蠢货。他刚才只身一人干掉了对面的那么多德国佬,要不我们怎会占据这座山头。我眼见他们冲他开了一枪一枪又一枪,可他在枪林弹雨中穿梭自如,杀出一条血路,就像一把屠刀趁热切开肋排那样。"

梅尔特红润的脸庞上露出一抹担忧:"可他是如何做到的呢?"

史密斯耸耸肩。"要我说,他完全把这看成了游戏。他就是个长不大的孩子,徒有一副健硕的外表。他并不把战争当回事,以为大家都是来玩的。"

梅尔特不由提高了嗓门:"要真是游戏老子倒高兴了。"他嫉妒地瞥了一眼约翰尼。"我观察过他,像个傻子一样东跑西窜,好像在跳扭肩摇臀的西米舞。他还老爱像小屁孩一样叫嚣'打不到我',每放倒一个德国佬就炫耀一下'打中啦'。你倒是给我说说,他这到底是闹什么呢?"

约翰尼在睡梦中翻了个身,嘴里嘟囔着什么。只听一阵细碎的呼唤:"妈妈!嘿,妈妈!是你吗?妈妈?妈妈是你吗?"

史密斯探过身去拉住他的手。约翰尼在睡梦中紧紧握住,嘴角露出一丝微笑:"哦,妈妈。"

"所以,"史密斯哭笑不得,"到头来,我莫名其妙成了一位母亲。"

三个人陷入沉寂,都不吭声。过了整整三分钟,梅尔特焦躁地清了清喉咙:"总……总得有人把残酷的现实跟约翰尼讲讲清楚。死亡是切实存在的,战争也不是儿戏,一发子弹能把你肚子都打穿了。等他醒了,我们就跟他说说。"

史密斯松开约翰尼的手,转身指着梅尔特,脸色越来越难看。他一字一句地说道:"听着,别跑到我这里来扯你那一套歪理!你眼中的坏事,对他可不一定是坏事!只要他愿意,就让他沉浸在自己的梦里好了。我俩刚入伍就认识了,一直以来我都像兄长一样照顾他。我了解他,他之所以到现在还活得好好的,纯粹就只有一个原因:童心未泯。他认定战争就是个有趣的游戏,我们就是玩游戏的孩子!你要是敢开口跟他说什么,我就把你拴在锚上丢河里。"

"好好好,你别激动。我就是以为——"

史密斯站了起来。"你以为,你以为!以为什么以为!看看你那副嘴脸!我知道你见不得约翰尼好,巴不得他死。我告诉你吧,你就是嫉妒!你现在可给我听好了——"他愤怒地一挥胳膊,"——你给我滚!我们要是在山这边,你就到山那边待着去!我可不想听你在这儿胡说八道!还不快给我滚蛋!"

梅尔特一张胖脸涨得通红。他捏紧了手里的枪,手指不停地摩挲枪托。"这不公平,"他慌了神,声音有些嘶哑,"凭什么他就能逃过这些劫数?这不公平。凭什么他能活下来而我们不能?这不公平。你还指望我跟他称兄道弟?呵呵!老子要成炮灰了,他倒活蹦乱跳的,我还得飞个吻祝福他?我才不干呢!"

梅尔特气呼呼地走了,后背僵直,脖子又长又硬像根清枪膛的通条。他紧紧攥着两个拳头,步子迈得又急又重。

史密斯目送他远去,有些懊悔自己这张嘴太不饶人了,心说自己方才态度应该好一点儿。现在可倒好,要是梅尔特跑去和上尉一告状,上尉到时候再把约翰尼送到精神科观察就完了。万一他们把约翰尼扭送回国,那我可就失去最好的朋友了。天哪,史密斯你这个蠢货!你不说话会死啊!

约翰尼这时醒了过来,正用粗壮的手指关节揉眼睛,看得出在农场长大的他农活干了不少。他使劲伸出舌头舔了舔下巴边缘,好像在找先前吃巧克力时沾上的碎屑。

约翰尼·库艾尔和二等兵史密斯又并肩翻过一座山头。约翰尼还是老样子,一个人在前面手舞足蹈。史密斯虽然很不情愿,但还是老老实实跟在后头。一个心粗胆大,一个诚惶诚恐;一个肆无忌惮,一个草木皆兵;一个笑对炮火,一个苦不堪言……

"约翰尼!"

该来的终究还是来了。一颗流弹从右边飞来,刚好打中史密斯臀部上方,他感觉到一下锐痛,接着又化为一阵绞痛。子弹的冲击力巨大,像是要把他捅穿似的,他的四肢瞬间就绵软了、麻木了。他清晰地感受到自己的脉搏在跳动,甚至有些迷恋地嗅着伤口流血的腥味。他知道这一切究竟还是发生了。

他又喊了一声:"约翰尼……"

约翰尼停下脚步,转身跑过来对他咧嘴笑。等看到史密斯躺在地上鲜血直流,约翰尼顿时笑不出来了。"哎呀,二等兵史密斯,这是怎么回事啊?"他颇有些摸不着头脑。

"我——我在假装受伤,"史密斯强行用一只胳膊肘把自己撑了起来,没抬眼看他,只是大口大口地喘着气,"约翰尼,你——继续往前,别管我。"

约翰尼一脸的委屈,像是小孩子做错了事被罚站似的。

"嘿,那可不公平。你应该早点儿告诉我的,这样我也可以一起假装受伤啦。现在这样我一定会遥遥领先,你根本追不上我。"

史密斯努力挤出一个苍白的笑容。这一动,血又哗哗地流。"约翰尼,你一直都跑得比我快,哪怕我围着你绕圈跑都追不上啊。"

这话说得十分隐晦,约翰尼听了皱皱眉表示不理解。"我以为咱俩是好兄弟啊,史密斯。"

"是的,约翰尼,咱俩是好兄弟。"史密斯咳了一声,"可是,你瞧啊,我突然一下子感觉累了。真的是说来就来,根本来不及提前告诉你,所以我就假装受伤了。"

约翰尼眼神一闪,蹲下来说:"那我也假装受伤吧!"

"你别胡闹了!"史密斯努力想站起身,然而稍一动弹就是一阵剧烈的灼痛,疼得他都说不出话来。过了足有半分钟,他总算是缓过来了些。"听我的——你别来瞎掺和,快继续向罗马进发!"

约翰尼不甘心,又追问:"你当真不想让我假装受伤?"

"不想,说了不想!"史密斯激动地叫起来,眼前一黑。

约翰尼一言不发,只是直愣愣地立在那儿,一脸茫然。这可是他最好的朋友啊,自打进军营第一天起两人就认识了。他们一起从纽约港出发,一起途经非洲、西西里和意大利。而现在,这个好朋友就这么躺在地上让他走——一个人走。

史密斯脑子里一片混沌,恍惚之间他也感觉到气氛不对劲。他受伤了被困在原地,而约翰尼要一个人上路了。想到这儿,他心如刀绞。

这一走,换谁来告诉约翰尼不要靠近尸体,否则就违反了军规?又有谁能像史密斯一样哄约翰尼,好让他继续沉浸在自己的白日梦里?谁来骗他说伤口是假的,流的血也只是大家想休息一下时拿番茄酱伪装的?要是约翰尼又像当初在突尼斯时一样,脑子一热傻乎乎地跑去问指挥官愚蠢的问题,谁来给他解围?

"长官,我什么时候能分到自己的番茄酱?"

"番茄酱。你说番茄酱?"

"是啊长官,受伤的话,不是要用到番茄酱吗,长官?"

谁能见势不妙便冲出来跟指挥官解释:"长官,约翰尼是想问他要随身备着红十字会给配的血浆吗?以防需要输血吧。"

"啊,这样,他是这个意思?不用的,医疗队负责携带,要是有需要他们会拿给你用的。"

碰到这种情况谁来替约翰尼救场?有一次他居然这么问一个

高级军官:"长官,要是轮到我装死,我需要装多久才能起来?"

有谁能告诉军官约翰尼只是在开玩笑?真的长官,他真的只是在开玩笑。哈哈,他才不是心智不健全的幼稚儿童!有谁?有谁来接替我的艰巨任务?

史密斯的神志渐渐模糊了。这时有人匆匆跑来,脚步声惊天动地,他知道是梅尔特来了。

果然,黑暗之中他听到梅尔特的声音。

"哎呀,是你啊约翰尼。躺着的这家伙是谁?哟——"梅尔特幸灾乐祸地笑了起来。约翰尼为了表示友好,也陪着一起笑。唉,约翰尼,要是你知道了真相,还怎么能笑得出呢?"哎哟喂,这不是史密斯嘛。死了?"

约翰尼急忙纠正他:"不是,他假装受伤呢。"

"假装?"梅尔特没反应过来。史密斯虽然看不见战友,但能听出他微妙的语气。"假装,嗯?假装受伤呢。原来如此,唔……"

史密斯努力睁开眼,却张不了口,只能对梅尔特眨巴眼睛。

梅尔特往地上啐了口唾沫,问:"你还能说话吗史密斯?不行?好。"梅尔特四处张望,满意地点了点头,然后一把揽过约翰尼的肩膀。"来吧,约翰尼,我想问你几个问题。"

"没问题,二等兵梅尔特。"

梅尔特亲昵地拍了拍约翰尼的手臂,满眼热切。"我听说,你小子知道怎样躲避子弹?"

"是啊,全军最强非我莫属。史密斯也还不赖,可能稍微慢了点儿,不过我正在教他。"

梅尔特又问："约翰尼，你看能不能教教我？"

约翰尼却说："你早就会了呀，难道不是吗？"

"我会吗？"梅尔特想了想，"哦，这样想来，我应该是学过——那么一点儿。话是这么说没错，但我跟你可不一样啊，约翰尼。你的技巧运用得如此娴熟，究竟有什么诀窍呢？"

约翰尼沉思了一会儿，史密斯试图说点儿什么，或者吼一嗓子，哪怕扭动两下也好，却没有半点力气。他只听到远处传来了约翰尼的声音。

"我也说不清。你还记得小时候玩警察捉小偷的游戏吗？碰上自私的对手，你就算喊了'哈，逮到你了！'他也不愿停下。所以秘诀就是要先发制人，这样他们就不得不服输啦。"

"哦？"梅尔特看着他，像是在看疯子，"你能不能再说一遍？"

约翰尼重复了一遍，史密斯听得窃笑起来，也顾不得伤口的痛了。梅尔特以为他在逗自己，可约翰尼又认真地复述了一遍。

"别想就这么打发我！"梅尔特不耐烦地咆哮起来，"你肯定隐瞒了好多！你像只麋鹿一样跳来跳去，没人伤得了你一根毫毛！"

"我会躲避。"约翰尼说。

史密斯又忍不住笑了起来。这句话真是百听不厌。可这一笑，害得他胃部一阵绞痛。

梅尔特面露狰狞之色，满脸的怀疑和愤恨。"好，算你牛。既然你这么厉害——那走到百步开外，让我冲你瞎开一枪这种事肯定也不成问题吧？"

约翰尼淡然一笑："那当然喽，有什么不行的？"

他往远处走去，梅尔特则在原地待着。约翰尼走了约一百步后站定，高高的个子配上一头金发，年轻的脸庞煞是白净。史密斯紧张得手指都抠在了一起，却只能在心里喊："约翰尼，别这样！快停下，约翰尼！老天爷啊，求你快一道闪电劈死梅尔特吧！"

他们的藏身之处是一道山谷，位置很隐蔽，若想偷偷干点儿什么并不会被人发现。梅尔特背靠着一棵橄榄树，像是要掩人耳目。他漫不经心地举起了枪。

梅尔特抚摸自己的爱枪，举起瞄准，把准星对准约翰尼，手指搭上扳机，慢慢地拉动。

大家都死到哪里去了！史密斯在心中叫骂。

梅尔特开枪了。

"没打中！"约翰尼欢快地喊道。

看见约翰尼毫发无伤，梅尔特骂了句什么，再次举枪瞄准，甚至比第一次还仔细。这次他直接对准了约翰尼的心脏。史密斯见状张嘴要喊，却还是发不出声音。梅尔特舔舔嘴唇，扣动了扳机。

"又没中！"约翰尼随即喊道。

梅尔特又接连开了四枪，一次比一次快、急、狠。他气得涨红了脖子，眼睛里满是杀意，手也直哆嗦。温暖的午后空气被一声声枪响划破，约翰尼在那头又跳又蹲，手脚并用，甚至还混入了芭蕾舞步。梅尔特的子弹都打空了，只有枪口一缕轻烟。

梅尔特又往枪膛里压了几发子弹，脸色惨白，腿都软了。

约翰尼跑了回来。

梅尔特惊恐万分，小声嘀咕："你他妈到底是怎么做到的？"

"我跟你说过了呀。"

对面一阵沉默。"你觉得我学得会吗？"

"只要愿意，人人都能学会。"

"教我。约翰尼，快教我。我不想死，我不想死啊。我恨透这场该死的战争了。快教我，约翰尼。教我，然后我们就能成为朋友。"

约翰尼不以为意地耸耸肩。"你照我刚刚跟你说的做就是了。"

梅尔特缓缓说道："现在，你又在开玩笑了。"

"没有，我不是开玩笑。"

"不，你就是在胡扯。"梅尔特恨得咬牙切齿。他扔下手里端着的枪，琢磨起新方案来，终于决定了要如何与约翰尼叫板。

"机灵鬼，你给我听好了，我可要告诉你点事儿。"他激动地挥着手说，"你在战场上看到的那些倒下的人，他们可不是在演戏，他们是真的死了！死了！是的，你没听错，就是死了！死了！不是假装的，也不是开玩笑，就是死了，死了！人都凉了！"他连珠炮似的冲约翰尼吐出这么一段话，直说得周遭气氛凝重、寒意四起。"都死了！"

史密斯觉得自己五脏六腑都揪成了一团。约翰尼，你可别信他的话！约翰尼，别任由他伤害你啊！世界还是美好的，你要继续无所畏惧地生活啊！别让恐慌乘虚而入，不然你会被击垮的！

约翰尼疑惑地问梅尔特："你在说些啥？"

"死亡！"梅尔特怒气冲天地大吼起来，"我说的就是这个！死亡！你会死，史密斯会死，我也会中弹而亡。先是生坏疽，随后伤口腐烂,最终难逃一死!你就是在自欺欺人。醒醒吧,你这蠢货,趁现在还不算太迟!快醒醒!"

约翰尼呆立着,久久没有回应。终于,他晃了一下,握紧了拳头,粗大的骨节让拳头看起来就像晃动的钟摆。"不对,你在骗人。"他固执地反驳。

"子弹能杀人,打仗就是这样!"

"你骗我。"约翰尼一根筋地说。

"你会死,史密斯也会死。史密斯现在就快不行了。你闻闻那血腥味!闻闻战壕里散发出的阵阵恶臭——里头全是战争这台绞肉机的牺牲品!他们一个个战死沙场,白骨遍野!"

约翰尼四处张望。"不,我不相信。"他咬了咬嘴唇,紧闭双眼,"我不信。你这个坏人,不要脸……"

"你真的会死的,约翰尼,你会死的!"

约翰尼泪流满面,像个被遗弃在荒郊野岭的孩子。史密斯侧过肩,想奋力起身。约翰尼站在空地上放声大哭,哭声划破了先前的宁静,却显得那么微弱。

梅尔特强行推搡着约翰尼走向前线。"去啊,快上去送死吧,约翰尼。快去光荣地流血捐躯吧!"

约翰尼,别去啊。史密斯刚一张口,声音就被体内一阵剧痛吞噬了,他根本喊不出声。别去,孩子,待在这儿,别听他的!坚持住,留下来啊,小约翰尼!

约翰尼磕磕绊绊地走远了,边走边抽泣。前方断断续续传来机枪响,不时有炮弹嗖嗖横飞。他一只手软绵绵地提着自己的枪,任枪托耷拉在地上,一路划过石子噼啪作响,如同阵阵窃笑。

梅尔特一副小人得志的神色，得意忘形地目送他远去。随后，他端起枪朝东面走去，爬过另一座山头，从史密斯的视野里消失了。

史密斯仍旧躺在地上，意识愈发模糊。约翰尼还在朝前走。史密斯只盼望能有什么办法让自己喊出声来。约翰尼，当心！

一枚炮弹飞过，炸了开来。约翰尼应声倒地，哼都没哼一下。他直直地躺在那儿，从前灵巧的四肢如今纹丝不动。

约翰尼！你失去信念了吗？约翰尼，起来！难道你死了？约翰尼？

正胡思乱想着，史密斯眼前一黑，陷入昏迷。

手术台上锋利的柳叶刀一挥，赶走了死神，驱走了瘟神。手起刀落之间，枪伤不再疼痛。从史密斯伤口里取出的子弹只是小小黑黑的一颗，被哐当一记扔进了金属盘。医生们围着他，激动得手舞足蹈，在迷迷糊糊的史密斯看来就像一出哑剧。不过，他终于又能轻松自在地呼吸了。

医疗帐篷里光线昏暗，约翰尼躺在对面的另一架手术台上。医疗人员正在无菌环境下对他进行研究。

"约翰尼？"史密斯这回终于发出了声音。

"你悠着点儿，"医生提醒他，嘴唇在白色口罩下翕张，"那边那个，他是你朋友？"

"没错。他情况如何？"

"不太妙。他头部受伤，能有一半的存活概率吧。"

史密斯的手术做完了，伤口已经缝合并擦拭干净用绷带扎紧。史密斯看看自己被纱布覆盖住的伤口，又看看聚在一起的医疗队员。"让我帮帮他，好不好？"

"唉，大兵，现在恐怕也——"

"我认识他，我认识他。我很了解他，他是个有趣的家伙。我们可不能让他死啊，好吗？"

史密斯能看到医护人员们皱起了眉，心中不由一颤。医生目光闪躲地答道："我不能冒这个险，你究竟能帮我什么呢？"

"把我推过去，跟你说了我能帮上忙的。我可是他的知心好友啊，怎能任由他这么昏迷过去。绝不！"

医生们商量了一番，同意了。

他们把史密斯转移到一台可移动担架床上，两名护工推着他，穿过整个帐篷。外科医师们正在准备给约翰尼进行手术。约翰尼的整个脑袋剃得光溜溜的，他似乎只是沉沉地睡了过去，面部神情却极为扭曲，忧虑、惊恐、疑惑、沮丧、失落……种种表情交织在一起，像在经历一场噩梦。有位医生叹了口气。

史密斯一听，轻轻碰了碰他的胳膊肘。"医生，别放弃。老天哪，你也别放弃啊。"他又转而对约翰尼说，"小约翰尼，你听我说，别管梅尔特跟你扯的那些，别往心里去——你听见了吗？他都是胡扯的！"

约翰尼的脸依旧青一阵白一阵。史密斯调整了一下呼吸，继续说道："约翰尼，你得坚持下去，你得一如既往地躲避子弹。你一直都很擅长啊，约翰尼，这是你与生俱来的能力。这根本不是什么能学来的技巧，就是天赋。梅尔特在给你洗脑呢，这种把戏对付我和他这等蠢人也就罢了，但是糊弄不了你啊。"

有位医生戴好了橡胶手套，不耐烦地挥了挥手。

史密斯问他："医生，他伤得重吗？"

"头骨碎裂,伤及大脑。可能会造成短暂失忆。"

"他会记得自己受伤的事吗?"

"这很难说。可能不会。"

史密斯激动得按捺不住。"好!很好!看吧,"他赶忙凑到约翰尼耳边,轻声说道,"约翰尼,你就回想童年,想想那时候的逍遥日子,别管今天发生的事。你奔跑在山谷小溪间,踩着露出水面的卵石蹦来蹦去,一边躲着玩具枪的子弹一边欢笑,约翰尼!"

他们看不到的是,约翰尼的内心已泛起波澜。

有只蚊子一直在嗡嗡地飞来飞去,绕着圈打转,始终不停歇。远处又响起隆隆的炮声。

终于有人对史密斯说:"他有自主呼吸了。"

"心跳逐步恢复。"另一位医护人员说道。

史密斯嘴上没有停。他已经察觉不到疼痛了,一心只顾说着殷切焦急的话语,同时脑海里也闪过种种担忧。史密斯仿佛听见战争的轰鸣声愈来愈近,但那其实是他自己心跳太快,血直往太阳穴涌。半小时过去了。约翰尼就像一个置身于课堂的孩子,碰上了一个特别耐心的好老师在讲课。他听啊听,老师的话语不仅舒缓了疼痛,一扫他绝望的情绪,还使他重拾从前的自信、活力与信念。

医生脱下紧绷的橡胶手套。"他会挺过来的。"

史密斯简直忍不住要高歌一曲。"谢谢,医生。太感谢了。"

医生又说:"你是四十五小分队的,除了你和约翰尼·库艾尔两人之外，还有个叫梅尔特的家伙？"

"没错。梅尔特怎么了？"

"他中了邪似的，迎着德军的机枪扫射直接就冲了过去，一边跑下山坡一边叫嚷着什么要重新当一个孩子。"医生挠了挠下巴，"我们发现他尸体的时候，他浑身上下中了足有五十枪。"

史密斯想说点什么，又咽了回去。他栽倒在椅子上，冒起冷汗，浑身冰冷，战栗不已。

"那应该就是梅尔特了。他只是不知道该怎么做。他和我们一样，过早地长大了，不像约翰尼还能够保持童心。这正是梅尔特失败的原因。不过，我还是得敬佩他勇于尝试，真是够胆量。可惜约翰尼·库艾尔只有一个。"

"你净说胡话呢。"医生说道，"最好来点儿镇静剂。"

史密斯摇摇头。"回家可以吗？我和约翰尼，我们可以光荣负伤而归吗？"

医生虽然戴着口罩，还是微笑了起来。"你们两个，回美国吧。"

"现在是你胡言乱语喽！"史密斯小心翼翼地雀跃起来。他扭过头，仔细看着熟睡中的约翰尼，后者正一脸平和地在梦乡遨游。史密斯低声说道："你听见了吗，约翰尼？我们要回家啦！我和你！回家！"

约翰尼奶声奶气地回答道："妈妈？啊，妈妈。"

史密斯握住他的手。"好吧，"他对医生们苦笑，"所以我现在又为人母了。给我来根雪茄吧！"

矮 人

刊于《奇想》(Fantastic)
1954年1/2月
阿古 译

艾米静静看着天空。今晚又是一个闷热的夏夜,水泥码头空荡无人,一串串红白黄各色灯泡,像一只只在夜空中燃烧的昆虫,照亮了一片木头搭建出的空虚浮华。嘉年华各个摊位的摊主沿路站着,像正在融化的蜡人,瞪着眼睛,沉默无语。

一个小时前,两个顾客走了过来。这两个孤独的人此时正在玩过山车,他们俯冲进亮晃晃的夜晚,绕着虚空一圈又一圈,发出一声声撕心裂肺的尖叫。

艾米缓步走过海滩,汗湿的手心里黏着好几个木套环。她走到魔镜迷宫的售票亭后,看到迷宫前三面哈哈镜把自己照得奇形怪状。一千个疲惫的自己消融进一条镜子走廊里,炙热的影像被拘禁在如此清澈的冷静中。

她走进售票亭,站了一会儿,看着拉尔夫·班哈特的细长脖颈。他参差不齐的黄板牙之间咬着一支没点燃的雪茄。他正把纸牌摊在票架上,玩单人纸牌游戏。

过山车呼啸着再次疾冲下来,她意识到自己该说点儿什么。"什么样的人会去乘过山车?"

拉尔夫·班哈特在雪茄上嘬了足足半分钟,才说道:"想死的人。过山车是这里最方便寻死的东西。"

他听着射击走廊中依稀传来的射击声。"这整个嘉年华的买卖全都是发神经。比如说那个矮子,你看到他了吗?每天晚上他都花一角钱在魔镜迷宫里到处跑,一直跑到疯路易小屋。你真该看看那个小侏儒。我的上帝!"

"哦,没错,"艾米也想起来了,"我一直挺好奇,身为一个矮人是什么感觉。每次看到他,我都挺可怜他。"

"我都能把他拎起来当手风琴拉。"

"别这么说!"

"我的主啊。"拉尔夫伸手拍了拍她的大腿,"瞧你说话那样,那种人你明明永远都不会去结识。"他摇了摇头,窃笑道,"他和他的小秘密,他还不知道我已经看破了。"

"今晚真热。"艾米用汗湿的手指摆弄那些大木套环。

"别转移话题。他还会来的,不管什么天气。"

艾米换了个姿势。

拉尔夫抓住她的胳膊肘。"嘿!你没疯吧?你想见见那个矮人,不是吗?嘘!"拉尔夫转过身,"他来了!"

矮人的手毛茸茸的,皮肤黝黑,孤零零地从售票亭窗口伸了进来,手指间捏着一个银角子。不见其人,只闻其声:"一张票!"孩子般的高亢嗓音。

艾米不由得俯身向前看去。矮人正抬头望她。不过是一个黑瞳黑发的丑陋男人,被禁锢在一个压酒桶里,被挤压,被踩扁,折了又折,痛上加痛,直到压成一坨愤怒的苍白之物,脸庞肿胀,五官错位。那张脸能令你在凌晨两点、三点、四点惊醒,身体却无法动弹。

拉尔夫把一张黄色票子一撕两半。"一张票!"

矮人仿佛是被一场临近的风暴吓到了,他把箍着喉咙的黑色外套翻领拉紧。片刻之后,十万个彷徨迷失的矮人蠕动进镜子回廊,像无数只狂躁的黑色甲虫,消失了。

"快!"拉尔夫拉着艾米挤进镜子后面的一条黑暗走道,她任由他一路拉着,穿过隧道,来到一间有窥探孔的小隔间里。

"有趣得很,"他窃笑道,"来瞧瞧吧。"

艾米犹豫了一下,把脸凑近窥探孔。

"看到他了吗?"拉尔夫低声说。

艾米感到自己的心在狂跳。她出神地看了整整一分钟。

矮人站在一间小小的蓝色房间中央。他双眼紧闭,还没有准备好睁开。现在,现在他张开了眼帘,看向身前的一面大镜子。镜中人令他微笑了起来。他眨眨眼,踮起脚旋转,侧身,挥手,鞠躬,跳了一段笨拙的舞蹈。

镜中人重复着每一个动作,细长的胳膊,高挑的身体,大眼睛眨着,大脚跳出舞步,然后以一个恢宏的鞠躬收尾。

"每天晚上都是同一套把戏,"拉尔夫在艾米耳边小声嘀咕,"逗吧?"

艾米转过头,面无表情地盯着拉尔夫看了好一会儿,接着她缓慢地转过头,再一次看向窥探孔。她屏住呼吸,感到自己的眼里渗出泪水。

拉尔夫用胳膊肘顶了她一下,小声问:"嘿,那个小怪物现在干啥呢?"

半小时后,矮人走出镜子迷宫。艾米和拉尔夫正在售票亭里喝咖啡,眼神有点躲闪。矮人摘下帽子,向售票亭走去,他看到艾米在,连忙快步走开。

"他有事情找你。"艾米说。

"没错,"拉尔夫百无聊赖地吐出嚼扁的烟嘴,"我也看出来了。他没有勇气问。有一个晚上,他扯着尖嗓门说,'我打赌这些镜子一定很贵。'我故意装傻,说没错,确实挺贵的。他看着我,仿佛等待着什么,可我没再搭腔,他就走了。第二天晚上他又说,'我打赌这些镜子值个五十块、一百块的。'我说,我打赌确实值那么多,边说边给自己发了一手牌。"

"拉尔夫。"

他抬头。"你为什么这么看着我?"

"拉尔夫,"她说,"为什么你不卖一面多余的镜子给他?"

"瞧,艾米,我有没有指点过你该怎么经营你的套圈摊子?"

"这些镜子值多少钱?"

"二手货的话,也就花个二十五块钱。"

"那你为什么不告诉他,到哪里可以买一面?"

"艾米,你可真是不聪明。"他把手放在她膝上。她挪开了膝盖。"即使我告诉他上哪儿去买,你以为他真会买上一面?这辈子都不可能。为啥?他是个敏感的人,要是他知道我偷看他在疯路易小屋的大镜子前搔首弄姿,他绝不会再踏进这里。他假装自己跟别人一样，走进迷宫，迷失在里面，假装自己并不在意那间特殊的小屋。他总是等着夜深人静，生意快收摊才来，这么一来那间屋子就归他一个人玩了。而嘉年华生意红火，人流深夜不散的时候，他会去找什么乐子呢？天知道。不，小姐，他才不敢买一面哈哈镜。他根本就没有任何朋友，就算他有，他也不会要求朋友为自己买这么一个东西。自尊，瞧在上帝的份上，是自尊心作祟。他向我问起镜子的价钱，是因为他见过我很多次，算得上是熟人。再说了，瞧瞧他……他根本没钱买这么一面哈哈镜。他也许在攒钱，可现在这世道，一个矮人能上哪儿去找工作？在市场里摆摊卖草药，在马戏团里扮个小丑，也就挣个块八毛的。"

"我很不舒服，我觉得悲哀。"艾米呆看着空荡荡的木板路，"他住在哪儿？"

"捕蝇草路沿着水边往下走，怎么了？"

"你非要知道的话——我疯狂地爱上了他。"

他咬着雪茄的嘴边皱起一圈怪笑。"艾米，"他说，"你可真会开玩笑。"

温热的夜晚，炎热的清晨，炙热的中午。大海就是一大片着了火的锡箔和玻璃。

艾米走在嘉年华巷道上，四处的摊位都上了锁。她胳膊下夹着十几本被阳光晒得褪色的杂志，向外走到温热的海边，走在阴影里。她打开一扇油彩斑驳的门，巨人的世界远去了，变成了院墙外一个丑陋的谣传。

  可怜的妈妈，爸爸！他们想要我得到这世上最好的东西。他们把我留在身边，像一个小巧珍贵的瓷花瓶，留在蚂蚁世界里，留在蜂窝房间里，留在微型书房里。甲虫门、蛾子窗户，只有现在，我才看清父母亲精神错乱的程度！他们一定梦想着自己会永远活下去，把我像蝴蝶一样养在玻璃瓶里。但爸爸先去世了，接着一把火烧掉了那间小房子、那个黄蜂巢，连同里面邮票大小的镜子、盐碟、碗橱。妈妈也走了！只留下我一个人，看着这一堆余烬，被抛进一个充满怪物和巨人的世界里，陷在崩塌瓦解的现实之中，跌撞，翻滚，掉落到悬崖底部。

我花了一年时间调整自己。那时候，去杂耍摊打工是难以想象。整个世界仿佛都没有我的立足之处。接着，一个月前，那个暴虐的人闯进我的生活，突然把一顶小帽子扣在我头上，对他的狐朋狗友们大喊："来瞧瞧这个小娘们儿！"

艾米停下不读了。她眼神犹疑，抖抖索索地把杂志递给拉尔夫。"你来读完吧。接下来是一个谋杀故事，写得挺好。你发现没？作者是那个矮人，那个矮人。"

拉尔夫把杂志甩在一旁，懒洋洋地点起一支香烟。"我更喜欢西部牛仔故事。"

"拉尔夫，你得读一读。需要有人告诉他，他是多么棒，他应该继续写下去。"

拉尔夫看着她，头歪向一边。"猜猜谁会去激励他？哎哟，咱们不就是救世主的左右手吗？"

"我不听你这些刻薄话！"

"用用你的脑子，该死的！你冒冒失失地插手，他会觉得你是在可怜他。他会大声尖叫，把你赶出他的屋子。"

她坐下来，细细思考，试着从每一个角度去设想这样做的后果。"我不知道，也许你是对的。哦，拉尔夫，说真的，这不只是同情，但也许在他看来是这样。我得万分小心才行。"

他前后摇晃她的肩膀，轻轻用手指掐她。"见鬼，见鬼，放过他吧，算我求你了。你只会给自己惹来麻烦。上帝啊，艾米，我还从没见过你对什么事情这么上心。要不这样，你和我，咱们俩好好过一天，吃顿午餐，给车加满油，沿着海滩开得越远越好；游泳，吃晚餐，去某个小镇上看场好演出——让这嘉年华见鬼去，怎么样？无忧无虑，快快活活过上一整天。我可存了十几块钱呢。"

"因为我知道他与众不同，"她说道，望向夜色中，"因为他是我们永远也成不了的那种人——你、我、这个码头上的所有人都成不了他。这可真有趣，真有趣。生活给了他缺陷，他什么也干不了，只能在巡回戏团里表演，但他却安稳地待在陆地上。生活也安排了我们，我们不必非得在嘉年华里谋生，可我们还是沦落到了这大海码头上。有时候我们离海岸仿佛有一百万英里远。这究竟是怎么回事，拉尔夫？我们有健全的身体，可他却有丰富的头脑，能够想象出我们永远猜想不到的事情。"

"你根本就没在听我说！"拉尔夫吼道。

她坐着，他俯身看着她，他的声音是那么遥远。她的眼睛半睁半闭，双手搁在腿上，手指轻轻抽搐着。

"我不喜欢你这副精明的表情。"他最后说了一句。

她慢慢打开钱包，拿出一小卷钞票，数了起来。"四十美元，我的全部家当了。我会给比利·法恩打电话，让他送一块变高哈哈镜给毕格罗先生，没错，就这么干！"

"啥？"

"想想他会多么开心，拉尔夫，在他自己的房间里有一面哈哈镜，任何时候他想照就能照。我能用你的电话吗？"

"去打吧，去犯傻吧。"拉尔夫猛地转身。门砰地关上了。

艾米等待着，过了一会儿，她把手放在电话机上开始拨号，动作缓慢得简直痛苦。她拨拨停停，屏住呼吸，闭紧双眼，开始想象。生而为人却长得如此矮小，某天有人送来一面特别的镜子，你可以躲在自己的房间里，有镜中的放大身影做伴，你写下更多的故事，除非万不得已，不用再走进外面的世界。独自一人，独处一室，有一个了不起的幻影相伴，那会是什么样的感受？会让你快乐还是悲伤？会帮助你写出更多的故事，还是会摧毁你的灵感？她努力思索，脑袋摇摆起来，前前后后。至少这样，不会有人低头俯视你。一夜又一夜，也许你会在寒冷的清晨三点悄悄爬起来，对着镜子眨眼，蹦来跳去，微笑，对自己挥手。那么高大，那么健硕，那么美妙，那么魁梧，在这面明亮的镜子里。

电话里响起一个声音："比利·法恩镜子店。"

"嘿，比利！"她大叫起来。

夜幕又降临在码头上。木板栈道下是阴暗喧嚣的海浪。拉尔夫冷冷地坐在他的玻璃棺材里，像座蜡像。他手上发着牌，眼神直勾勾的，嘴唇抿得紧紧的。在他的胳膊肘旁边，越来越多的烟头堆成了一座金字塔。艾米沿着炙热的红蓝黄各色灯泡走过来，冲他微笑挥手，他也没有停下发牌的速度。"嗨，拉尔夫！"她喊道。

"恋爱谈得怎么样了?"他问,从一杯脏脏的冰水里喝了一口,"你的那个查理·波伊尔,还是加里·格兰特来着,他怎么样了?"

"我刚给自己买了一顶新帽子,"她微笑着说,"上帝啊,我感觉棒极了!你猜为什么?比利·法恩明天会送去一面哈哈镜!你说到时那个矮人的脸上该是什么表情啊!"

"我的想象力可没那么丰富。"

"哦,上帝,你该不会以为我真要嫁给他了吧。"

"为什么不呢?你可以把他装在手提箱里到处跑。要是有人问,你的丈夫在哪儿呢?你只需打开箱子,瞧,在这儿呢!就像一架银短号,随时随地都能把他取出来,吹上一曲,再放回去。再在后门口给他放一个小沙盒。"

"我感觉真是棒极了。"她说。

"应该是仁慈,"拉尔夫没有看她,嘴唇绷得紧紧的,"仁慈。我敢说这仁慈之心,全都是因为窥探了他的举动。你为什么要送他那面镜子?像你这样的人,敲着铃鼓到处乱窜,把我生活中的乐子全都吓跑了。"

"记得提醒我,再也不要来你这地方串门喝饮料了。我宁愿没人理睬,也不要和刻薄鬼做伴。"

拉尔夫长长吐出一口气。"艾米啊艾米,你怎么还不明白?你根本帮不了那家伙。他是只见不得光的蝙蝠。你这么疯疯癫癫一闹,就像在对他说,去吧,继续躲着,我会帮你藏好的,伙计。"

"不管那么多了,一生中也就这一次,只要是为某人做一件好事,就算犯上一回错,也是好事。"她说。

"上帝啊,让我离这些净干好事的人远点儿吧。"

"闭嘴,闭嘴!"她大叫,然后不再说话。

他让沉默持续了一会儿,站起身,把沾满指印的玻璃杯收好。"帮我看一会儿摊子?"

"可以。怎么了?"

她看到一万个冰冷苍白的他走进玻璃走廊,走在镜子中间,他的嘴唇噘着,手指攥捏着。

她在售票亭里坐了足足一分钟,突然浑身哆嗦了一下。一个小闹钟在亭子里嘀嗒作响,她随手翻开架上扣着的那一摞牌,翻了一张又一张,等待着。

她听到镜子迷宫深处锤子在砰砰敲打个不停;接着是一阵寂静,又等了好一会儿,终于,一万个身影折了又折,在镜面之间模糊成繁复的幻影。拉尔夫大步走了出来,望向她的一万个影像。当他走下阶梯时,她听到他无声大笑。

"你怎么突然又这么高兴了?"她狐疑地问。

"艾米,"他漫不经心地说,"我们不应该争论。你说明天比利会送那面镜子给矮人先生?"

"你该不会是要搞什么鬼吧?"

"我?"他把她让出售票亭,又开始摸牌,嘴里轻轻哼着,双眼发亮,"不是我,哦不,不会是我。"他不看她,熟练地把牌拍打在台面上。

她站在他身后,右眼皮跳了好几下。她把胳膊交叉在胸前,又放下。一分钟就这么溜走了。耳畔唯有夜晚码头下的潮水,拉尔夫热烘烘的呼吸和纸牌的窸窣细响。笼罩码头的夜空炙热、厚重、多云。在海上，不时亮起几道模糊的闪电。

"拉尔夫，"她终于忍不住了。

"放松，艾米。"他说。

"关于旅行，你说想沿着海岸开车……"

"明天，"他说，"也许下个月，也许明年。老拉尔夫·班哈特有的是耐心。我不担心，艾米。瞧，"他伸出一只手，"我很冷静。"

她等待海上那一阵隆隆的雷声消退。

"我只是不想你发疯。我可不希望有什么坏事发生，答应我。"

夜风沿着码头吹过来，带来一丝清凉。风中有股雨的味道。闹钟嘀嗒作响。艾米开始出汗，看着纸牌挪来挪去。远处的射击廊里传来声声枪响。

这时，他出现了。

沿着一串串昆虫般的灯泡，走过冷冷清清的广场，他的脸黑暗扭曲，每走一步，面孔都狰狞一下。他穿过长长走道，走下码头，艾米正看着他。她想要对他说话：这是你的最后一晚，最后一次前来这里受窘，最后一次在暗自陶醉时被拉尔夫悄悄偷窥。她希望自己能大喊、大笑，当着拉尔夫的面说出真相。但她什么都没说。

"嘿，嘿！"拉尔夫大喊，"今天免费，本店请客，只限今晚！特别优惠馈赠老顾客！"

矮人抬起头，惊呆了，小小的黑眼珠迷惑地转来转去。他的嘴巴动了，做了个谢谢的口型，他转过身，一只手伸向脖子，把小小的领口往上拉了拉，掩住喉结，另一只手悄悄攥紧了手心里的银角子。他回过头，微微点了点头，接着，一连串挤压变形的脸庞在灯光下散发出奇怪的黑暗色调，徘徊进了玻璃走廊。

"拉尔夫，"艾米抓住他的胳膊肘，"究竟怎么回事？"

他咧嘴一笑。"我在发善心，艾米，大发慈悲。"

"拉尔夫！"

"嘘，"他说，"听。"

寂静中，他们在售票亭里默默等着。这时，迷宫深处传来一声模糊的尖叫。

"拉尔夫！"艾米再次喊道。

"听，听！"他说。

又是一声尖叫，一声接着一声，推拉声、撞击声、击碎声，接踵而来。狂乱的脚步蹬蹬蹬穿过迷宫，跌跌撞撞，磕磕碰碰，从一面镜子到另一面镜子。毕格罗先生歇斯底里地尖叫抽泣，满脸泪痕，张开嘴拼命喘气，向外奔来。他冲进灯光明亮的夜里，狂野地扭头四顾，哀号，沿着木道跑下了码头。

"拉尔夫，发生什么了？"

拉尔夫坐在那里大笑，双手快活地拍打着大腿。她伸手打了他一个耳光。"你到底干了什么？"

他仍然憋不住笑。"来啊，我指给你看！"

她进了迷宫，走过一面又一面白热的镜子，看到自己的红唇像一团火焰，映在银色的洞穴壁上，一千次重现，无数个长得像她的奇怪女人，跟着一千个快步走的微笑男人。"来啊！"他大喊。他们闯进那间充满灰尘味的小房间。

"拉尔夫！"

两人站在小房间的门口，一年来矮人每晚必到的小房间。他们站在矮人每晚都站的地方，他就是在这儿睁开眼睛，去看镜中那副奇妙映像的。

艾米向前伸出一只手，缓缓挪动，走进昏暗的小屋。那面镜子已经被替换了。

走到那面新镜子前，高个子也会变得矮小、黝黑。艾米站在镜子前暗想，要是它能把高个子变矮，上帝啊，它会把一个矮人变成什么样？一个矮人中的矮人，一个黑暗的矮人，一个吓坏了的孤独的矮人？

她转过身，差点儿跌倒。拉尔夫站在那儿看着她。"拉尔夫，"她说，"上帝啊，你为什么这么干？"

"艾米，回来！"

她哭着跑出镜子走廊。视线被泪水模糊，差点儿没找到出去的路。她站在入口，眨眼望着空荡荡的码头，向其中一条路跑去，拐了一个弯，又拐了一个弯，然后停了下来。

拉尔夫从身后跟了上来，他在说话，但声音仿佛隔着一堵高墙，遥远而陌生。

"别跟我说话。"她说。

有人跑上了码头，是射击廊的凯利先生。"嘿，你们刚才有没有看到一个小家伙？那个小傻瓜从我的摊位上顺了一把装着子弹的枪溜走了，我差点儿就逮到他了！能帮我找找吗？"

凯利一边飞奔，一边扭头在帆布帐篷间搜寻，在一串串炙热的彩色灯泡下跑远了。

艾米身体摇摇晃晃，向前跨出一步。

"艾米，你去哪儿？"

她看着拉尔夫，仿佛他们是两个在街角偶遇，无意间撞在一起的陌生人。"我觉得，"她说，"我应该去帮忙找他。"

"你根本帮不上什么忙。"

"我总得试试。哦，上帝，拉尔夫，这都是我的错！我不应该给比利·法恩打电话！我不应该订购那面镜子，不应该惹你生气，让你干出那样的事！我不应该去找毕格罗先生！我要找到他，哪怕这是我这辈子能做的最后一件事。"

她的身体轻轻摇晃，脸颊湿了，她看到立在迷宫前微微颤动的一面面镜子，其中一面镜子里有拉尔夫的映像，她直勾勾地盯着，镜中的人影让她着迷，让她浑身发冷，颤抖不已。

"艾米，出什么事儿了？你怎么……"

他顺着她的视线，扭过身看去。他的眼睛猛地睁大了，他怒视着那面反射出明亮灯光的镜子。

一个可怕的丑陋小人，两英尺高，脸庞苍白扭曲，头戴一顶旧草帽，也怒气冲冲地瞪着他。拉尔夫站在那儿，怒视着自己的倒影，双手垂在身体两侧。

艾米走了起来，起先很慢，渐渐变快，接着开始奔跑。她跑下空荡荡的码头，暖风吹过，大滴大滴的温热雨水，打在她身上，她不停奔跑。

胡安·迪亚兹的毕生之作

刊于《花花公子》(*Playboy*)
1963 年 9 月
汪杨达 译

菲洛梅娜猛地关上木门,连蜡烛都被掀起的风吹熄了。她和她哭闹的孩子们被关在门内的黑暗中。他们只能看到窗外的景象——一间间泥砖房,一条条鹅卵石街道,那个掘墓工就走在路上,肩膀上扛着铁锹,昂首阔步爬上山丘。他转身走进高处的冷清墓园,身影消失,但那把镀蓝的铁锹仍反射着月光。

"妈妈,出什么事了?"九岁的大儿子菲莱普扯着她的衣服问。因为刚才那个陌生黝黑的男人一言不发,扛着铁锹站在门口,不时点头,等待着。后来菲洛梅娜砰的一声把门甩在他脸上。"妈妈?"

"他是个掘墓工。"菲洛梅娜用颤抖的双手重新点亮了蜡烛,"你爸爸墓地的租期早就过了。他会被人从土里挖出来,扔进地下墓穴里,用铁丝固定在墙上,和其他木乃伊站一起。"

"不，妈妈！"

"就是这样。"她一把将孩子们拥进怀里，"就是这样，除非我们能筹到钱。"

"我——我要杀了那个掘墓工！"菲莱普喊道。

"那只是他的工作。就算他死了，另一个掘墓工也会接替他的工作，永远不会停止。"

他们在想那个男人，想到他住在那个高得可怕的地方，想到他看守的地下墓穴，还有这块奇异的土地。在这块土地中埋葬的人将如沙漠里的鲜花般枯萎，他们的皮肤将变成鞋革的颜色，体内变得空荡荡，像一面鼓。这是一块出产上好干尸的土地，这里的木乃伊皮肤干燥，泛着雪茄般的棕褐色。它们将如一根根永恒的柱子，立在地下墓穴的大厅两侧。想到所有这些熟悉却又陌生的事物，菲洛梅娜和孩子们在盛夏之夜如坠冰窖。他们沉默不语，心脏在胸膛里狂跳。他们簇拥在一起，许久才恢复平静。

"菲莱普，"母亲开口了，"你过来。"她打开门，两人站在月光下聆听。他们想听听那把镀蓝铁锹是否正在远处挖土，翻出成堆的沙砾和枯萎的花朵。可是，此刻星空下一片寂静。"你们几个，"菲洛梅娜说，"都睡觉去。"

门关上了，烛光摇曳。

小镇里的鹅卵石路宛若一条闪光的月银色河流，向山丘脚下蜿蜒，路过绿色的花园、小巧的店面，路过敲敲打打的棺材铺的师傅，听他不舍昼夜地发出死亡时钟般的声响，永远在镇民的生活中流淌。菲洛梅娜沿着卵石上的月光一路滑行，裙摆仿佛在低诉她的渴望。年轻的母亲行色匆匆，身旁的菲莱普也气喘吁吁，二人转身走进市政厅里。

在这烛光昏暗的办事厅里，坐在杂乱小桌后的男人瞥了她一眼，有些吃惊。"菲洛梅娜表妹！"

"里卡多。"她捏了捏他的手，又急急松开，"你一定要帮帮我。"

"只要不冒犯神明，你尽管开口。"

"他们——"仿佛有块苦涩的石头梗在她喉头，她要努力吐出，"今晚他们要把胡安从坟里挖出来。"

里卡多本来正要起身，现在又坐了回去。他那睁得大大的明亮眼睛瞬间眯了起来，变得黯淡无光。"如果不是上天的意思，也是造化弄人。难道转眼间胡安去世已经一年了？墓地真的到期了吗？"他向着妇人摊开空空的手掌，"哦，菲洛梅娜，我可没钱。"

"但是，你或许可以去跟掘墓工求求情，你毕竟是警察。"

"菲洛梅娜，菲洛梅娜啊，法律可管不了坟地里的事情。"

"只求他宽限十周，只要十个星期。现在夏末将至，亡灵节就要到了。那时我会做一些骷髅糖果卖钱，再把钱还上。哦，里卡多，求你了。"

说到最后，菲洛梅娜无法再掩饰心中的悲凉，她必须发泄出来，否则会被困得寸步难行。她捂着脸抽泣起来。一旁的菲莱普也跟着掉眼泪，一遍遍唤着母亲的名字。

"那么，"里卡多说着，站起身来，"好吧，好吧。我会去趟地下墓穴的门口，说些亵渎神灵的话。但是，唉，菲洛梅娜，你可别指望什么回应。别说回应，也许连回音都不会有。给我带路吧。"他戴上那顶老旧油腻、破破烂烂的警官帽。

墓园建得比教堂还要高，高过所有建筑，也高过所有山丘。

它坐落在最高的高地上，俯视山谷中的城镇夜景。

他们穿过一扇巨大的铁门，穿行在坟茔之间。三人看到掘墓工弓着背，站在一个越变越深的墓坑里，一下一下扬起铁锹，坑旁的干土堆得越来越高。掘墓工甚至没有抬眼看他们，只是静等他们走到坟边才开口："这不是里卡多·阿尔巴尼兹警察长大人吗？"

"别挖了！"里卡多喝道。

铁锹继续挥下，挖土，扬起，抛土。"明天有场葬礼。得腾空这块墓地，随时待用。"

"最近镇上没有人去世。"

"总会有人死的，所以我先挖好坑。我等菲洛梅娜付清欠款已经等了两个月了。我可是个有耐心的人。"

"再更耐心地等等吧。"里卡多拍了拍那人弯腰干活时耸动的肩膀。

"警长啊，"掘墓工大汗淋漓，暂时停下手头的活计，扶着铁锹说道，"这是我的地盘，亡者的国度。在这儿没谁能教训我，任何人都不行。我靠这杆铁锹和钢铁一般的意志治理这片土地。我不喜欢哪个活人跑过来指手画脚，打搅我的清净，妨碍我挖土埋坑。我去市政厅里教你怎么干活儿了吗？好了，不说了。晚安。"他重新回到工作中。

"看在老天的份上！"里卡多说道，挺直了腰板，挥舞双拳，"当着这孤儿寡母的面，你忍心玷污他们的先父亡夫最后的安息之所吗？"

"这坟并不是他的最终归宿，只是我租给他的。"铁锹被举得高高的，闪着月光。"我可没让母子俩过来欣赏这出伤心事。还有,里卡多警长,听我说,有天你也会死的。我会埋葬你,记住这一点:你总会落在我手里。到那时,哦,到那时……"

"到那时你要做什么?"里卡多吼了出来,"狗东西,你还敢威胁我?"

"我只挖坟。"坑已经很深了,掘墓工消失在坟墓的暗影里,只有一次次举起的铁锹上的寒光标志着他的存在。"晚安吧,先生,太太,孩子。晚安。"

在菲洛梅娜的土砖小屋外,里卡多理了理表妹散乱的头发,拍了拍她沾灰的面颊。"菲洛梅娜,唉,老天啊。"

"你已经尽力了。"

"那个可怕的人啊。等我死后,他会怎么侮辱我无助的尸骨?他会把我头朝下埋在坟里,然后吊起我的头发,把我挂在地下墓穴无人问津的角落。他有恃无恐,因为他知道终有一天我们都会落在他手里。晚安,菲洛梅娜。不,我们今晚都没法安眠,今晚糟透了。"

他沿着街道走下了山坡。

屋子里,菲洛梅娜回到孩子们身边,把脸深深地埋在双膝之间。

第二天黄昏时分,斜阳下,放学的孩子们嘲弄菲莱普,在回家的路上追着他跑。菲莱普跌倒了,那群孩子围住他高声取笑。

"菲莱普,菲莱普,我们今天看到你爸爸了,不骗你!""哪儿呢?"他们假装害羞地自问自答。

"在地下墓穴里!"他们说出了答案,"这个懒汉,他就傻站在那里!什么活儿都不干!哦,那个胡安·迪亚兹!他也不开口讲话!"

菲莱普立在耀眼的烈焰下,愤怒地战栗。滚烫的泪水从他圆睁的双眼中滑落,有如泉涌。

小屋里的菲洛梅娜也听见了,刀子似的笑骂声刺进了心中。她背靠着冰冷的墙,任由潮水般的回忆席卷而来,将她吞没。

在胡安生命的最后一个月,他不断痛苦地咳嗽,衣衫被夜间的汗水浸透。他躺在草席上,望着头顶光秃秃的天花板,自言自语。

"让自己的妻儿忍饥挨饿,我算是什么男人?躺在床上等死,又是多么可笑的死法?"

"嘘。"她用冰凉的手盖住他发烫的嘴唇,但他却在她手指的遮挡下继续说,"我们的婚姻不过是饥饿、病痛、家徒四壁,此外还有什么?哦,老天啊,你这么好的女人,我却连办葬礼的钱都没给你留下。"

说到最后,他咬紧牙关,在黑暗中哭出声来。温暖的烛光中,胡安渐渐恢复了平静。他把她的手握在自己掌心,以此立誓,带着宗教般的狂热郑重许诺:"菲洛梅娜,听着,我将与你同在。生不能与你相守,死后我一定会守护你。生不能使你免于饥饿,死后我会给你带来食物。在坟墓中,我不会像过去那么贫穷。我说到做到,我向你如是保证。死后,我会辛勤耕耘,结出硕果。不要害怕。去亲亲我们的小宝贝们。菲洛梅娜,菲洛梅娜……"

说完,他长长吸了最后一口气,就像要潜水的人那样。他轻轻躺下身子,一直憋着那口气,好像在做一个永恒的耐力测试。家人一直在等胡安呼出那口气,可他再也没有呼吸。他再也没有浮出生命之海的表面。那具躺在草席上的身体，摸起来竟然像只打了蜡的水果。在他们的感受中，此刻的胡安·迪亚兹就像要送进嘴里的一颗番石榴。

家人将胡安抬入干燥的土壤之中，这样可以长时间保存他的身体。周遭的干土像一张嘴，吮吸走他生命的甘露，让他如古卷般干燥，直到他成为一具轻如稻壳的木乃伊，在秋风中等待收割。

自丈夫入土直到今日，菲洛梅娜每天都在操心如何抚养那些失去父亲的孩子。胡安已经被裹上黑纱，放进一个金银纸箔的棺材里。可如今她该怎么把孩子们带大，让他们的脸上恢复血色，露出笑容？

那些孩子又在屋外起哄，拿菲莱普寻开心。

菲洛梅娜望向远处的山丘，鲜亮的旅游车辆来往不息，把许多美国观光客载上山。即便现在，游客们还是愿意每人给那拿铲子的黑汉子一个比索。花这点儿钱他们便可以走进地下墓厅，在那些站立的死尸间穿行，看看受烈日炙烤的泥土和热风是怎么把尸体变成木乃伊的。

菲洛梅娜看着那些观光车，耳边传来胡安的呼唤。"菲洛梅娜。"那个誓言再度响起，"我说到做到。死后，我会辛勤耕耘……不再贫穷……菲洛梅娜……"声音飘远了。她摇摇晃晃，虚弱至极，因为一个新鲜而可怕的念头突然闯进了她的脑海，让她心惊肉跳。"菲莱普！"她大声喊道。

菲莱普从那些捉弄他的孩子身边逃出来，关上房门，把炎炎夏日挡在门外。他问："妈妈，怎么了？"

"孩子，坐下，我有话跟你说，以圣徒之名，我有话跟你说！"

她感到自己的面庞突然苍老，因为面孔后面的灵魂衰老了。她缓慢而艰难地开口："今晚，我们必须偷偷潜进地下墓穴里。"

"我们要不要带把刀子？"菲莱普笑得有些狂野，"去杀了那个黑汉子？"

"不，不，菲莱普，听我说……"

他听着母亲的话语。

几小时后就是教会之夜了。人们将唱起赞歌，摇动铜铃。在山谷里，远远地就能听到空气中传来的晚祷弥撒的声音，你会看见孩子们点着蜡烛走上大街，站成肃穆的队列。在黑乎乎的山丘的另一侧，一架巨大的铜钟将被敲响。它会传出雷鸣般的巨响和冲击波，能让狗儿们在空荡荡的路上晕头转向，狂奔乱吠。

墓园泛着寒光，一片雪色，如大理石一般惨白。菲洛梅娜和菲莱普拖着墨黑的影子一路前行，踩着闪光的粗砾石路，发出嘎吱嘎吱的声音，好像一场下个不停的冰雹。头顶是一轮皎月。两人惊恐地环顾左右，其中一人大喊，停下！他们看见掘墓工离开墓园，像飘浮的幽灵响应夜晚的召唤，飘下山去。于是——"快，菲莱普，开锁！"他们将铁棍插进挂锁铁扣与木头门之间。两人抓牢那根铁棍撬动。木头裂开了缝，挂锁也松动了。他们抬起那扇嘎嘎作响的沉重的门，将它用力掀了起来。两人向最黝黑、寂静的暗夜窥去。身下，墓穴静静等待着。

菲洛梅娜挺直肩膀，吸了口气。"走吧。"

她迈下了第一级台阶。

在菲洛梅娜·迪亚兹的土砖房里，在这微凉的夜里，孩子们睡得歪东倒西，用温暖的呼吸互相取暖。

忽然,他们都睁大了眼睛。

有缓慢的脚步声,时走时停,踏在门外的鹅卵石上。门被推开了。突然间,衬着如白昼的夜空,三个人的轮廓显现出来。一个孩子坐起身,划了根火柴。

"别!"菲洛梅娜一把抢过火柴,熄灭了光芒。火柴掉落地上。她喘着气。门被关上了,屋子里漆黑一片。终于,在这片黑暗中,菲洛梅娜说道:"别点蜡烛。你们的父亲已经回家了。"

砰砰砰,急迫的敲门声在午夜里响个不停。

菲洛梅娜打开了门。

掘墓工冲着她尖叫起来:"就是你!你这个小偷!强盗!"

里卡多站在他身后,看起来蓬头垢面,疲惫不堪。"表妹,不好意思,我们的这位朋友——"

"我才不是谁的朋友,"掘墓工大喊,"锁被撬坏了一把,尸体被偷走了一具。只要知道尸体的身份就知道谁是贼了。我已经把警长大人你带到这里了。逮捕她!"

"请稍等一会儿。"里卡多将那男人的手从自己胳膊上挪开,转过身子,对自己的表妹低低地鞠躬,"我们能进来吗?"

"这儿,就是这儿!"掘墓工冲进屋子,放肆地张望,指着远处的那面墙,"看见了吗?"

而里卡多只是看着那个妇人,轻柔地问道:"菲洛梅娜?"

菲洛梅娜脸上的神色,像是在幽深的夜里穿过隧道,于终点处看到了未来的景象。她早已成竹在胸,准备好了一番说辞,所有的恐惧都已烟消云散。这里留下的,只有母子俩从山上扛下来的东西——它又高又大,却轻如秋天的稻壳。她这辈子不会再遭遇什么更荒唐的事情了，你可以从她直起腰板说话的样子看出来。"我这里没有木乃伊。"

"我相信你，表妹，但是……"里卡多费力地清了清喉咙，抬起眼睛，"那靠着墙立着的东西又是什么？"

"为了庆祝亡灵节，"菲洛梅娜并没有转过身去看里卡多指着的地方，"我用纸、面粉、铁丝和黏土，做了一个木乃伊造型的等身玩偶。"

"这真是你自己做的吗？"里卡多加重了语调。

"不，肯定不是！"掘墓工怒火中烧，快要跳起来了。

"你不介意的话，"里卡多朝那个靠墙立着的人像走过去，举起了手电筒，"那么，让我看看。"

菲洛梅娜只是呆呆看向门外深夜的月光。"我亲手制作了这个木乃伊，并为它制订了一个好计划。"

"什么计划？"掘墓工转身质问她。

"我们今后指望它糊口了，我还有孩子要养活，你连这些都要剥夺吗？"

里卡多并没有听他们的对话。在那堵墙边，警察长歪着脑袋，摸着下巴，斜眼打量那个被笼罩在自己影子里的高大玩偶。玩偶斜倚着砖墙，缄默不语。

"一个玩偶，"里卡多若有所思地说，"这是我见过的最大的死尸玩偶。不错，我曾经在橱窗里见过真人大小的骷髅骨架，还见过装得下真人的纸板棺材，里面塞满了骷髅糖果。但这个家伙！真令我肃然起敬，菲洛梅娜。"

"肃然起敬？"掘墓工的声调越来越高，"这东西可不是玩偶，这是——"

"你敢发誓吗,菲洛梅娜?"里卡多并没有看向掘墓工,只是伸手拍了拍人偶那铁锈色的胸脯。它发出的声音就像一面鼓。"你敢发誓这是用纸糊的?"

"圣母在上,我发誓。"

"好了,那就好。"里卡多耸耸肩,扑哧一声大笑起来,"这下简单了,如果你以圣母之名发誓,那还需要多说什么?法律程序都免掉了。毕竟,光是讨论这玩偶是不是由面粉糊上旧报纸再用棕土上色制成的,就得投票讨论好几周甚至几个月。"

"我管你们什么赞成反对、几周几月!"掘墓工在屋里不停地转圈,似乎想从这四面墙壁间找到挑战宇宙理性的蛛丝马迹,"这个'玩偶'属于我,属于我!"

"这个'玩偶',"菲洛梅娜望着远方的山丘,镇定地说,"只要它是玩偶,只要它是我做的,那它当然属于我。退一步说,"她就像从内心的平静中获得了神谕,"哪怕这不是玩偶,而是胡安·迪亚兹本人,难道胡安·迪亚兹不应当归属于上帝吗?"

"当然了!这有什么值得争论的?"里卡多故作惊异。

掘墓工想反驳,可没等他结结巴巴挤出五六个词,菲洛梅娜又开口了:"在上帝的庇佑下,在上帝眼中,在上帝的圣坛上,在上帝的教堂里,在今天这最神圣的上帝的节日里,难道胡安·迪亚兹会否认他有生之年都属于我?"

"有生之年——啊哈,哈哈,说到关键了!"掘墓工说,"现在他已经死了,所以现在他是我的!"

"所以,"菲洛梅娜说,"如果这不是玩偶,而是胡安·迪亚兹本人,那么他首先属于上帝,其次属于我菲洛梅娜·迪亚兹——他的妻子。不管怎么说,你这个亡者的房东已经驱逐了自己的房客。正如你所言，你并不想收留他。如果你真诚地爱他，想要挽留他，你不是应该帮他续房租，让他继续租住下去吗？"

这位房东无言以对，愤怒得几乎喘不过气来。这却给了里卡多插话的机会。"守墓的朋友，多年来我见过无数的律师，听过数不清的论点，律师们靠着这些好点子用尽花招来诡辩。这会牵扯到房地产、玩偶制造、上帝、菲洛梅娜、一个不知所踪的胡安·迪亚兹、掘墓工的良知，还有忍饥挨饿的孩子们。律师甚至还能在死人身上做文章，让事情越变越复杂。在这样的状况下，你还准备花上许多年的工夫在法庭进进出出吗？"

"我已经准备——"掘墓工把后半句话咽了下去。

"我的好先生啊，"里卡多说，"前天晚上你给了我一些小小的建议，现在轮到我回报你了。你怎么管教你的死人我不会插手。你现在也别想教我怎么管理人间的事务。你的管辖权仅限于墓园大门内。墓园之外都是我的市民，不管他愿不愿意开口说话，所以……"

最后，里卡多敲了敲玩偶空洞洞的胸脯。它发出如同心跳一般的声响，这坚定而充满活力的一击，让掘墓工猛地抽搐了一下。

"我正式宣布，这是个人造玩偶，根本不是什么木乃伊。我们留在这儿只是浪费时间。跟我走吧，掘墓工。回到属于你的地方！晚安，菲洛梅娜的孩子们。晚安，菲洛梅娜，我虔诚的表妹。"

"那它怎么办，那它怎么办？"掘墓工没有动身的意思，只是指着玩偶发问。

"你操什么心呢？"里卡多反问，"它哪儿都不去。如果你想诉诸法律，它会一直留在这儿。你觉得它会跑掉吗？肯定不会的。晚安，晚安。"

门被重重关上了。两人在菲洛梅娜合十双手祈祷之前就离开了。

她走进黑暗里，默默地在那高大的干谷壳脚下放了根蜡烛。没错，现在这里是一个神龛了。她点燃了蜡烛。

"别害怕，孩子们。"她低语，"现在该休息了，去睡吧。"菲莱普躺下了，他的弟弟妹妹们也都躺回了床上。最后，映着那根蜡烛的微弱火光，菲洛梅娜也在织垫上躺下，盖上一层薄毯。入睡之前，她幻想着那由许多天拼凑出来的明天。

明天早上，听见观光汽车过来的声音，菲莱普会跑到游客中间，将这个地方介绍给他们。在这扇门外，挂了一个涂漆的牌子"博物馆——票价三角"。墓园在山上，我们在谷地，又近又好找。游客们会纷至沓来，先到我们这儿参观。很快我们就可以从游客手里赚到修屋顶的钱，我们还要买一大袋新鲜的玉米粉，嗯，再给孩子们买些橘子。因为今晚这个成功的计划，也许有天我们全家都可以到墨西哥城，去旅游，去上好学校。

她想，现在胡安·迪亚兹终于回家了。他就立在这儿，等着那些来看望他的游人。我会在他的脚边放一个碗，让游客们投更多的钱进去。胡安·迪亚兹生前多么努力，就想挣到这些钱。

胡安。她抬起眼睛。孩子们温暖的呼吸围绕着她。胡安，你看得见吗？你知道了吗？你真心理解我吗？你会原谅我吗，胡安，你会原谅我吗？

烛火摇曳。

她闭上了眼睛。一合上眼皮，她就看见胡安·迪亚兹的笑容。这笑容究竟是死亡刻在他的唇上的，还是她为他新画上的，抑或只是源自她的想象？她也不清楚。只是，感觉到自己高大的丈夫在一旁守护着，菲洛梅娜安心地度过了这个残夜。

一条狗在远方无名的城镇里狂吠。

只有那个掘墓工，在墓园里清醒地睁着眼，听到了那孽畜的嘶吼。

草　场

收录于短篇集 Golden Apples of the Sun
1953 年
时雨 译

　　一堵墙倒下了，接着是第二堵、第三堵，随着闷雷般的钝响，一座城市化为废墟。

　　晚风吹过，万籁俱寂。

　　光天化日之下，伦敦被拆毁。塞得港满目疮痍。旧金山的钉子全被拔了出来。格拉斯哥不复存在。这几座城市永远消失了。

　　木板在风中咔嗒轻响，在静默的空气里，沙子被小旋风撩动，呜呜低鸣。

　　老警卫沿路走向辨不出颜色的废墟，他打开高耸的铁丝网栅栏上的大门，站定看向门内。

　　亚历山大港、莫斯科与纽约躺在月光下。约翰内斯堡、都柏林与斯德哥尔摩躺在月光下。还有克利尔沃特、堪萨斯城、普罗温斯敦与里约热内卢。

就在这天下午,老人目睹了一切。他看见铁丝网栅栏外轰鸣的汽车,看见车内几个晒得黝黑的瘦削男人,看见他们穿着深褐色法兰绒豪华西装,戴着闪光的镀金袖扣、耀眼的金表、炫目的戒指,看见他们用雕花打火机点燃软木嘴烟卷……

"看看啊,先生们。一团糟。瞧瞧这地方被气候毁成了什么样。"

"是啊,的确很糟,道格拉斯先生!"

"我们兴许能救下巴黎。"

"没错,先生!"

"但是,见鬼!雨水已经把东西泡变形了。那就是你的好莱坞!给我全拆了!拆干净!这块地还能用。今天就派一支施工队过来!"

"遵命,道格拉斯先生!"

汽车轰鸣而去。

此时已是夜晚。老警卫站在门内。他记得施工队过来后发生了什么,就在这天下午。

锤打,撕裂,噪声。坍塌,咆哮。灰尘与轰鸣,轰鸣与灰尘!

整个世界都在晃动,钉子、板条、石膏、门槛、赛璐珞窗户全松了。一个城镇接着一个城镇轰隆隆化为平地,徒留寂静。

震颤,轰鸣逐渐退去,随后,这里再次只剩下安静的风。

老警卫顺着空旷的街道慢步前进。

转眼他已走到巴格达,脏得要命的乞丐懒洋洋地躺在地上,有着天蓝色清澈眼眸的女人在楼上的薄窗后露出含蓄的微笑。

风吹动沙子与五彩纸屑。女人与乞丐的身影消失了。而一切又变回图画,所有这些都是混凝纸、油画布与印着这家制片厂名字的小道具。除了夜幕、天空、繁星,这些建筑楼面的背后什么都没有。

老人从工具箱里取出锤子和几枚长钉,环视周围的垃圾堆,最后总算找到十几块相当结实的木板和几张没扯坏的帆布。粗糙的手指拿起明亮的钢钉——都是单头钉。

接着,他开始重新组装伦敦,连锤带打,一块板接着一块板,一堵墙接着一堵墙,一扇窗接着一扇窗,锤打,锤打,大声,更大声。金属碰撞金属,金属嵌入木头,木头迎向天空……他一直干到午夜,不断敲打,修补,再敲打。

"喂,你!"

老人停下来。

"你,值夜班的!"

一个穿工装裤的陌生人匆匆走出暗影,喊道:"喂,你叫什么名字?"

老人转过身。"史密斯。"

"很好,史密斯,你他妈想什么呢!"

警卫默默地注视这个陌生人。"你是谁?"

"凯利,施工队队长。"

老人点点头。"啊,那群什么都拆的家伙。你们今天可拆了不少东西。你怎么不回家好好跟别人炫耀炫耀呢?"

凯利清清嗓子,啐了一口。"我得去检查新加坡布景那边的几台机器。"他擦擦嘴,"我说史密斯,看在基督的份上,你知道你在做什么吗?放下那把锤子。你怎么又给建起来了!我们拆,你建。你疯了吧?"

老人点点头。"也许吧,但总得有人来重建啊。"

"你瞧,史密斯,我拆我的布景,你守你的夜,大家都开心。我不能由着你捣乱,懂吗?我得把你交给道格拉斯先生。"

老人又挥起锤子。"打电话给他,叫他过来。我有话想跟他说。他才是疯子。"

凯利大笑。"你开玩笑呢?道格拉斯先生才不会见你这种无名小卒。"他甩甩手,弯腰检查史密斯刚做好的东西,"嘿,等一下!你用的什么钉子?单头钉!马上拔下来!那东西明天会惹大麻烦,快把它们都拔下来!"

史密斯扭过头来,盯着眼前这个晃来晃去的男人。"嗯,按理说没法用双头钉组装世界,那东西太好拔了。你得用单头钉,再拿锤子把它们彻底敲进去。像这样!"他一锤砸下,整根钉子没入木头中。

凯利双手叉腰。"再给你一次机会。快停下。"

"年轻人,"老警卫手中的活计没停,他想了想,又说道,"你还没出生我就守在这儿了。当时这里只是一片草场。风吹过时,绿草像海浪般起伏。三十多年,我看着这块草场不断成长,直到浓缩了整个世界。我和这块土地一起生活,活得很好。如今对我而言,这里就是现实世界。而栅栏外面的世界,只是我睡觉的地方。我在一条小街上有间小屋,我读报纸头条时看到战争和邪恶的陌生人。可这儿呢?我在这儿拥有整个世界,这里一片平和。从1920年起,我便一直穿行在这个世界的城市里。任何一个夜晚,只要我心念一动,就可以在香榭丽舍大街上的酒吧里喝茶!只要我愿意,就可以在马德里的露天咖啡馆喝上等阿芒蒂雅朵雪莉酒。我还可以跟那些高高在上的石像鬼——看见了吗,就在巴黎圣母院的顶上?——我可以跟它们一起密谋颠覆,干涉政治!"

"是的,老头儿,你当然可以。"凯利不耐烦地挥挥手。

"可现在你们来了,把这地方夷为平地了,只留下一个外面那样的世界。你们没人知道宁静平和的要义,可我却从铁丝网里的这片土地上学到了一切。你们来到这里,拆了个乱七八糟,这下世上再没有和谐之景了!你和你的施工队竟以拆除为傲,拆毁小镇、城市和整块大陆!"

"人总得混口饭吃,"凯利说,"我有老婆孩子。"

"人人都这么说。有老婆孩子,要养家糊口,所以就可以继续拆除、摧毁、杀戮。因为他们有令在身!受人之托,不得不做!"

"闭嘴,把锤子给我!"

"不许再靠近一步!"

"我说你这疯老头儿——"

"这锤子可不是只能敲钉子!"老人抡起锤子,嗖的一声划过空中,逼得拆除工向后一跳。

"见鬼,"凯利说,"你疯啦!我这就给主制片厂打电话。我们会叫警察马上过来。我的上帝,这一分钟你在组装东西,疯言疯语,保不准下一分钟你就会失去理智,倒煤油,划火柴!"

"哪怕是最小片的易燃物我都不会在这里点燃的,你心里明白。"老人说。

"你会把这一整块见鬼的地方都烧成灰,妈的。"凯利说,"听着,老头儿,你就在这儿等着!"

工人转身跑进村落、城市废墟与夜幕下沉睡的二维城镇，随着他的脚步渐行渐远，一阵风在栅栏长长的银色铁丝网上奏响音乐。老人敲了一锤又一锤，挑选长木板，竖起墙壁，直到那一刻终于来临——老人嘴唇颤抖，心脏怦怦直跳，锤子从张开的手指间落下，钢钉掉在马路上，像硬币一样叮当作响。

他独自放声痛哭："没用的，没用的，我不可能在他们回来之前把一切都装回去。我需要帮助，我已经不知该怎么办了。"

老人任凭锤子躺在路上，开始漫无方向、漫无目的地挪动脚步，似乎一心只想在这里走最后一圈，看最后一眼，向这里的一草一木道别。于是，他与周围的阴影、整片土地上的阴影一起迈开步伐。夜越来越深，各种形状、大小的阴影加入进来，建筑的影子，还有人的影子。他没有正眼看那些影子，没有，因为他一旦直视，它们就会被风吹散。不，他只是一直走，走过皮卡迪利广场中心……脚步回响……走过和平街……他清清嗓子……走过第五大道……他一路向前，从不左顾右盼。而在黑暗的走廊与空荡的窗户里，围绕在他身边的是他的朋友、好友、挚友。远处飘来一台意式特浓咖啡机的嘶叫、蒸汽与低吟，还有轻柔的意大利语歌谣……黑暗中舞动的双手奏响俄式三弦琴，棕榈树叶窸窣摇摆，鼓声和着钟琴的演奏，金色的小铃铛清脆作响。夏天的苹果轻声落进柔弱的夜草，其实那不是果子，而是光脚的姑娘在随着微弱的琴声与铃声慢步跳圆圈舞。大力咀嚼玉米粒的声音细碎地落在黑色的火山岩上，煎墨西哥玉米饼的嘶嘶声沉浸在热烫的油脂里，一阵风吹过木炭刷子抛出数千颗萤火虫般的火星，层层木瓜叶随之泛起波浪。到处是面庞与轮廓，到处是身影与鬼火，万物都在晃动。炽烈的火焰上，魔法火炬照亮西班牙吉卜赛人的面庞,大声诵唱的歌曲诉出生活的奇妙、冷漠与悲伤。到处是影子与人,人与影子和着音乐歌唱。

这就是那套老把戏吗?风?

不。大家都在这儿。他们已在这里停留了好多年。可明天呢?

老人驻足,双手捂住胸口。

明天他们就不会在这里了。

有汽车喇叭声!

铁丝栅栏门外——敌人!一辆小型黑色警车与一辆从三英里外的制片厂开来的大型黑色豪华轿车。

喇叭嘟嘟响!

老人抓住一把梯子的横梁爬了上去,喇叭声催促他越爬越高。敌人猛地撞开大门,车辆咆哮着冲进来。

"看他往哪里跑!"

刺眼的警用手电照进草场上的城市群,照亮了绘着曼哈顿岛、芝加哥与重庆的帆布背景!光束照得仿制的巴黎圣母院石塔闪闪发亮,最后集中在一个瘦削的身影上。那人正努力保持平衡,走在巴黎圣母院顶部的狭窄通道上,越爬越高,一直爬到夜晚与繁星慢慢旋转之处。

"他在那儿,道格拉斯先生,在屋顶上!"

"老天啊,我今晚不能安安生生地参加宴会,就为了抓这么一个——"

"他在划火柴!给消防局打电话!"

在巴黎圣母院的屋顶上,老警卫往下看了一眼,护着火柴不被微风吹灭。他看见警察、工人,还有穿着深色西装的制片人——块头很大,一直盯着他。老警卫慢慢转动火柴,另一只手握成杯状护住火苗,凑上雪茄尖端。他嘬了几口,点着烟。

他喊道:"道格拉斯先生在下面吗?"

一个声音回答:"你想跟我开什么条件?"

老人笑了。"你上来,一个人!不放心的话可以带枪!我就想和你聊几句。"

人声在圣母院附近回荡:"别上去,道格拉斯先生!"

"把你的枪给我。搞定这件事,我就能回去参加宴会了。掩护我,我会谨慎行事的。我可不想把这些布景都烧了。光是这儿的废品就值两百万美元。准备好了吗?我要上去了。"

夜色中,制片人爬上梯子,穿过半个巴黎圣母院的空壳,走向老人。老警卫斜靠着石膏做的石像鬼,默默抽烟。制片人停下脚步,举起枪,半个身子露出活板门外。

"好了,史密斯。待着别动。"

史密斯默默拿开嘴上的雪茄。"不用害怕我。我好好的,没疯。"

"我可不会把赌注压在你这句话上。"

"道格拉斯先生,"老警卫说,"你读过这个故事吗?有人穿越到未来,发现未来世界的所有人都疯了,所有人。可正是因为他们全疯了,所以他们都不知道自己已经失去理性。他们的行为举止都一样疯狂,因此他们都认为自己很正常。我们的主人公作为唯一一个理智的人,反倒显得不正常了。至少,在他们看来是这样。没错,道格拉斯先生,疯狂是相对的,取决于谁把谁关在一个什么样的笼子里。"

制片人轻声咒骂。"我爬上来可不是为了一晚上都和你聊天。你想要什么？"

"我想和这个世界的造物主谈谈。那个人就是你，道格拉斯先生。你创建了这一切。有一天你来到这里，用一沓魔法支票席卷这片土地，喊道：'要有巴黎！'于是那里就有了巴黎：街道、酒吧、鲜花、葡萄酒、露天书店与一切。你又拍拍手：'要有君士坦丁堡！'于是君士坦丁堡就出现了！你拍一千次手，每次都变出些新东西，而现在你觉得自己只需再拍最后一次，就能将一切化为废墟。可是，道格拉斯先生，事情并没有那么容易！"

"我拥有这家制片厂51%的股权！"

"但是，这里真的属于你吗？你可曾想过某天深夜开车过来，爬上这座大教堂，看看自己创造了一个多么美好的世界？你想过吗，你可以和我、我的朋友一起坐在这儿，喝一杯阿芒蒂雅朵雪莉酒？好吧——阿芒蒂雅朵雪莉酒不管是闻、看，还是尝起来都很像咖啡。想象一下，造物主先生，想象一下。可你没有，你从不来这里，从没爬上来，从不观看、聆听，从不在乎。你总要去别的地方参加宴会。而现在，你根本没问过我们的意见，就想把这里全毁了。你或许拥有制片厂51%的股份，但你并不拥有他们。"

"'他们'！"制片人喊道，"从哪儿冒出来的'他们'？"

"这很难用语言讲清楚。那些活在这个地方的人，"老人抬手指向城市群与夜空，"这些年来这里拍摄了太多影片。临时演员穿着戏服走上街，操着一千种口音念台词，他们抽烟卷、海泡石烟斗，甚至还有波斯水烟袋。伴舞女郎跳起舞。她们耀眼夺目，哦，多么灿烂！戴面纱的女人在高处的阳台上朝楼下微笑。士兵整齐划一地行军。孩子们欢笑嬉戏。身披银甲的骑士舞刀弄枪。还有橘子茶茶馆，人们啜饮茶水，忽略每一个 h 的发音。锣声响起，维京海盗船驶进内海。"

制片人撑起身子，穿过活板门，坐在板材上，放松地握着手枪。他似乎先用一只眼打量老人，然后换另一只眼；先用一侧耳朵听他说话，接着换另一侧，像是在微微摇头。

老人继续说道："然后，那些临时演员与扛着摄像机、麦克风和其他设备的人都走了，大门关上，他们开着汽车离开，可不知怎么地，等一切撤去之后，那数千人却在这里留下了一些东西。他们制造或扮演过的角色留了下来。异国语言、戏服、角色的所思所为，他们的信仰与音乐，所有大大小小的事情都留了下来。远方的风景、气味、咸风、海水。今晚一切都在这里，只要你愿意听。"

在圣母院风声飒飒的支撑物上，制片人侧耳倾听，老人也在听。月光模糊了石膏石像鬼的眼睛，风令它们的假石嘴悄声低语。下方的土地上，一千座城市发出声响，扬起尘土，倚靠在风中。在数百个新形成的废墟中，一千座黄色尖塔、乳白色塔楼与一千条绿色林荫大道依然完好无损。风卷着这里独有的声音飞向天空，飞向各自倾听的两个人。

制片人突然笑了，摇了摇头。

"你听见了，"老警卫说，"你确实听见了，不是吗？从你的表情就能看出来。"

道格拉斯把手枪塞进大衣口袋。"你想什么自然就能听见什么。我错在根本不该去听。你真该去当作家，你编的故事强过我手上六部最好的作品。好吧，现在你打算从这儿下去了吗？"

"你说话怎么变客气了。"老警卫说。

"我不知道为何要对你这么客气。你毁了我的美好夜晚。"

"是吗?也没那么糟糕吧?要我说,只是有点儿不太一样。或者说,挺刺激的。"

道格拉斯静静地笑了。"你并不危险,你只是需要有人陪伴。你的工作就是守着这里,现在一切都要见鬼去了,你很孤独。不过,我还是不太懂你。"

"难道我让你陷入思考了?"老人问。

道格拉斯哼了一声。"只要在好莱坞生活得够久,你就会遇见各种各样的人。而且,我以前从没来过这上面。就像你所说,这里是一道实实在在的风景。我要是连你为什么会担心这些垃圾都能弄明白,那我真是见了鬼了。对你而言,这些垃圾究竟有什么重要的?"

警卫单膝跪下,一只手轻拍另一只手的掌心,用手势说明他的想法。"你瞧,正如我之前所说,几年前你来到这里,拍拍手,三百座城市拔地而起!之后你又在铁丝网栅栏内加了五处国家、州省、民族、宗教与政治设施。于是麻烦来了!噢,肉眼是看不见的,一切都在风里,在城与城之间。但这里的麻烦与栅栏外那个世界的麻烦一样——争执、暴乱与暗藏的战争。不过最后麻烦消失了。你想知道为什么吗?"

"要是不想,我也不会坐在这儿挨冻了。"

来点儿夜晚的音乐,拜托了,老人心想。他挥动双手,仿佛有人正配合他的倾诉,奏响悠扬的乐曲……

"因为你让波士顿挤进了特立尼达,"他轻声说,"让特立尼达的一部分穿过了里斯本,让里斯本的一部分靠着亚历山大港,把亚历山大港钉进了上海,还在城与城之间打了太多桩子,比如说在查特努加、奥什科什、奥斯陆、甘水、苏瓦松、贝鲁特、孟买与阿瑟港之间。你在纽约开枪射中一个人,对方向前跟跄几步,便倒在雅典死了。你在芝加哥搞政治贿赂,伦敦却有人进了监狱。你在阿拉巴马绞死一个黑人,匈牙利的人为他下葬。死去的波兰犹太人乱躺在悉尼、波特兰与东京的街道上。你在柏林将刀捅进一个人腹部,刀尖从一位孟菲斯农民的后背扎出。全都靠得太近、太近了。这就是此处一片和谐的原因。我们靠得太近,不得不和平相处,否则什么都不会留下!一场大火会摧毁我们所有人,不管是谁点的火,出于何种理由。所以,所有人——或者说这些回忆,随你怎么称呼都行——全在这里,沉淀在这里。这里就是他们的世界,一个好的世界,一个美的世界。"

老人停下来,慢慢舔了舔嘴唇,喘口气。"而明天,"他说,"你将把这里夷为平地。"老人蹲在原地,片刻没言语。然后他站起身,眺望这些城市与城内的数千个影子。巨大的石膏教堂在夜风中摇摆呜咽,随着夏日的潮汐摇晃。

"好吧,"最后道格拉斯说,"现在我们可以——下去了吗?"

史密斯点点头。"想说的我都说完了。"

道格拉斯的身影消失了。老警卫听着这个比自己年轻的制片人一步步爬下梯子。老人犹豫片刻,抓住梯子,低声对自己说了几句,随后进入阴影,慢慢爬下。

警察、几名工人与基层主管人员都开车走了。只剩下黑色大轿车还停在铁丝网大门外,栅栏内两个男人站在草场城市群之间聊天。

"你现在打算做什么?"史密斯问。

"我想,应该是回去参加宴会。"制片人说。

"宴会有趣吗?"

"有趣,"制片人有些犹豫,"当然了,很有趣!"他瞥向警卫的右手,"凯利跟我说你用了一把锤子,别告诉我你又找到了。你又要开始重建了吗?你不会放弃的,对吗?"

"如果你是这里的最后一个建造者,而其他所有人都是来拆除的,你会继续吗?"

道格拉斯走到老人身旁。"好吧,或许我们还会再见,史密斯。"

"不,"史密斯说,"我不会留在这里。这一切也都不会留在这里。就算你再回来,也已经太迟了。"

道格拉斯停下脚步。"见鬼!你究竟想让我怎么做?"

"很简单。留下这一切,保存这些城市。"

"我不能那么做!该死,这里必须拆毁,商业原因。"

"一个真正拥有商业嗅觉与想象力的人,一定能找到可盈利的方法,把这里保存下来。"史密斯说。

"车在等着我呢!我怎么才能离开这里?"

制片人被一片碎石绊住,结果半座翻倒的废墟都被带下来,木板被撞飞到一边,一时间所有东西都压在石膏墙面与布景上。灰尘如雨珠般从天而降。

"当心!"

轰的一声,制片人险些失足摔进尘土与坍塌的砖块之中。他挥动胳膊挣扎,摇摇欲坠,好在老人一把抓住他,猛地把他拉了回来。

"跳!"

两人跳起,半栋楼化为废墟,旧纸片与板条堆撞成大大小小的山包。一大团灰尘扑向天空。

"你还好吗?"

"还好。谢谢。谢谢。"尘土散去,制片人看着倒塌的建筑,"你救了我的命。"

"算不上。那些大多是混凝纸浆砖块。就算摔进去,也就是割出几道小口子,擦破点儿皮。"

"不过,还是谢谢你。刚才倒下的是什么建筑?"

"诺曼人的乡村塔,建于 1925 年。别靠近余下的部分,可能还会塌。"

"我会小心的。"制片人小心翼翼地走过去,站到布景旁,"天哪,我一只手就能把这栋该死的建筑整个推翻。"他示范性地一推,那栋楼顿时倾向一边,颤颤巍巍地发出声响。制片人连忙后退。"我只需一秒就能把它拆掉。"

"但你不会那么做的。"警卫说。

"哦,我不会吗?都这么晚了,少了一栋法国建筑能怎样?"老人拉住他的胳膊。"绕到房子另一侧来。"

他们走到另一边。

"看看那个牌子上写的什么。"史密斯说。

制片人点着打火机,向上举起,借着火光读出声。"伊利诺伊州,"他顿了顿,非常慢地念道,"梅林镇第一国立银行。"房子静静地站在微弱的星光与柔和的月光之中。

"一侧是法式乡村塔,"道格拉斯张开双手,把自己摆成一座天平,"另一侧是——"他向右迈出七步,再向左迈出七步,"第

—国立银行。银行，塔。塔，银行。好吧，有点儿意思。"

史密斯微笑着问道："还想推倒乡村塔吗，道格拉斯先生？"

"等等，先等等。"说着，道格拉斯突然开始打量身前的几栋建筑。他慢慢绕了一圈，上上下下，来回看个不停。他瞅瞅这儿，瞧瞧那儿，看看这个，又看看那个，审视，琢磨，放弃，再审视。他突然不再说话。两人默默走进草场上的城市群，踏着绿草野花，穿过废墟残骸，一路走向尚完整的林荫大道、村庄与城镇。

一路走着，两人朗诵会般地问答。道格拉斯提问，警卫回答。道格拉斯提问，警卫回答。

"这是什么？"

"一座佛寺。"

"另一侧呢？"

"林肯出生的小木屋。"

"这里呢？"

"纽约的圣·帕特里克教堂。"

"背面呢？"

"罗斯托夫的一座俄罗斯东正教教堂。"

"这又是什么？"

"莱茵河上一座城堡的大门。"

"里面呢？"

"堪萨斯城里的冷饮柜台。"

"这个呢？这个？还有那个？那是什么？"道格拉斯问，"这是什么！那个又是什么？那边那个呢？"

两人似乎正在各座城市里奔跑、冲刺、叫喊。这里，那里，上面，下面，里面，外面，无处不在；攀爬，下降，深入，搅动，开门，关门，探索一切。

"这个，还有这个，还有这个，还有这个呢？"

警卫答得头头是道。

两人的影子跑到了他们身前，跃动在窄巷里，在宽阔如河床的大道上。

他们边聊边逛，走了好大一圈，最后回到出发的地方。

他们再次陷入沉默。老人已把想说的话全部倾吐了出来，再无话可说。制片人则忙于聆听、记忆，在脑海中将一切拼凑起来。他站在那儿，茫然地在口袋里摸索烟盒，花了足足一分钟才打开盒子。他似乎在审视、思考自己的每个动作，然后向警卫敬烟。

"谢谢。"

两人若有所思地点燃烟卷，吞云吐雾，看着烟袅袅飘散。

道格拉斯说："你那把该死的锤子哪儿去了？"

"这儿呢。"史密斯说。

"你带钉子了吗？"

"带了，先生。"

道格拉斯用力抽了一口烟，呼出去。"好吧，史密斯，干活儿去吧。"

"什么？"

"你听见我的话了。去把能组装回去的东西都钉起来吧，随意安排时间。已经拆毁的东西大多都彻底回不来了。但只要看着像样的，哪怕只有一丁点，就都组装回去吧。感谢上帝，不少东西都还在。在脑子里记住这些东西可花了我不少时间。你说过，我应该做一个真正拥有商业嗅觉与想象力的人。你还说过，这里就是世界。我真该在几年前就看看这里。这里，这栅栏内的一切，我过去真是瞎了眼，没看出该如何安置这个地方。世界联盟就在我自家的后花园里，我却想把这里踢个底朝天。所以上帝啊，请帮帮我，我们需要更多疯子夜班警卫。"

"听着，"警卫说，"我现在一天比一天老，性情一天比一天古怪。你不是在愚弄我这个怪老头儿吧，对吗？"

"我不会随意许诺，"制片人说，"只能答应试一试。或许能行，可能性很大。这个地方可以拍出一部不错的影片，毫无疑问。我们可以全部在这里取景，就在栅栏内。当然还得有故事，你已经提供了。这就是你的点子。找几个作家写出来应该不会很难。要找好作家。或许只能拍一个二十分钟的短片，但我们可以把这里所有相互依靠支撑的城市和国家都展示出来。我喜欢这个主意，非常喜欢，真的。这样的一部电影，放给世上任何地方的任何人看，他们都会喜欢的。这部片子这么重要，他们肯定不愿意错过。"

"听你这么说话感觉真好。"

"希望我能一直这样，"制片人说，"但是不要轻信我，我自己都不信任自己。该死的，我总是风一阵雨一阵，时而兴奋时而低落。或许你得用那把锤子敲敲我的脑袋，好让我坚持下去。"

"我很乐意。"史密斯说。

"如果我们真的要拍这部电影，"制片人说，"你应该能帮上忙。你可能比任何人都更了解这些布景。你提出的任何建议，我们都愿意听。等电影拍完，我们再拆除这个世界余下的部分，我想你应该不会介意吧？"

"我会允许的。"警卫说。

"很好,我会叫停接下来几天的拆除行动,看看情况。明天派摄制组过来看看哪些能拍进短片里。再联系几个作家。或许你能再唠叨唠叨。该死,该死,我们会成功的。"道格拉斯转身走向大门,"在此期间,随心所欲地挥舞你的锤子吧。我们会再见面的。我的上帝,我要冻死了!"

他们匆匆走向大门。路上,老人找到了自己几小时前丢弃的午餐盒。他捡起饭盒,取出热水瓶,摇了摇。"临走前喝一杯怎么样?"

"喝什么?你一直嚷嚷的阿芒蒂雅朵酒?"

"1876年的。"

"喝点儿吧,当然。"

老人打开热水瓶,将饮品倒进杯子,热气蒸腾。

"给你。"老人说。

"谢谢。"制片人喝了一口,"真棒,啊,真他妈棒透了!"

"尝起来像咖啡,但我跟你说,这绝对是最好的阿芒蒂雅朵酒。"

"可不是嘛!"

月光下,站在城市群里的两个人喝着热咖啡,老人忽然想起一件事。"有一首老歌很适合这里,一首饮酒歌。当栅栏里的所有人意见一致时,当风刚好吹过电话线时,我们都会唱这首歌。唱起来是这样的……"

> 我们同路回家,
> 同样的收获,同一个方向。

我们同路回家。
因此不必分开,
我们紧连在一起
如同旧花园墙上的常春藤……

他们站在太子港的市中心喝完咖啡。

"嘿!"制片人突然说道,"小心那根烟!你想烧毁整个布景世界吗?"

两人看向烟蒂,都笑了。

"我会小心的。"史密斯说。

"那么,再见了,"制片人说,"我今晚真的来不及参加宴会了。"

"再见,道格拉斯先生。"

咔嗒一声,大门打开又关上,脚步渐行渐远。豪华轿车启动,在月色中驶离,留下一个世界的城市与站在城市群中挥手的老人。

"再见了。"警卫说道。

此时,唯有风吹过。

夏夜逸事

刊于《今日》Today
1950 年 1 月 22 日
刘媛 译

"你太重了,我都快举不动喽!"祖父举着道格拉斯抛向明晃晃的吊灯。其他寄宿房客都坐在桌旁哈哈大笑起来,手里拿着刀叉。然后十岁的道格拉斯被祖父接住,放在椅子上,祖母则往他碗里盛了一大勺冒着热气的汤。他咬了口咸饼干,那东西像雪似的在他嘴里嘎嘎作响。饼干上的盐末子像一粒粒水钻闪闪发亮。在饭桌的尽头坐着利奥诺拉·威尔吉斯小姐,一双灰色的眼睛跟往常一样低垂。她看着自己的双手,拿着勺子搅咖啡或是掰开姜饼涂黄油。从没有哪位男士会在夏天的夜晚跟她并肩坐在后院的秋千上,或是沿着小镇的峡谷边逛上一逛。利奥诺拉小姐此时看着窗外,注视着那些每晚都会在暮色笼罩下的人行道上手挽手散步的情侣。道格拉斯感到自己的心突然被揪起来了。

"晚上好,利奥诺拉小姐。"他说。

"晚上好,道格拉斯。"她的视线越过桌上热气腾腾的食物望向他,房客们也扭过头来,但很快就继续他们的饭前祈祷。

哦,威尔吉斯小姐啊,威尔吉斯小姐!道格拉斯想,桌边那群男人怎么能对威尔吉斯小姐请他们递黄油的要求无动于衷,甚至连眼睛都不眨一下!他真想用手里的餐叉教训他们一顿!那些人给她递东西时也总是往右边随手一放,仍然跟左边的人交头接耳,对吊灯的兴趣都比对威尔吉斯小姐的兴趣大得多。吊灯多好看啊!他们说。一闪一闪的!他们惊呼。

可他们谁都不像道格拉斯那样了解威尔吉斯小姐。她的璀璨绝不亚于任何一盏美丽的吊灯,如果你说的笑话刚好能戳中她的笑点,她就会爽朗地哈哈大笑,就像中国人在夏夜门廊上挂的水晶风铃,被风一吹就叮叮当当地响,奏着美妙的旋律。不,在那些人眼里,威尔吉斯小姐就跟蜘蛛网和灰尘一样不值一提,这个念头险些让道格拉斯在椅子上昏过去。他目不转睛地越过桌上的热汤和色拉注视着她。

另外三位年轻的小姐从楼上笑着走下来,犹如三只姗姗来迟的黄鹂。她们总是最后才到桌边用餐,就像女演员掀起皱巴巴的蓝绒幕布登台亮相一般。三个人彼此勾着肩膀,相互查看着妆容,告诉对方腮红够不够艳,发辫有没有扎紧,眼睫毛染得够不够色彩分明。然后她们停下来,拉拉裙角,在那群男房客的欢呼声里闪亮登场。

"晚上好呀,汤姆,吉姆,比尔。晚上好,约翰,彼得!"

于是这五个人会把嘴里的食物用舌头拱到腮帮子里,忙不迭地跳起来帮这些妙龄俏佳人拉椅子,所有人都兴高采烈地朗声大笑,直到连吊灯都被吵得痛苦呻吟起来。

"快看我收到了什么!"

"还是先看看我的吧!"

"先看我的!"

三位小姐手里捧着追求者奉上的礼物,特地等到下楼吃饭时才打开给人展示。今天是独立纪念日,其实不管哪一天,一个个缠着丝带的礼物盒都会以各种各样的名头送到她们手上,然后她们会拆开丝带尖叫着说,哦,怎么又让你破费了!这几位小姐居然在阵亡将士纪念日那天都有礼物收,更别提什么林肯诞辰日、华盛顿诞辰日、杰斐逊诞辰日、哥伦布发现美洲纪念日和十三号黑色星期五了。可真是让人啼笑皆非。有一次她们居然在什么日子都不是的那天收到了礼物,送礼的人写了张字条:奉上此物,只因为今天是礼拜一!这件趣事后来被她们足足念叨了半年。

现在小姐们正在用涂着红指甲油的纤纤玉指拆开丝带,包装纸窸窸窣窣地响。而在这排食客的另一头坐着利奥诺拉·威尔吉斯小姐,她还在默不作声地细嚼慢咽,但动作渐渐慢下来,后来她终于放下餐叉,看着她们的礼物在水晶灯下现出真容。

"是香水!盒上还有星条旗呢!"

"装在纸风车里的爽身粉!"

"装在十寸迎宾礼炮盒里的好大一堆糖果!"

人人都夸赞这些礼物是多么的美好。

利奥诺拉·威尔吉斯小姐说:"噢,真好啊。"

过了一会儿,威尔吉斯小姐又说:"我吃饱了。今天的饭菜非常美味。"

"你不想来点甜点吗?"祖母问。

"我吃不下了。"威尔吉斯小姐说完笑着快步走出房间。

"闻闻香吗？"一位年轻小姐把打开的香水瓶伸到那群男人鼻子底下。

"太香了！"他们异口同声地说。

道格拉斯像离膛子弹似的冲出纱门，在纱门关上前他已经光脚在冰凉的绿草坪上跑出了六十八步远。硬币在口袋里叮当作响，那是他省下买爆竹的零用钱，还真是不小的一笔呢。现在他已经光脚跑上夏日夕阳下还留着白天余温的水泥路，奔到街对面，鼻子贴着辛格夫人小店的窗玻璃，看着那一排排装在红色小盒子里的魔鬼：碎木屑做的"回旋烟火"；能把你的脑袋像足球一样抛到树上的十寸高的迎宾礼炮；能把空罐头弹到太阳上的九寸长的二踢脚；还有那么罕见美丽的"火气球"，仿佛是被制成标本的红、白、蓝三色蝴蝶，它们精美的丝质翅膀折叠着，随时准备被人点燃，然后喷吐着热气直冲堆满星辰的夏日夜空。他想把这么多新鲜玩意儿统统买下，然而他却站在店门口，数着口袋里的钱，十美分、二十美分、四十美分……一共一美元七十美分，那是他在一整年的时间里靠割草和修剪篱笆攒下来的。他回头看了看祖母的房子，在小小的绿色拱顶最高处的那间屋子，窗户常年紧闭，哪怕是在最炎热的夏季也不例外，还半拉着帘子。那是威尔吉斯小姐的房间。

再过半小时，孩子们就会像夏天的倾盆大雨一般蜂拥而至，脚步声如雨点打在人行道上。他们手里会拿着各式各样的爆竹，被烧伤的大拇指上还缠着小小的胶布条，身上散发着硫黄和引火木材的气味。他们手拉手围成圈，挥舞着充满魔力的焰火，在傍晚硫黄味的空气里，在萤火虫翩翩起舞的小路上，他们呼喊名字,放飞命运。绚烂过后,地上留下大片白斑,即便你凌晨三点从窗户里往下看仍然能看得清清楚楚,你会想起这是多么隆重的一天,多么热闹的一个夜晚。再过半小时,他本该跑去把零用钱花个精光,在衣服的每个口袋里都塞满"回旋烟火"。可是现在……他不断回头望着祖母家最高处的那个房间,而这家小店的橱窗里摆满了琳琅满目的烟花爆竹。

冬天的无数个夜晚,他来到公共图书馆所在的那座石头房子里,看着威尔吉斯小姐坐在那里。她手边搁着印台,手里拿着蘸了紫墨水的橡皮图章,身后放着一摞厚厚的书。

"晚上好,道格拉斯。"

"晚上好,威尔吉斯小姐。"

"今晚想不想认识一些新朋友?"

"当然。"

"我认识一个名叫朗费罗的男人。"她这样说。要么就是:"我认识一个人,他叫惠蒂尔。"

就是这样。其实关键并不在于威尔吉斯小姐自己,而是她认识的那些人。在秋天的夜晚,图书馆有时会接连好几个小时空无一人,于是她会说:"让我把惠蒂尔先生请来吧。"说完,她会到那一摞温暖的书本里翻找,然后坐回绿色的玻璃灯罩下,把书打开娓娓道来。道格拉斯则坐在旁边的小凳子上,抬头看着她的嘴唇一张一合。几乎有一半时间,她甚至都不用看着书念,而是把头看向别处,或是闭上眼睛,把描写南瓜的那首诗背诵出来:

噢——美好的童年,旧日时光今又重现,
当木葡萄凝成紫红,坚果长成褐色纷纷坠地!当我们刻

出狂野丑陋的南瓜脸,

　　插上一支蜡烛,驱散无边黑暗!

然后道格拉斯走回家,带着满满的心驰神往。

在大雪纷飞的冬夜,寒风吹开图书馆的大门,吹进宽敞而空旷的阅览室,把最里边柜台上的灰尘全都扬起,把杂志的书页吹得乱七八糟,在那样的夜晚,还有什么事能比坐在威尔吉斯小姐的好朋友身边更惬意呢?冬天读上几首罗伯特·弗罗斯特的诗简直再好不过了!在他的诗句中,人站在树影下,寒冬夜晚的枝头挂满皑皑白雪……

而到了夏天,其实就在昨晚,他又邂逅了惠蒂尔。这个炙热的七月夜晚,人们躺在门廊上乘凉,图书馆里热得像个面包烤炉,就在那绿草灯的映照下:

小小男子汉,祝福你,

　　赤脚男孩,黑黑脸蛋……每个清晨都要处处踏遍,接受露珠新的洗礼!

而威尔吉斯小姐鹅蛋形的面庞就在眼前,蛛丝般灰白的头发,质朴的面容上满带沉醉,脸颊绯红,双唇湿润,书页反射着柔光,照得她的眼睛闪闪发亮,连头发也变得光泽熠熠!

冬季里,他穿越魔法冰岛跋涉回家;夏季里,热风夹着神奇的烤面包香气伴他同行。威尔吉斯小姐认识那么多大人物,并在适当的时候一一介绍给道格拉斯,她的诵读令一年四季都变得鲜活起来。从爱伦·坡先生到桑德博格,从艾米·洛威尔小姐到莎士比亚。

他轻轻推开那扇绿色的店门。

"辛格夫人,"他问,"您这儿有香水卖吗?"

那份礼物现在就放在楼梯顶端,斜斜抵着她的门。此时刚过六点,但晚餐已经结束。在热闹的晚间活动开始前,还有一段温暖的空闲时光。楼下的厨房里不断传来盘子洗好后被叮叮当当重新摆放回架子上的声响。道格拉斯坐在楼梯最远的拐角处,半个身子躲在阁楼门的阴影后边,等待威尔吉斯小姐拧开铜质的门把手,发现一份礼物掉在她脚下,没有署名没有留言,盒子上缠着缎带,金色的小星星一闪一闪。

最后,门终于开了。礼物掉了下来。

威尔吉斯小姐低头向下看,仿佛正站在悬崖边,而自己从前可不知道竟然有这样一处悬崖存在。她抬起头来慢慢地朝四下张望,然后弯腰把它拾了起来。她并没有马上拆开,而是站在走廊上,手里举着礼物愣了好久。他听见她转身走回屋里,把礼物放在桌上。但并没有响起包装纸的摩擦声。她只是看着这份礼物,看着那精美的包装、缎带、小星星,却并没碰一下。

"哦,威尔吉斯小姐啊,威尔吉斯小姐!"他差点喊出声。

半小时过去了,威尔吉斯小姐来到前廊坐下,一双干净的巧手叠放在膝盖上,双目注视着大门。按照惯例,人们会在夏天的夜晚来到前廊乘凉,荡秋千,或是倚着式样好看的枕头,女人们一边谈笑一边舞弄着针线,男人们吐着烟圈,孩子们三五成群地在台阶上嬉戏。可现在时间还早,白日里的热浪还没消散,喧嚣的回声才刚刚停下,独立日下午的民间庆祝活动也才结束一小时，柠檬汽水开盖和刀叉碰撞盘碟的声音犹在耳畔。但此时此刻，正对街道的前廊上正站着一个人，那是利奥诺拉·威尔吉斯小姐，就那么形单影只地站着，脸色从灰白换成了粉红，泛起红晕。她目不转睛地注视着大门，前倾的身体绷得紧紧的。道格拉斯正在高处抱着树杈悄悄地观察。他没有跟她打招呼，她也没发现他。时间一分一秒地过去，暮色渐渐深沉。房子里的人开始紧张热烈地做起准备工作。电话铃不断响起，楼梯都快被跑上跑下的脚步声震塌了，三位美女咯咯娇笑，浴室门砰地关上，她们走下门前的台阶，一个接一个地，各自挽着男士的手臂。门每次打开，威尔吉斯小姐都会上前几步，对着从门里出来的人灿烂地笑。她看到女孩子们穿着飘逸的绿色长裙从门里走出来，像美丽的蓟花一样盛开在夜色蒙蒙的林荫道上，跟着身边的男士大笑着渐行渐远。她失望地退回原处。

现在屋里只剩下布里兹和杰利克先生了，他们就住在威尔吉斯小姐的对面房间。你可以听见他们正站在镜子前悠闲地吹口哨，透过敞开的窗户，还能看见他们正在整理领带。

威尔吉斯小姐猫着腰越过前廊边的天竺葵，偷偷望向他们的窗户，她的心跳都映现在脸上，整张脸仿佛都成了一颗桃心，红扑扑的。她在寻找那个送她礼物的男人。

这时道格拉斯闻到了她身上的香气，险些从树上跌下来。

威尔吉斯小姐往耳后和脖子上喷了好多好多"夏夜迷香"，标价97美分一瓶！然后她坐下，温暖的夜风将她身上的香气吹送进每个从门前经过的人的鼻子里。她可能就想用这种方法表达：嘿，我收到了你的礼物！

"是我送的，威尔吉斯小姐！"道格拉斯在树上无声地尖叫，树枝冷得像冰块一样。

"晚上好啊,杰利克先生。"威尔吉斯小姐欠了欠身子说。

"晚上好。"杰利克先生站在门口闻了闻,看着她,"祝您有个美好的夜晚。"他吹着口哨离开了。

那就只剩下布里兹了,他正哼着小曲走出门来,草帽遮住了一只眼。

"我在这儿。"威尔吉斯小姐站起身,料定送礼物的就是面前这个人,因为屋里没别人了。

"你在这儿。"布里兹先生眨了眨眼,"嘿,你可真香啊。我以前还真没闻见过你擦香水。"他斜睨着她。

"有人送我的礼物。"

"是嘛,那真不错。"布里兹先生跳着舞步走下台阶,还扬扬得意地将手杖在肩上甩了一下,"回头见,亲爱的小姐。"然后大步流星走远了。

威尔吉斯坐下了,道格拉斯还挂在那冰凉的树枝上。厨房里的喧闹声渐渐消失。很快,祖母就会拿着她的枕头和一小瓶驱蚊油走出来。祖父则会把一根长长雪茄烟的末端切下去,喷云吐雾地好好过把瘾。叔叔阿姨们则会一窝蜂地跑到斯波尔丁家门前参加独立日晚间庆典。盛大的火焰节,烟花如流星划过夜空,祖父则会一脸虔诚地举着罗马烟火筒,就像是尤里乌斯·恺撒附体似的庄严地站在夏夜的草地上,指挥着红色火焰喷薄而出。纸风车嘶嘶地冒着烟,围观的每一个人都像是在天上的医生的命令下张开嘴,抬着头齐齐地喊着"啊——!"五颜六色的"飞天炸弹"让游走在云层间的繁星都失了色,也把他们的脸照得蓝一阵红一阵,黄一阵白一阵。窗户玻璃都被震得摇摇晃晃。威尔吉斯小姐就坐在这群陌生人中间,香水的气味渐渐在夜色中蒸发,直到什么都闻不到,周围只剩下硫黄和引火木材那悲伤和潮湿的味道。

孩子们在昏暗的街道上尖叫,喊着道格拉斯的名字,可他藏在树上没有答话。他摸着口袋里还剩下的一美元和不到五十美分,孩子们在夜色里跑没了影。

道格拉斯荡下树来。他站在前廊的台阶边上叫了声:"威尔吉斯小姐?"

她抬起头来问:"什么事?"

真到了这个时刻他反倒害怕起来。万一她拒绝怎么办?万一她尴尬地跑回房把门反锁上,再也不出来了怎么办?

"今晚,"他说,"在精英大剧院有场电影,是哈罗德·劳埃德主演的。电影八点钟开始,之后我们可以到午夜小卖部买杯巧克力圣代,那间小卖部十一点五十五分才开门。我先去换衣服。"

她低头看着他,却没说话。然后她开门走上楼梯。"威尔吉斯小姐!"他在身后大叫。

"没问题,"她说,"赶紧去把鞋子穿上!"

七点三十分,前廊边上挤满了人,道格拉斯出现在人群里,身穿黑色西装,系着蓝色领带,头发还湿漉漉的,脚上踩着双惹火的尖头皮鞋。

"这是要干什么呀,道格拉斯!"叔叔阿姨祖父祖母一起大叫,"你不等着看焰火表演吗?"

"不看了。"他闻着空气里弥漫的硫黄气味,看着那些精心摆放的焰火,纸风车、"飞天炸弹"和"火气球",三个一组,被摆成飞蛾的样子。那些气球是他最喜欢的,因为它们会像仲夏夜的梦境一样悄无声息地升上寂静的高空,飞到很远很远的地方,发出一闪一闪的光芒,直到消失不见。没错,当他今晚坐在精英大剧院里观看电影时,一定会格外想念那些火气球。

突然有人小声跟他说话,他转过身,纱门打开了,威尔吉斯小姐就站在那儿。

"晚上好,斯波尔丁先生。"她对道格拉斯说。

"晚上好,威尔吉斯小姐。"他回答。

她穿着从未穿过的灰色套装,显得清新利落,头上戴着一顶夏天的草帽。她站在门廊暗淡的灯光下,就像大理石图书馆钟座上的那个女神雕像活了过来。

"我们现在出发吗,斯波尔丁先生?"于是道格拉斯扶着她走下台阶。

"玩得开心啊!"人群大喊。

"道格拉斯!"祖父叫住了他。

"怎么了,爷爷?"

"道格拉斯,"祖父顿了顿,手里夹着雪茄烟,"我会给你留个'火气球',不睡觉等你回家,然后我们一块把它放上天,怎么样?"

"妙极了!"道格拉斯惊呼。

"祝你有个愉快的夜晚,孩子。"祖父静静地朝他挥手。

"你也是,爷爷。"

他拉着利奥诺拉·威尔吉斯小姐走上街,经过夏日夜晚的人行道,一路聊着朗费罗、惠蒂尔和坡先生,走进精英大剧院……

电 车

刊于《好管家》(*Good Housekeeping*)
1955 年 7 月
陈小红 译

清晨,第一缕阳光照射到屋顶上,附近的树叶纷纷睁开惺忪睡眼,颤抖着迎接清晨的微风。不一会儿,远处银色铁轨拐弯的地方,出现了一辆电车——它全身漆成橘黄色,底下安着四个钢青色小轮子,耀眼的铜牌和金黄的管道遍布其身。还有一个铬合金铃铛,只要年迈的司机用皱巴巴的鞋子稍一踩,就叮叮作响。车头和车身的数字都是亮柠檬色。车内,座椅上铺着绒绒的苔藓绿垫子。一根"马鞭子"从车顶竖起,不停扫过高处树丛中的"蛛丝",从中汲取能量。电车的每一扇窗都向外送出一股香味,四处弥漫、忧郁、神秘,带着夏日雷暴的气息。

电车孤单地穿梭于榆树成荫的悠长街道,司机戴着灰色手套,手握在方向盘上,动作轻柔而持续。

中午时分,电车停在了街区中段位置,司机侧身探出车窗。

"嘿!"

看到远处挥舞的灰色手套,道格拉斯、查理、汤姆,还有街区里的其他男孩女孩都从树上滑下来,扔掉手里的跳绳任它们在地上摆成一条条小白蛇。他们跑进电车,坐在绿色的豪华座位上。他们没付一分钱车费。电车司机德莱顿先生同时也是售票员,从电车驶进这个阴凉的小区开始,他一只戴着灰色手套的手就一直盖在钱箱的投币口上,没离开过。

"嘿!我们今天要去哪儿?"查理问。

"最后一趟了。"德莱顿先生说,双眼望着前方高处的电线,"不会再有电车了,巴士明天就开始运营。他们就要给我一份抚恤金,让我退休了。所以,今天这趟全免费!要开动啦,小心!"

铜手柄一摇,电车就"哐当哐当"地绕进了一条绿色弯道,弯道很长,看不到尽头。此刻时间仿佛静止了,唯有孩子们、德莱顿先生和他的神奇电车还在行驶,行驶在这无尽的河流里,一步步远去。

"最后一天?"道格拉斯惊讶地问道,"他们不能这么做,不能就这样撤掉电车!因为不管怎么看,巴士都不是电车。它不会像电车一样'哐当哐当'响,没有铁轨也没有电线,不会进出火星,不会往铁轨上倒沙子,没有电车那样的颜色,没有铃铛,更不会像电车那样在车门口放下一个踏板!"

"嘿,没错,"查理说,"我总是很喜欢看电车放下踏板,那样子就像在拉手风琴。"

"的确。"道格拉斯说。

电车开到了线路的尽头。前方的铁轨已经废弃了三十年,一直向起伏的丘陵区延伸。1910年,人们还会提着巨大的食篮,坐上这条线路的电车，出城到棋子公园野餐。当年的轨道如今还蜿蜒在山间，只是蒙上了猩红的铁锈。

"我们要在这掉头啦。"查理说。

"这儿？那你就错啦！"德莱顿先生按下应急发电机按钮，"走喽！"

电车一颠，又一滑，越过了城郊分界线，离开了主干道，旋即俯冲下坡，驶进散发着阳光香味的树影里，还有数万顷充溢着野蘑菇气味的阴地。一路上，随处可见山涧冲刷着铁轨，还有阳光从树上筛下的光斑，像一块块透明的绿玻璃。车上的人悄声说着什么，车下的轮子快速地滑过一片盛开着野向日葵的草地，然后又把一个个路边小站甩在了后面。这些废弃的小站空荡荡的，除了凋零在风中的碎纸片，什么也没有。循着一股林泉，电车驶进了一座避暑山庄。这时，只听道格拉斯议论道："就是电车的味道，也是不一样的。我坐过芝加哥的巴士，那味儿闻起来太奇怪了。"

"电车太慢了，"德莱顿先生说，"还是要推广巴士，让巴士成为大众和学生的代步工具。"

电车呜咽着停了下来，德莱顿先生从头顶取下野餐食篮，孩子们大声欢呼，帮着他把食篮搬到了一条小溪边。溪水流入一个静谧的湖泊，湖内立着一个老旧的露天舞台，酥松成白蚁的巢穴。

他们坐在溪边吃火腿三明治、鲜美的草莓还有光滑的橙子，德莱顿先生向他们诉说四十年前这里的热闹景象：晚上，乐队就在那个华丽的舞台上表演，号手拼命往铜号里吹气，敦实的指挥卖力挥舞指挥棒，大汗淋漓；孩子们追着萤火虫在高高的草丛里奔跑，贵妇小姐拖着长裙、顶着蓬巴杜夫人式的发型，男士的领口紧到让人窒息，他们一起走在木琴栈道上散步。木栈道还在，只是过了这许多年，早已腐朽成纤维碎末了。这一刻，湖水蔚蓝，湖面平静得没有一丝涟漪，鱼儿在翠绿的芦苇中自在穿梭。司机小声地、不停地说啊说啊，孩子们觉得好像穿越到了另一个时空，在那里，德莱顿先生出奇年轻，眼睛亮闪闪的就像两只小灯泡，湛蓝通透，流光溢彩……

这是一个轻松悠闲的日子，没有谁需要赶路。四周森林环绕，太阳似乎悬停在一个位置。德莱顿先生口一张一合，轻声诉说着往事。空气中似有一根缝衣针，一针又一针，缝补出金灿灿的无形之图。一只蜜蜂落到花朵上，发出嗡嗡的声音。电车像一架被施了魔咒的蒸汽风琴，阳光落到哪儿，哪儿就嗞嗞地响……

他们坐着吃熟樱桃，闻着手上的黄铜味，好像电车就在他们的手心里。一阵风过来，把浸在他们衣服里的电车的味道吹进了风里。

一只潜鸟从天空飞过，鸣声高亢。有人不寒而栗。

德莱顿先生戴上手套，说道："好啦，是时候了，要不然大人还以为我把你们偷走了呢。"

电车内阴冷幽暗，像一间附带卖冰激凌的药店。绿色毛绒软皮座垫上响起一阵摩挲声，不一会儿，孩子们就给座位换好了方向，背对那平静的湖泊和废弃的舞台，还有湖边那一排只要人走上去就会飘起乐声的板条。

叮！司机脚下的铃铛温柔响起。于是，电车一路呼啸着朝来时的方向奔跑，它掠过已被太阳抛弃的无精打采的野向日葵草地，穿过丛林，全力驶向小镇。小镇的砖块、沥青、木头似乎要把车身两侧压扁,在这里,司机停下了电车。孩子们纷纷下车。

道格拉斯和查理是最后一批下电车的人,他们俩站在折叠踏板上,用呼吸感受电流,看着德莱顿先生戴灰色手套的手搭在黄铜方向盘上。

道格拉斯抚摸苔藓绿的坐垫,眼睛留恋着电车的银色、黄铜色,还有天花板上的酒红色。

"好吧……德莱顿先生,再会了。"

"孩子们,再见。"

"再见,德莱顿先生。"

"再见。"

空中传来一声轻柔的叹息,折叠车门轻轻关上,风琴般的踏板继而卷起。电车在傍晚的阳光里缓慢行进,车身比阳光还要明亮,澄黄澄黄的,点缀着耀眼的金光和亮丽的柠檬黄,轮子转动,街角一个转弯就消失了,远去了。

"校车,"查理走向路缘,"根本就不给我们迟到的机会。它就在家门口接我们。这一生我们是没法再迟到了。道格拉斯,想想这个可怕的噩梦,好好想想。"

但是,道格拉斯正站在草坪上,想着明天会是什么样子。明天,工人们会把滚烫的沥青浇到银色的铁轨上,你就再也看不出来那上面曾跑过电车了。他知道,不论它们被埋得多深,他都无法忘怀。他知道,在某一个秋天、春天或者冬天的早上,当他醒来时,要是他没有起床走近窗户,而是赖在暖和的被窝里,他就会听到它的声音。遥远,若隐若现。

在清晨街道的拐角处,在两边整齐地种着梧桐、榆树、枫树的林荫道里,在尘世喧嚣还未开启的静寂里,他会听到那个熟悉的声音从家门前呼啸而过。那声音像时钟的嘀嗒，像十二只金属酒桶在翻滚，像一只巨型蜻蜓在黎明里振翅。像旋转木马，像一场小小的雷暴，霹雳闪电般的蓝色，来了，到了，又走了。电车的叮叮声，放下又收起踏板时的那种好像苏打水龙头发出的嗞嗞声，梦幻般的旅程又开始了，好像又坐上了那辆电车，行驶在隐而不见的轨道上，奔向一个隐而不见的目的地……

"晚饭后一起玩捉迷藏？"查理问。

"好，"道格回答，"捉迷藏。"

夏日遇见狄更斯

刊于《美开乐》(*McCall's*)
1966年1月
曹浏 译

请试着想象，有一个永远不会结束的夏天。1929年。

有一个永远长不大的男孩。我。

有一个从不曾年轻过的理发师。文尼斯基先生。

有一条永远不会死去的狗。我的狗子。

有一个不复存在的小镇。

准备好了吗？故事开始了……

伊利诺伊州，绿镇，六月下旬。

理发店外传来一阵狗吠。店里只有一把理发椅。

店里有位客人趁着暖烘烘的晌午打起了盹，文尼斯基先生正围着这倒霉蛋忙碌。

我叫拉尔夫·斯波尔丁，十二岁了。我立在理发店里，像一尊铁铸的内战纪念雕像，一动不动。听着夏风吹过，只觉得阵阵热浪袭来。炙热的夏天就像一个大烘焙房,让所有人都萎靡不振。树荫下,孩子们无精打采地跟自己的狗靠在一起,狗儿则把脑袋枕在男孩身上。树叶子都耷拉下来,无望地轻叹:再不会有什么新鲜事儿了。

唯一的动静来自五金店的橱窗,里头摆了棺材那么大的冰块,融化的冰水一滴一滴落下来。

方圆数英里,唯一感到凉快的人就是"霜冻"小姐。她是一位流浪魔术师的助手。冰块里凿了个人形的窟窿,她在里面已经待了三天了。据围观者说,她不吃不喝,不呼吸,也不说话。我觉得对于一个女人而言,要做到最后这一点实在是不容易啊。

整条街道上只有理发店门口的条纹柱在缓缓转动,由红到白,一会儿又变回红色。一条又一条色带凭空冒出,转眼又不知所终,在两个谜题之间不断运动。

"嘿……"我竖起了耳朵,"好像有动静……"

"是正午那列火车开过来了,拉尔夫。"文尼斯基摆弄着长剪刀,眯着眼往顾客耳孔里看去,"只有火车才会大中午在外面跑。"

"不是的……"我深吸一口气,闭上眼侧耳倾听,"真有什么奔这儿来了。"远处的汽笛声尖涩哀婉,仿佛在诉说自己的孤苦,听得人失魂落魄。"狗子,你也察觉到了,对吧?"

狗子叫了一声。

文尼斯基嗤之以鼻。"狗能察觉到啥?"

"多了去了——大事情、重要的事情、偶然事件,还有无法避免的冲突。狗子知道,我也知道,我们都能感觉到。"

"这么说来你们一共四个成员呢?能组个小分队了,真不赖。"文尼斯基转过身来,背对着瓷白色座椅上那个热晕了的家伙,"拉尔夫,我现在只关心头发的问题。快把这儿扫了。"

我听命扫了一堆碎头发,感觉加起来有一吨重。"老天,怎么像是地上长出来的。"

文尼斯基先生看看我的扫帚。"没错!我可没剪下那么多。我打包票这鬼东西真是自己长出来的。要是放任它疯长不管,过一个星期再来看,到时候就得穿长筒靴才能走进来了。"他挥动剪刀指着地上说,"看,你什么时候见过这么多颜色各异的碎发和胡楂儿?这一团是汤普金斯先生不断退后的发际线。那一堆是查理·史密斯头顶上的那撮毛。还有这儿,这可是哈利·乔·弗林先生脑袋上的最后几缕头发。"

我盯着文尼斯基,他刚才那番话就像在念《启示录》。"天哪,文尼斯基先生,您简直无所不知!"

"过奖了。"

"我——我长大以后——也要做个理发师!"

文尼斯基先生为了掩饰内心的窃喜,又忙活起来。"看我给你露一手,拉尔夫,瞧好了。胳膊肘放在这儿,手腕得这样!然后让剪刀唱起来吧!客人们就喜欢这样。要让你听起来比实际上忙碌两倍。喊哧咔嚓,喊哧咔嚓。我是从法国佬那儿学来的!对,没错,法国人!他们的确会踮起脚悄无声息地绕着凳子走动,安静得只剩剪刀在低语,在啃噬。拉尔夫,它们真的会说话,你听!"

"好厉害!"我站在一旁,脑袋才到他胳膊肘那么高,听剪刀的低吟。然后,我的注意力被另一种声音吸引了:风从远处带来一阵悲鸣,在夏日的乡村回荡,凄惨诡异。

"又来了。是那列火车,而且车上还载了什么奇怪的……"

"正午那趟火车在这儿不停。"

"但我就是有种怪怪的感觉——"

"地上的头发都快缠住我了,拉尔夫。"

我只好去把头发扫走。过了好一会儿,我又说:"我想改个名字。"

文尼斯基先生叹了口气。那位客人依旧睡得死死的。"孩子,你今天到底怎么了?"

"不是我的问题,是我这个名字不行啊。我念给你听,拉尔夫。"我从嗓子眼里憋出这个音节,"日——乌——阿——儿夫。"

"的确谈不上动听……"

"简直就像疯狗在叫。"话音刚落,我便意识到自己说错了话,"狗子,你可别介意啊。"

文尼斯基往下瞟了一眼。"它对这个话题还比较淡定。"

"拉尔夫这名字太蠢了。今天我就要换个新名字。"

文尼斯基先生打趣道:"跟恺撒一样,叫尤利乌斯?像那位大帝一样,叫亚历山大?"

"跟谁一样都可以。帮帮我,文尼斯基先生,给我想个名字。"

狗子一下子坐直了,我也丢下了扫把。

远处那条烤得冒烟的铁路上,一列蒸汽机车驶来,马力全开,煞有排山倒海之势。那铁肚皮里边可比外面的鬼天气还要热。

"它开过来了!"

"然后就开过去了。"文尼斯基不以为意。

"不对,它没开走!"

文尼斯基惊得差点儿把剪刀掉在了地上。

"我的天哪!大中午的这破车竟然刹车了!"

我们听见火车停了下来。

"你猜有多少人会下来,狗子?"

狗子叫了一声。

文尼斯基先生不安地转过身。"下来的一定只是美国邮政的袋子。"

"不对……下来的是个男人!行李不多,步子轻快,朝我们这儿来了。我打赌他一定是奶奶的新房客。文尼斯基先生,他会住进你隔壁的空房间!对吧,狗子?"

狗子附和地叫了几声。

"你的狗话太多了。"文尼斯基说。

"我必须去看看,文尼斯基先生,求您了。"

来人的脚步声消失在闷热寂静的街道中。

文尼斯基打了个寒战。"一只鹅刚踩到我坟头上了。①"接着他近乎忧伤地加了一句,"去吧,拉尔夫。"

"我不叫拉尔夫。"

"好吧。那个谁谁谁,你快去快回,我等着你的坏消息。"

"哦,您真是太好了,文尼斯基先生,谢谢!"

我一路小跑,狗子跟在我后头。我们穿过大街小巷,绕过前庭后院,躲进祖母家门口的蕨草丛中。"趴低点儿,你这家伙。"我低声提醒狗子,"现在要有大事件发生了,虽然我还不知道是什么!"

那个男人闲庭信步般沿路走来,轻巧地迈上台阶。他一头泛灰的棕色长发,唇上的胡子柔软光洁,下巴上蓄着山羊胡子。他

---

① 从中世纪英国流传下来的一种民俗说法,如果你突然打寒战,就是有人或者什么东西踩到了你死后将会下葬的地方。

握着手杖，背着毡质旅行包，周身笼罩着一股文质彬彬的气质。

前廊上有一架锈迹斑斑的铁链秋千，旁边有几盆天竺葵。男人就站在那儿，打量着整座绿镇。

他或许听见了远处理发店里蚊虫似的嗡嗡声，那是文尼斯基——很快将成为他的敌人——一边嗞嗞地在顾客头上推电推子，一边看着坑坑洼洼的脑袋给客人算命。他或许听见了远处空荡荡的图书馆里的窸窣声，那是灰尘在阳光的照射下化为金粉徐徐落下，那是有人用钢笔和墨水涂涂画画，或许是一个文静的女子，像一只孤独而伟大的小耗子。之后，她也将进入这位陌生男子的生活，不过眼下……

陌生人摘下他苔绿色的高礼帽，擦擦额头，望着炎热空旷的天际说："你好，孩子。你好，狗子。"

狗子和我从蕨草丛中站了起来。"该死。你怎么会知道我们躲在这儿？"

他瞅瞅自己的帽子，好像这样就能找到答案。"在另一段轮回中，我也曾是个孩子。而在更早之前，如果我没记错，我还曾是一条快活异常的狗。不过，"他用手杖敲敲前廊上写着"伙食住宿"几个大字的木板，"这板子上说的是真的吗，孩子？"

"这是附近最好的寄宿公寓啦。"

"床怎么样？"

"床垫又软又厚实，保证您躺下就不愿意起来。"

"住客们在餐桌上表现如何？"

"寒暄得当，从不废话。"

"伙食怎样？"

"每天早上有热面包，中午有黄桃派，每顿晚餐都有水果酥饼!"

陌生人猛吸了一口气,仿佛在琢磨这些美食的滋味。"那我就把灵魂卖到这儿啦!"

"你刚才说什么?!"祖母突然出现在纱门后面,紧锁眉头。

"我的口头禅,女士。"陌生人转过身说,"绝无玷污基督之意。"

他进了门,一边和祖母攀谈,一边在访客登记簿上笔走龙蛇。我和狗子在一旁静悄悄地,大气都不敢出。我从对面看他的笔迹,一个字一个字读道:"查——"

"你还能颠倒着认字呢,小鬼?"陌生人停下笔,欣喜地问。

"没错,先生!"

他继续写,我也继续念:"尔——斯——查尔斯!"

"正是。"

祖母瞟了一眼。"哟,瞧这一手好字。"

"夫人过奖。"他下笔疾书。

我又跟着抑扬顿挫地念了出来,"狄——更——斯——"读到这儿,我惊得声音都颤抖起来。

陌生人停下笔,斜着脑袋眯起一只眼,警觉地看着我。"怎么了?"他挑衅地问,"怎么了?"

"狄更斯!"我大喊。

"没错!"

"奶奶,他是查尔斯·狄更斯!"

"我识字,拉尔夫。这名字真不错……"

"只是不错?"我惊愕不已,"简直如雷贯耳!不过……我以为你已经——"

"死了?"陌生人大笑,"没有,我活得好好的。到这儿都有一个小读者能认出我,真是高兴!"

我们走上楼梯,祖母拿着干净的毛巾和枕套,我气喘吁吁地提着旅行袋。这时祖父正稳健地从楼上走下来。

"爷爷,"我瞧着他的脸,期待着他震惊的表情,"我来介绍一下,这位是——查尔斯·狄更斯先生!"

祖父停下脚步猛吸了一口气,从头到脚打量这位新来的住客,然后伸出手,紧紧握住对方的手,说道:"尼古拉斯·尼克尔贝①的朋友就是我的朋友!"

狄更斯胸中也是一阵澎湃,好不容易控制住情绪,才向祖父鞠了一躬。"谢谢您,先生。"说完他便继续朝上走。祖父向我眨眨眼,又捏了捏我的脸蛋,然后继续朝下走去。我一个人目瞪口呆站在原地。

圆顶阁楼的采光很好,窗户大开着,四面吹来了凉爽的风。狄更斯脱下伴他舟车劳顿的外套,对提着行李的我点头示意。"随便放哪儿都行,皮普。对了,你不介意我叫你皮普吧?"

"皮普?!"我的脸一下子涨红了,简直容光焕发。"天哪,当然不介意,先生。这名字太棒了!"

祖母打断了我们的对话。"这是您的新床单,先生您叫……"

"叫我狄更斯吧,夫人。"新房客把他的口袋挨个摸了一遍,"皮普,我随身带的纸笔好像都用完了,能不能麻烦你——"

不等他说完,我已经一手伸到耳朵后边。"看我的!"我变戏法似的掏出宝贝,"给,一支黄色的泰康德儒格牌的二号铅

---

①狄更斯小说《尼古拉斯·尼克尔贝》中的主角。

笔！"同时，我另一只手伸进裤子后边的口袋里，"巧了！还有一本印着铁面印第安酋长的十二号环装记事本！"

"妙极了！"

狄更斯又张望起来，挨个从每扇窗户看出去，观察外面的景色，先是面朝北方，然后往东看去，接着又转向南。"我上路有整整两个星期了，脑子里一直有一个念头。你知道巴士底日吗？"

"是不是法国人的独立日？"

"一个小鬼怎么懂这么多！在巴士底日到来之前这本书必须问世，要像洪流一样来势凶猛，冲破阻力铺天盖地。皮普，你愿意帮我一起打开革命的洪流之闸吗？"

"就凭这两样东西？"我看看自己手上的记事本和铅笔。

"舔舔笔尖开工吧，孩子！"

我照做了。

"第一页得写上标题。该起个什么书名呢？"狄更斯摸着下巴上的胡子陷入了沉思，"皮普，要写一个一半发生在伦敦，一半发生在巴黎的故事，该怎么起个不同凡响的名字呢？"

"双——"我试探道。

"嗯？"

"双城——"我接着说。

"然后呢？！"

"双城……记？！"

"夫人！"他对祖母说道，"这孩子真是个天才！皮普，快写下来。"狄更斯敲敲我手里的记事本，"快。双城记。这一页正中写上：第一部 复活，第一章 时代。"①

我奋笔疾书。祖母在一旁忙活自己的事。狄更斯眯起眼睛望天，终于开口吟道："那是最美好的时代，那是最糟糕的时代；那是个睿智的年月，那是个蒙昧的年月；那是信心百倍的时期，那是疑虑重重的时期；那是阳光普照的季节，那是黑暗笼罩的季节；那是充满希望的春天，那是让人绝望的——"

"我的天，"祖母感慨，"您说话真是文绉绉的。"

"夫人。"作家点头致敬，合上眼，打了个响指，"皮普，我刚才说到哪儿了？"

"那是让人绝望的冬天。"我答道。

黄昏时分，我听见祖母在楼下"拉尔夫，拉尔夫"地喊。我不知道她在叫谁，我还在埋头书写。

一分钟后，祖父招呼道："皮普！"

我一蹦三尺高。"到！"

"吃晚饭了，皮普。"祖父站在楼梯口冲我说。

我坐到餐桌旁，头发湿漉漉的，手心也潮潮的。我看向祖父。"您怎么知道……皮普这名字的？"

"一个小时前在窗户外听见的。"

"皮普？"文尼斯基进门坐下，有些吃惊。

"好家伙，"我说，"今天下午我简直环游了世界。坐着邮递马车行驶在多佛路上。我到了巴黎！去了太多地方，手都要写抽筋了！我——"

---

①本篇中《双城记》的相关内容引自宋兆霖译本。

"皮普?"文尼斯基又念叨了一遍。

祖父大发慈悲给我解围。"我十二岁的时候也改过名字——还改过好几次呢。"他举起餐叉,对着上面的尖齿一一细数,"迪克,取神枪手迪克[1]之名。然后是……约翰,致敬海盗西尔弗[2]。还有海德,纪念吉基尔医生的另一重人格[3]——"

"我就没用过别的名字,一直都叫伯纳德·塞缪尔·文尼斯基。"文尼斯基盯着我说道。

"一个都没有?"祖父惊呼起来。

"一个都没有。"

"你有童年吗,先生?"祖父问他,"或者该问,你是自然的产物吗,像船只搁浅一样自然?"

"什么?"文尼斯基有些不解。

祖父放弃了这个话题,把装满食物的餐盘递给他。"吃饭吧,伯纳德·塞缪尔,吃饭吧。"

文尼斯基根本没理会食物。"什么邮递马车?"

"当然啦,他和狄更斯先生一起乘坐的。"祖父补充道,"伯纳德·塞缪尔,咱们这儿来了个新住客,一位小说家,正在动笔写一部新作,刚好选了我们家皮普也就是拉尔夫,来当他的秘书——"

"我工作了一下午,"我接口道,"挣了两毛五!"

文尼斯基脸上阴云密布。"小说家?名叫狄更斯?你们不会真相信——"

---

[1] 库特·冯内古特的长篇小说《神枪手迪克》中的主人公。
[2] 罗伯特·路易斯·史蒂文森的冒险小说《金银岛》中的著名角色。
[3] 罗伯特·路易斯·史蒂文森的长篇小说《化身博士》中的主要角色。

"别人跟我说啥我就信啥，除非他之后又改口，那样的话我就相信后来改的说法。请把黄油递给我。"祖父说道。

文尼斯基一言不发，将黄油递了过去。"真是活见鬼了……"他低声嘀咕。

我悄悄顺着椅背往下滑。

祖父一边切鸡肉往盘子里夹，一边说："一位风度翩翩的绅士光临了我们这栋房子。他说自己的名字是狄更斯，那我就称他为狄更斯。他提到自己在写书，我路过他房门时也确实看到他在伏案写作。难道我要跑进去让他别再写了吗？显然他需要好好完成这部作品——"

"《双城记》！"我补充道。

"双！"文尼斯基义愤地大叫，"城！"

"嘘。"祖父制止他。

只见一个身影走下楼梯来到餐厅门口。他一头长发，上唇与下颌的胡子都很整洁。狄更斯微笑点头，面带疑惑地看着我们，问道："朋友们……？"

"狄更斯先生，"我忙出来打圆场，"我来给您介绍一下，这位是文尼斯基先生，他是全世界最厉害的理发师——"

两人四目相对，互相看了很久。

"狄更斯先生，"祖父插嘴，"您愿意开开恩，把您的才华传授一点儿给我们吗？"

"先生，这是我的荣幸。"

大家都颔首致敬，当然，文尼斯基除外。狄更斯和颜悦色地看着他。理发师文尼斯基却转而望向地板，嘴里还嘟囔个不停。

狄更斯念起了祷告词："哦，主啊，是您赐予我们满桌食物，是您带给我们无尽丰收。我们是您最忠诚的追随者,而今心怀敬畏齐聚一堂。哦,主啊,您用鲜亮的小红萝卜和烤鸡装点了我们的大餐,为我们摆上夏日的红酒与柠檬汁,让我们平心静气地享用简单的土豆和洋葱,又闻到烤面包的扑鼻香气,想必这也是实验多次而获得的成功配方。最后还有精致的草莓脆饼,饼底烘焙得恰到好处,浸润在后院摘下的新鲜水果里。感谢这一切,感谢在座各位的陪伴。阿门。"

"阿门。"大家异口同声地说道,除了文尼斯基。

我们等着他。

"好吧,那就阿门吧。"他不情不愿。

这个夏天简直棒极了!绿镇的历史上从未有过如此美妙的时光。我长这么大,从来没有这样高高兴兴地早起过!五点五十五分起床,六点零一分便身处巴黎。在加莱登上横跨英吉利海峡的船,经过多佛白崖时,一大群海鸥如同暴雪般从天而降。中午我们已坐上四轮马车奔驰在伦敦桥上!我和狄更斯先生一起在树下野餐,喝柠檬汁,而狗子舔着我们的脸颊。随后我们返回巴黎,下午四点一起喝下午茶……

"皮普,把大炮架起来!"

"遵命,先生!"

"围攻巴士底狱!"

"得令,长官!"

炮声四起,群情激奋,而我这个来自伊利诺伊州绿镇的一级棒小秘书也在场。我目眩耳鸣,激动得小心脏都快跳了出来,因为我梦想有朝一日也成为一名作家,而现在我正师从名家,共同写下这段传奇。

"德发日太太①,哦,她安坐着,不停地织啊织——"

我抬起头,看见祖母正坐在窗边织毛衣。

"西德尼·卡顿何许人也,又以何为生?一位性情中人,温文尔雅、行事果决……"

祖父修剪着草坪,从我们面前晃了过去。

山的那头响起了鼓声,与阵阵炮响交相呼应。夏日的暴雨来势汹汹,筑起一堵堵透明的雨墙……

文尼斯基先生呢?

不知怎的,我竟不再把他的理发店放在心上,我忘了那根上不见源头、下亦无止尽的旋转灯柱,也忘了地砖上积起的油亮碎发。

于是,文尼斯基每晚回来,都会看到作家顶着那头早该修剪的长发,在餐桌前重复那套祷词,感谢上帝这个,感谢基督那个。而文尼斯基根本不觉得有什么好感谢的。我每天都乖乖坐着,用崇拜的眼神望着狄更斯,好像他就是上帝本人。直到有天晚上,祖母问道:"我们该饭前祷告了吗?"

"文尼斯基先生还在院子里沉思呢。"祖父说。

"沉思?"我偷偷从窗口向外张望。

祖父也倾斜椅背向后仰去,好看个究竟。

"沉思这个说法太客气了。他踢玫瑰丛,踢门廊前的蕨草,还想踢苹果树。可树干长得太结实了,踢不动。你看,他踩扁了一株蒲公英。哎呀,他过来了,就像摩西劈开了胆汁②汇成的

---

① 德发日太太及下文的西德尼·卡顿都是《双城记》中的人物。
② 英语中的胆汁(bile)也有愤怒、恼怒的意思。

黑海。"

门砰的一声关上了,文尼斯基站到长桌的一头。"今晚我来念祷告词!"他瞪着狄更斯。

"怎么啦,"祖母说道,"我是说当然可以,请吧。"

文尼斯基闭起了眼睛,开始了他的毁灭之祷:"主啊,你赐予我美好的六月,又让我在七月受气,那请帮助我安然度过八月吧。

"哦,主啊,我的房间已然成为伦敦巴黎,日日夜夜有暴徒经过,请让我摆脱他们吧。这伙人里,为首的是一个会梦游的小男孩和一个名字古怪的男人,还有一条喜欢冲着乌合之众狂吠的狗。

"请您赐予我力量,让我克制住大骂'骗子、小偷、蠢货、流浪汉'的冲动。请阻止我一路跑去警察局,揭发这个寄人篱下的男人其实是威尔克斯博纳镇来的红皮乔·派克,因伪造身份正遭到通缉。或者他是来自阿肯色州犀鸟镇的公牛·哈默,在奥斯卡卢萨因为恶意伤人和小偷小摸的行径被警方追捕。

"主啊,把无辜的孩子们从那些无耻之徒的魔爪中解救出来吧。跟那种人待在一起只会自毁声誉。

"还请我主赐予力量,让我说出下面这番话——在场的女士请原谅我的措辞——但是,如果这个所谓的查尔斯·狄更斯明天中午还没坐上去往墓地或是南下坎卡基市的火车,那我希望黛利拉①能心狠手辣地把他脸颊上的羊排络腮胡给剃了炸来吃,权当晚餐或者夜消了。

---

① 指《圣经》中迷惑大力士参孙的妖妇。

"主啊，请您不要宽恕卑鄙之人，请您主持公道。各位如果同意，请一起念'阿门'。"他坐了下来，叉起一块土豆。

所有人都愣住了，大家僵了很久。终于，狄更斯紧闭双眼长叹一声："唉……"

这声叹息里满是凄切与绝望，让我想起他搭乘的那辆火车远去时悲凉的汽笛声。

"狄更斯先生……"我说道。

然而已经迟了。他站了起来，似乎眼前发黑，晕头转向，他一路扶着家具、墙壁、门框，跟跟跄跄地出了饭厅，摸索着爬上楼梯。"唉……"

这是一个人跌落悬崖坠入永世之时发出的叹息。我们干坐着，似乎在等他撞击触底。

他的房门砰的一声关紧了。我一阵惊悸，心凉了半截。

"查理①，"我喃喃说道，"啊，查理。"

当天夜间，狗子狂吠起来。它之所以躁动，都是因为听到了圆顶阁楼上传来了熟悉的抽泣声，纵然蒙着头也盖不住。

"老天哪，"我大呼，"叫水管工来，下水道都要堵上啦。"

文尼斯基沿着人行道漫无目的地大步走着，转眼就不见了。

"他都围着楼绕了四圈了。"祖父划了根火柴，点起烟斗。

"文尼斯基先生！"我想叫住他。

没有回应。脚步渐渐远去。

"哎哟，我怎么有种打了败仗的感觉。"我说道。

---

①查尔斯的昵称。

"不对,拉尔夫,啊,对不起,该叫你皮普。"祖父挨着我在台阶上坐下,"你只是中途换了个将军而已。从前的那位将军现在不服气了,怀恨在心。"

"文尼斯基先生?我——都要恨他了!"

祖父轻轻地吸着烟斗。"我估计他自己都闹不清自己在生什么气。那感觉就像半夜被一个神秘的牙医拔了颗牙,醒来就忍不住用舌头去舔那个空洞。"

"爷爷,我们现在又不是在教堂。"

"哦,那就不打比方啦?简言之,拉尔夫,你原本是热衷帮那位先生打扫店铺的。他没有妻子、亲眷,这份职业就是他的全部。这样一个没有家庭的人,真的很需要有一个人参与到他的生活中去,无论他自己是否意识到了这一点。"

"那么,"我说,"我明天就去理发店擦窗户。我还会再给那个红白条纹的灯柱子上点油,好让它转个痛快。"

"我就知道你会这么做的,好孩子。"

夜间,一列火车驶过。狗子哀嚎起来。狄更斯的房里传出一声怪叫,似乎在回应它。

我爬上床准备睡觉,却辗转难眠,听着小镇的钟楼传来的凌晨钟声,一点、两点,直到三点。

就在这时,我听到了轻声的哭泣。我走出房间,站到新住客的房门外,想听听里面的动静。"狄更斯先生?"

那呜咽声停住了。房门并未上锁,我壮着胆子打开。"狄更斯先生?"

他就那样躺在月光下,睁大眼睛不住地流泪,一动不动地盯着天花板。

"狄更斯先生?"

"这儿没有叫狄更斯的,"他摇摇头,"这屋里、这床上、这世上压根都没有这个人。"

"当然有,"我说,"你就是查尔斯·狄更斯。"

"这你可说不准。"他喃喃答道,"夜这么深了,眼看就要天明了。"

"反正我只知道,"我说,"您每天白天都在写作,晚上都在自言自语。"

"是的,是的。"

"而且您一本接一本地写,您的字多好看啊。"

"没错。"他点点头,"是的,我就跟着了魔一样,一点儿没错。"

"那就好啦!"我绕着他的床转来转去,"您这样一位举世闻名的作家,还有什么可难过的呢?"

"你我都心知肚明,我就是个无名小卒,出身卑微,前进路上完全黑灯瞎火,就要这么漫无目的走完一生。"

"净说这种晦气的话。"我朝门走去。见他如此颓废,我生气极了。他一下就毁了原本美妙的夏天。"晚安!"我把门把手拧得咔咔作响。

"等等!"他柔弱的声音里透出强烈的渴求,甚至是痛苦,我不由得心软垂下了手,但依旧没有转过身去。

"皮普。"躺在床上的老家伙叫我。

"什么事?"我不耐烦地回答。

"我们都别吵了,过来坐下。"

我迟疑地走到床头柜旁,坐在那把看起来很不牢固的木椅子上。

"和我说说话，皮普。"

"老天啊，现在可是凌晨———"

"凌晨三点，没错。哦，这是夜里最难熬的时刻。日落已很久了，距离黎明却还有好些时辰。此时我们都渴望朋友的陪伴。咱们是朋友吧，皮普？问我点儿什么。"

"比如？"

"我想你一定有些想问的。"

我思忖片刻，叹了口气。"好吧。您到底是谁？"

他静静地在床上躺了好一会儿，接着面朝天花板开始说着，好像上面有该念的台词一样："我是一个永远无法实现梦想的人。"

"什么？"

"我是说，我始终没能成为我想成为的那个人，皮普。"

听罢我也沉默了下来。"那您想成为什么样的人？"

"一个作家。"

"你努力尝试了吗？"

"努力？"他喊道，几乎要诡异地大笑起来，"努力？"他竭力控制情绪，"孩子，难道你没看到我挥汗如雨吗？我把墨水厂都写关门了，造纸厂都写倒闭了，还用坏了七十多台打字机，写秃了上万根软质铅笔。"

"哇！"

"的确让人惊叹，不是吗？"

"您都写了些什么？"

"你该问我没写过什么。不管是诗歌、随笔、悲剧、闹剧、短文还是小说，我都写过。孩子，三十年来我每天都要写上一千字，我没有一天不和纸张为伴。上百万的文字从我的指缝间流淌到纸上，可是它们全都不好。"

"这怎么可能呢？"

"真的，不骗你。甚至连中庸都算不上，都无法勉强入眼。简单说来就是差劲至极。我的朋友们看得出来，编辑们看得出来，教师们看得出来，出版商们更看得出来。在我五十岁的某天下午四点，连我自己都看出来了。"

"可你已经写了三十年，难道没有——"

"没有偶尔写出点儿好东西？没有偶尔开个窍？快好好看看，仔细看看吧，皮普，看看我这朵奇葩，史上唯一一个写了五百万字都没法变出一小段好作品，好让自己欢欣一番的奇才！"

"你一篇故事都没卖出去？"

"连一个两行的笑话都没卖掉过，更别说在哪个小报上登打油诗了，甚至广告和讣闻都没人找我写，连腌制家常酸黄瓜的食谱都写不好。稀奇吧？一个人竟然可以这么愚钝无能，简直不可思议。我写出的东西从不曾惹人发笑或是赚人眼泪，也无法令人愤慨，更不用说发人深省。在我认识到自己根本没法成为作家的那一天，你知道我做了什么吗？我毁了我自己。"

"毁了自己？"

"恰当地说，是放弃。怎么放弃呢？我收拾行囊，把自己丢上一列开往远方的火车，独自坐在最末尾吸烟车厢入口，然后一页一页地扔掉我写的稿子，看着它们像受惊的鸟儿一般沿着轨道向远方飞去。我把一篇小说撒在内布拉斯加的大地上，把我自认的史诗巨作丢在了北方，又把我钟爱的诗篇散尽在南达科塔。我把贴身随笔丢弃在爱达荷州科里尔温泉边的哈维旅馆的洗手间。我在盛夏把散文集播撒在麦田里，想必它们已变成了丰厚的肥料，在我离开之后孕育了一大片玉米地。在这夏日漫长的旅途中，我带了两大车厢的心血，向自己无能的灵魂致敬。接着，从犹豫到坚决，我一张接一张、一篇接一篇地把它们抛出掌心，抛诸脑后，抛到我的生命之外。它们摇曳坠落，湮没在草原无尽的尘海里，失落在沙漠悲寂的沙石下。列车在黑夜中悲鸣，涉过千山万水，我张开手掌，让最后一份纪念沉沦……

"当我到达远方的站台，车厢里早已空空荡荡。我喝了很多酒，吃得却很少，我偶尔会躲在房里抽泣，但总算是卸下了重担，丢弃了死灰般的梦想，在旅程的终点感到轻松洒脱。感谢上帝让我如此平和安定，有如涅槃。我问自己，怎么回事，发生了什么？我——我竟重获新生。"

他望着天花板将这一切娓娓道来，我眼前也如放电影般闪过一幕幕画面。

"我——刚说到我重获新生了。就这样，这个漫长的夏天里满是摒弃与重生的戏码，终于到了下火车之后的故事。在密苏里一间废弃仓库外有台糖果机，我对着那上面满是虫斑雨渍的玻璃罩照去，看见自己两个月以来留长的胡子和被风吹得乱七八糟的头发。我定睛一看，不禁吓得后退，暗暗惊呼：'怎么回事，查尔斯·狄更斯！镜子里的真是你吗？！'"他躺在床上，轻轻地笑出了声。

"接着我说：'这是怎么了，查理，我是说狄更斯先生，这真的是您？'镜子里的倒影喊道：'真见鬼，先生，我还能是别人吗？闪开。我还有个重要的演讲！'"

"您真的这么说了,狄更斯先生?"

"我对天发誓这都是真的,皮普。然后我还真的给他让路了!接着我大步流星走在那个陌生的镇子上,在终于知道我自己是谁之后,我不停地思索着重生后的这辈子该做些什么,还有那么多有待我去完成的杰作!皮普,这一定缘于我多年的积累。经过这么多年的辛勤写作和百折不挠,从前的我一定在潜意识里悄悄提醒自己:'再忍耐一会儿。虽然一切还将如夜魇般糟糕,但等时机一到,我就会来拯救你!'

"可能最终拯救我的就是那些曾让我一蹶不振的东西:对前辈的崇拜,把伟人和巨匠们捧在繁盛文坛的一阶高台之上,却把自己置于干涸流域的一叶小舟里。

"哦,老天啊,皮普,就因为我啃了太多托尔斯泰,品了太多陀思妥耶夫斯基,嚼了太多莫泊桑,又为福楼拜和莫里哀废寝忘食太多次。我把大作家们看得太高了。我读得太多了!因此,当我的作品随风逝去,脑中剩下的只有这些大家的作品。忽然间我发觉自己已经无法忘记他们的文字了,皮普!"

"无法忘记?"

"我是说,如饥似渴的我,只要是眼皮底下翻过的随便哪本书,我都不会忘记其中任何一段、任何一句、任何一个字!"

"相机一般的记忆!"

"没错!狄更斯、哈代、奥斯丁、爱伦·坡、霍桑的全部作品,都牢牢地被我锁在过去的记忆里,随时随地张口就能复述出来。这么多年,我一直都不知道,想都没想过,我把它们藏得太深了。现在我连他们的语气都模仿得毫不费力。比如吉卜林。现在是萨克莱。还有威尼斯商人夏洛克。以及奥赛罗。我全都记得,皮普,全都记得!"

"然后呢?"

"然后?皮普,我又找了个时间去照了照那块玻璃,然后对里面的人说:'狄更斯先生,事已至此,您准备什么时候写您的第一本书?'"

"'现在就写!'我大喊,然后就去买了新的笔墨。我满心欢喜,甚至有些癫狂地一本接一本写下我自己的书。对,我,查尔斯·狄更斯的书。

"我穿越了北美利坚合众国,写作,演戏,演讲,思考人生。半疯半醒之间,我写下了《大卫·科波菲尔》,又在不知不觉之中完成了《董贝父子》。就这么东晃晃西逛逛,在凄冷的某个圣诞节中午和马利的鬼魂一起喝茶。有时,即便大雪纷飞我也会辗转各地,谁也想不到那个前一刻还在客栈角落冬眠,随后又像春后的土拨鼠一样东窜西跳的家伙就是查尔斯·狄更斯。还有的时候,我会一整个夏天都待在某个小镇上,直到被人撵走。哦,是的,撵走。不管怎样,你那个文尼斯基先生都不会让我好过的。"

"因为他脾气暴躁。"

"他不知道,所有人都得给自己找点儿活下去的理由和勇气。有人笑,有人哭,有人试图改造世界,有人避世藏身,总结起来一句话:给自己找一条活路。这世界上的无数人在洪流中挣扎,将要溺死,可每个人都以自己的方式游向彼岸。

"文尼斯基先生呢?他用剪子谋生,所以无法体会到我是靠着钢笔和皱巴巴的稿纸为我借来的英魂续命的。"狄更斯站起身来,伸手去拿他的背包,"我得收拾东西走人了。"

我抢先一步抓过背包。"不!您不能走!您的书还没写完呢!"

"皮普,好孩子,你没听到我刚才的那番话——"

"全世界都在等着呢!您可不能把《双城记》半途而废了!"

他默默从我手中拿过了背包。"皮普啊,皮普……"

"你不能走,查理!"

他看了看我的脸,我想我一定涨红了脸,害得他仓皇移开了目光。

"我还等着你写完呢!"我喊了起来,"他们都等着呢!"

"他们?"

"巴黎的群众!他们还在巴士底狱等着呢!还有伦敦和多佛海。还有断头台!"我跑去把所有的窗户都敞开。晚风吹来遥远的呐喊,月光在地毯上照出人群的影子,映入他的眼里。飘动的窗帘就像一个个魅影。我发誓自己听见了,相信查理也听见了,风中是人群在呼喊,车马在驰行,还有那口大铡刀发出刺耳的声音,手起刀落,人头在战歌中一颗颗滚落……

"哦,皮普啊,皮普……"他泪如泉涌。

我掏出了铅笔和记事本。"随时为您效劳。"

"下午我们写到哪儿了,皮普?"

"德发日夫人在织毛衣。"

他随手扔下背包,坐回床边,举起双手模仿编织的动作。他紧紧盯着自己的手,叙述起来。我一边记,他一边说,一句比一句语气坚定,一直讲述到天明……

"德发日太太……哦对……是这样的。快记下,皮普。她——"

"早上好,狄更斯先生!"我一屁股在餐桌旁坐下,而他已经吃了好几块煎饼了。

我咬了一口,抬眼看见我俩之间的餐桌上摆着一沓比煎饼还厚的稿纸。

"狄更斯先生?"我问道,"《双城记》……你写完了?"

"搞定了。"狄更斯先生眼皮都没抬一下,"我早上六点就起来了,一直在写。现在好了,全写完了。"

"哇!"我不由惊叹。

远处传来一声火车汽笛声。狄更斯一下坐直了身子,猛地站了起来,顾不上剩下的早饭就往门厅匆匆赶去。我听见前门被用力关上,于是也冲到了门廊上。狄更斯手里提着行囊,已经走到了门口的步道上。

他行色匆匆地径直往火车站方向去,我不得不一路小跑才绕到了他身前。"狄更斯先生,书是写完了,但是还没发表呢!"

"你就是我的执行人,皮普。"

他一路飞奔,我跟在后头追得直喘粗气。

"那《大卫·科波菲尔》呢?!《小杜丽》呢?!"

"这两人是谁?你的朋友吗,皮普?"

"是您的朋友,狄更斯先生,查理,哦老天,要是您不写的话,他们就不会存在了。"

"随他们去吧。"他转过墙角,消失了。我赶紧蹦过去跟紧他。

"查理,等等。再跟你说一本书!《匹克维克外传》,对,《匹克维克外传》!"

火车缓缓开进了站。狄更斯拔腿便跑了过去。

"还有,还有,《荒凉山庄》,狄更斯先生,求您听我说……

《远大前程》！先生！"他跑远了，我只能在后面冲他喊，"哦，好吧，走吧！你走吧！越远越好！你知道我现在会怎么做吗！？你的书根本不配被人阅读！你不配！所以，现在开始，你看我还会不会把《双城记》读完！绝对不会！我不会读！绝不！"

站台的报站铃响了，车头已冒起了蒸汽。然而狄更斯放慢了脚步，终于在月台上驻足。我跟上去盯着他的后背。

"皮普，"他轻声说，"你是认真的吗？"

"你！"我喊道，"你什么都不是，你这个——"我在脑海里胡乱搜索，脱口而出，"——这个芥末球，消化不了的生土豆蛋子！"

"嗯，你想说我招摇撞骗吧，皮普？"

"招摇撞骗的大骗子！我才不关心西德尼·卡顿后来怎样了！"

"哎，《双城记》可比我以前写的任何一本书都好太多太多了，皮普。你必须读完。"

"凭什么？"

他转过身来看着我，眼里写满了悲伤。"因为我是为你写的。"

我用尽全身力气朝他喊道："那又怎样？"

"所以，"狄更斯说道，"我错过了火车。下一班要再等四十分钟。"

"那么你还有时间。"我说。

"有时间干什么？"

"有时间去见一些人。去见见他们吧，查理，那样我就保证读完你写的书。在那儿，他们都在那儿，查理。"

他退缩了几步。"那个地方？你是说图书馆？！"

"就十分钟，狄更斯先生，就给我十分钟，只要十分钟，查理。求你了。"

"十分钟?"

最终他还是妥协了。我像搀扶盲人一样领着他走向图书馆。到了门口,他颇有些恐惧,侧过身子小心翼翼跨了进去。

图书馆里面像一片干燥的矿场,已数万年没有雨水滴落。朝这边看去,肃静;向那里望去,缄默。这里的藏书上至万物之起源,下至宇宙的毁灭。虽不曾见证生死,但这里的一砖一瓦一书一页本身便代表了一切。

我们两人沉默了一会儿,谁都不愿打破这份静谧。

狄更斯战栗起来。我突然意识到整个夏天都没见他来过这儿。他是怕我会带他去小说区,看架子上一排又一排他自己的著作,那一本本历经创作、完稿、定稿、印刷、装订、借阅、修补,现在又分门别类摆上架的心血结晶。

他拽着我的胳膊肘轻声恳求:"皮普,我们来这儿做什么?快走吧。这儿……"

"你听!"我示意他不要说话。

在与我们隔了好几排书架的地方,传来一阵细微的响动,轻得如同蝴蝶翅膀的翕张。

"天哪,"狄更斯的眼睛一下子亮了起来,"我知道那是什么声音。"

"当然!"

"那是,"他屏息凝神,再次确认,"有人在写字的声音。"

"先生,您说得太对了。"

"用钢笔写的……嗯,而且是在写……"

"写什么?"

"写诗，"狄更斯惊讶至极，"没错。皮普，我发誓，在离我们几步之遥的某个角落，坐着一个正在写诗的人。你听！是吧？尽情挥洒毫不停歇，这可不是画图、算术或者干巴巴地记录事实的声音。你感受到那种磅礴之势了吗？老天啊，这绝对是在写诗！"

"女士！"我冲那边呼喊。

窸窣的书写声顿时停了。

"别打扰她！"狄更斯尖声制止我，"她正才思泉涌呢，让人家好好写！"

熟悉的声音又响了起来。

写写涂涂，写写停停，又是一番书写。我不由得随着笔尖的节奏晃起脑袋。我朝狄更斯努努嘴，他也不出声地回应我。我们提心吊胆，纹丝不动，倾身向前，呼吸着清凉的大理石般的空气，聆听沙沙声在书架和拱顶之间回荡。

终于，没声了。

"可以了。"狄更斯轻推一下示意我。

"女士！"我急促而温柔地呼唤她。

站在眼前的是图书管理员。她年纪不大不小，肤色不深不浅，身形不高不矮，看起来倒是很柔弱。每每到了深夜，你常能听见她站在落满灰尘的书架旁翻动书页念些什么，又或是步履轻盈穿梭其间。

她缓步走来，神采奕奕。她嘴里念念有词，想必深邃的目光后大脑正在飞速运转遣词造句。查理热切地读着她的口型，若有所思地点点头，耐心等待着。她果然猛地回过神，停下脚步，注意到我们，深深吸了口气，自嘲地笑了起来。"哦，拉尔夫，是你啊,还有这位——"她显然认出了面前是谁,羞红了脸,"呀,这不是拉尔夫的朋友,狄更斯先生吗?"

查理静静地注视着她,眼神殷切,甚至令人警觉。

"狄更斯先生,"我说道,"我来给您介绍一下——"

"因为我不能停下来等待死神①——"狄更斯闭上眼,从记忆中搜索这句诗。

图书管理员惊讶得直眨眼,眉毛挑得老高。

"艾米莉小姐。"他说。

"她叫——"我一时还没反应过来。

"艾米莉小姐。"他伸手握住她的手。

"幸会,"她回道,"可是,您怎么知道——"

"知道你的名字吗?哦,小姐,我听到你一刻不停地埋头书写,只有诗人才会那样!"

"随便写写而已。"

"您应该自豪地昂首挺胸啊,"他的语气甚是亲切,"您的作品很出色。'因为我不能停下来等待死神'绝对是出类拔萃的一流杰作。"

"我的诗写得很烂,"她局促不安地说,"我抄写她的诗来学习。"

"抄谁的?"我不禁插嘴问道。

"这不失为学习的好方法。"

"是吗,真的吗?"她注视着查理,"您不是在……"

"开玩笑?不,小姐,我才不会拿艾米莉·狄金森乱开玩笑!"

---

①引自艾米莉·狄金森的诗歌《四轮马车》(*The Chariot*)。

"艾米莉·狄金森？"我摸不着头脑。

"狄更斯先生，有您这句话就好了。"她有些害羞，"我可是拜读了您的全部著作。"

"所有的？"他惊得退了一步。

"所有的，"她急切地接话，"先生，您迄今发表过的每一部我都看过。"

"他刚写完了新的一部。"我插嘴道，"惊世之作！《双城记》。"

"小姐，您呢？"他友好地问她。

她小心翼翼摊摊手，像是掌心里护了只小鸟似的。"我？哎呀，我连镇上小报都没投过稿。"

"您要投呀！"他情真意切地惊呼，"明天就投。不，今天就去！"

"可是，"她声若蚊蝇，"我找不到人先听我读一遍呀。"

"怎么会呢，"查理静静地说，"您有皮普，还有我狄更斯，请务必收下我的名片。倘若您允许，我愿不时来拜访您，感受这荡漾在书海里的生活。"

她接过名片。"我做不到——"

"哎呀！我只能提供新鲜出炉的切片面包，而您的文字才是果酱和蜂蜜。我写的东西读起来平淡冗长，而你的呢，短小精悍、引人入胜，能把死亡都写得发人深省、回味无穷。足矣。"他评论道，"去吧。您看那走廊的尽头，她已点起灯为您指明方向……您的灵感女神在等着。请勿辜负她。珍重。"

"珍重？"她反问，"那不是'愿上帝与你同在'的意思吗？"

"确是如此，亲爱的小姐，我正是此意。"

恍惚间我们又回到了明亮的室外。狄更斯差点儿被自己放在地上的旅行包绊了一跤。他直挺挺地站在草坪中央说道:"孩子,天是湛蓝的。"

"是的,先生。"

"草是翠绿的。"

"没错。"我停下脚步,环顾四周,"……天哪!真的好绿啊!"

"还有风……你闻到那甜丝丝的风了吗?"

我们一起嗅着甜味。他又说:"这世上还有了不起的孩子们,他们有天马行空的想象力,救赎的秘诀就掌握在他们手里……"他拍了拍我的肩。

我低下头,不知所措。而后一声鸣笛为我解围。"听,下一班火车!它来了!"

我们等着火车进站。

过了许久,狄更斯说:"随它去吧……孩子,咱们回家。"

"回家!"我高兴地喊叫,然而又意识到了什么,"那……文尼斯基先生怎么办?"

"哦,经历了这么多,我对你充满了信心,皮普。每天下午我在喝茶放松大脑时,你一定要跑去理发店——"

"扫头发!"

"真是个勇敢的小伙子。这就足够了。就当是英格兰银行出借给伊利诺伊州绿镇第一国家银行的一份友谊。那么现在,皮普……拿铅笔来!"

我往左耳后一摸,摸到的是口香糖,再往右耳后一掏,终于找到了铅笔。"给!"

"纸呢?"

"纸在这儿!"

我们一起迈开步伐,走在夏日的树荫下。

"书名,皮普——"

他举起手杖对着天空挥舞。我费力辨析那无形的字迹。"老——"

他又比画出第二个字。

"古——"我努力复述。

第三个字。我一笔一画辨认。"是'玩'!"

"皮普,你觉得这个名字怎么样?"

我犹豫了一下。"这……好吧,似乎还不太完整,先生。"

"你真是认真的孩子。看着!"他对着太阳画出了最后一个字。

"店!《老古玩店》!"

"准备开始正文,皮普!"

"好的,先生,"我喊道,"第一章!"

一场暴风雪袭过林间。

什么情况?我自问自答:哎,夏天就这么过去了。一页又一页的日历,像电影里那样被风吹得七零八落。查理和我一起度过的每分每秒已成为回忆。那些在图书馆伏案工作、与艾米莉小姐交流诵读的日日夜夜一去不复返!

火车来来往往,月亮圆了又缺。一班班新的车次带来了新的过客。一眨眼,那边出现了艾米莉小姐的身影,查理又站到了我的身边。他拖着两人的行李,递给我一个纸袋。

"这是什么?"

"大米,皮普,就是普通的白米,求子用的。孩子,快朝我们撒米,让我们开开心心地离开。听到钟声了吗,皮普?从此我们就是查理·狄更斯夫妇了!快撒啊孩子,撒吧!用力撒!"

我把米粒朝已经登上火车的他们抛去,边跑边撒。他们站在车尾的平台上向我挥手,对我喊着"珍重",慢慢从我的视野中消失。新婚快乐,查理!祝你度过欢乐时光!一定要回来啊!要快乐……要幸福……

那一刻,我大概是哭了,狗子嫉妒地啃着我的鞋,它应该挺高兴又能独占我的关注了。而文尼斯基则在理发店,等着我接过扫帚,再次扮演起小学徒的角色。

而后,秋天来了,但迟迟没有入冬。终于,那对正在旅行的新婚夫妇给我寄来了一封信。

我一整天都没动那封信,直到黄昏时分,祖父正在门廊边耙扫落叶,我走到屋外坐了下来,手里捏着信,看着祖父,等着他抬头看我。他终于抬起头,于是我拆开信,借着十月的暮色大声读了起来。"亲爱的皮普……"我念了一句便不由得停了下来。因为这个专属名字勾起了我的回忆,我不禁热泪盈眶。

"亲爱的皮普。我们今晚在奥罗拉,明晚会去费利西蒂,后天晚上又要回到埃尔金。查理接下来的讲座已经排到六个月之后了。我们俩都在有条不紊地工作,日子过得很开心……特别开心……这还用说吗?

"他叫我艾米莉。

"皮普,曾有一位著名女诗人叫艾米莉,当然你可能还不知道她是谁。不过我希望,有朝一日你会从图书馆借一些她的诗集来看。

"查理总是含情脉脉看着我,说:'你是我的艾米莉。'而我差点儿就信了。不,我已经信了。"

我停了下来,狠狠地咽了一下口水,继续读道:"我们就是一对疯子,皮普。有人这么说我们。我们自己也清楚,但仍然我行我素。不过两个人一起发疯真是棒极了。从前只有我一个人格格不入,我已无法忍受了。

"查理向你问好。他让我告诉你,他又着手开始写一本很棒的新书了,可能会超越以往的所有作品……书名还是你给起的呢,叫《荒凉山庄》。

"我们写写走走,走走写写,皮普。过不了几年,我们说不定就会搭那辆到镇上送补给的列车回来。如果那时你还在那儿的话,就喊我们现在用的名字,我们会下车的。不过或许到时你已经长大离家了。如果列车靠站时皮普你不在,我们会理解的,那就让列车带着我们去探索后面的一个又一个镇子吧。

"署名,艾米莉·狄金森。附:查理说你祖父长得简直和柏拉图一模一样,你可千万别告诉他。再附:查理是我的真爱。"

"查理是我的真爱。"祖父重复了一遍,坐下来把信拿了过去,又读了一遍。"好吧,好吧……"他叹息道,"好吧,好吧……"

我们坐了很久,看着清朗的空中渐渐铺满落日余晖,红透了半边天,而后又慢慢暗下来,一颗又一颗明星浮现在天幕上。远处有一条狗在吠。在更遥远的地平线上,一辆列车驶过,鸣笛摇铃,一声、两声、三声,然后从视野里消失。

"要我说,"我终于开口,"我不觉得他们疯了。"

"我也不觉得,皮普。"祖父说道,点燃烟斗,吹灭火柴,"一点儿也不觉得。"

BRADBURY STORIES: 100 OF HIS MOST CELEBRATED TALES By RAY BRADBURY
Copyright: © 2003 BY RAY BRADBURY
This edition arranged with DON CONGDON ASSOCIATES, INC.
through BIG APPLE AGENCY, INC., LABUAN, MALAYSIA.
Simplified Chinese edition copyright:
2020 New Star Press Co., Ltd.
All rights reserved.

版权登记号：01-2020-2826

图书在版编目（CIP）数据

夏日遇见狄更斯／(美)雷·布拉德伯里著；刘媛等译．—2版．—北京：新星出版社，2020.7
(雷·布拉德伯里短篇自选集；第4卷)

ISBN 978-7-5133-3891-2

Ⅰ.①夏… Ⅱ.①雷… ②刘… Ⅲ.①短篇小说-小说集-美国-现代 Ⅳ.①I712.45

中国版本图书馆 CIP 数据核字（2020）第 029149 号

幻象文库

雷·布拉德伯里短篇自选集（第4卷）
夏日遇见狄更斯

[美]雷·布拉德伯里 著　刘媛 等译

责任编辑：杨　猛　　特约编辑：黄　艳　刘盛楠
责任印制：李珊珊　　责任校对：刘　义
封面设计：@broussaille 私制
封面插画：郭　埧

出版发行：新星出版社
出 版 人：马汝军
社　　址：北京市西城区车公庄大街丙3号楼　　100044
网　　址：www.newstarpress.com
电　　话：010-88310888
传　　真：010-65270499
法律顾问：北京市岳成律师事务所

读者服务：010-88310811　　service@newstarpress.com
邮购地址：北京市西城区车公庄大街丙3号楼　　100044

印　　刷：北京美图印务有限公司
开　　本：910mm×1230mm　　1/32
印　　张：11
字　　数：188千字
版　　次：2020年7月第二版　2020年7月第一次印刷
书　　号：ISBN 978-7-5133-3891-2
定　　价：49.80元

版权专有，侵权必究；如有质量问题，请与印刷厂联系调换。